2025 신춘문예 당선평론집

2025

신춘문예 당선평론집

정출판

2025 신춘문예 당선평론집

차례

평론

신춘문예 당선 평론

서문

2025년 신춘문예는 한국 문학사에 특별한 페이지를 더한 해로 기억될 것입니다. 2024년 한강 작가의 노벨문학상 수상은 한국문학이 세계적으로 인정받는 역사적인 순간이었으며, 그 직후 열린 이번 신춘문예는 이전보다 훨씬 뜨거운 관심 속에서 진행되었습니다. 문학에 대한 대중의 관심이 폭발적으로 증가한 지금, 문학, 영화, 미술 등 다양한 예술 장르를 대상으로 한 평론 부문에서 발표된 당선작들은 한국 평론의 현재와 미래를 비추는 값진 결실이라 할 수 있습니다.

평론이란 단순히 작품에 대한 해석이나 비평에 머무르지 않습니다. 평론은 작품과 독자, 더 나아가 작품이 속한 시대와 사회를 연결하는 중요한 매개체로, 예술작품의 의미를 새롭게 조명하고, 창작자와 독자가 더 깊은 대화를 나눌 수 있도록 돕습니다. 평론은 예술을 단순히 감상하는 데 그치지 않고, 그 본질을 이해하고, 작품이 지닌 가치를 더욱 풍부하게 만드는 역할을 합니다. 이를 위해 평론가는 예술에 대한 깊은 이해와 통찰을 바탕으로, 작품의 내적 구조를 분석하고 그것이 사회적, 철학적, 미학적 맥락 속에서 어떤 의미가 있는지 밝혀냅니다.

평론가는 단순한 감상자나 비평가가 아닙니다. 이들은 예술의 진정한 가치를 발견하고 해석하며, 새로운 시각과 담론을 제시하는 중요한 역할을 맡습니다. 특히 이번 신춘문예의 당선작들은 문학, 영화, 미술이라는 세 가지 주요 예술 분야에서 각기 다른 방식으로 작품을 분석하고 해석하며, 대중에게 새로운 시각과 통찰을 제공합니다. 당선자들은 작품의 본질에 대한 깊은 이해를 바탕으로, 그것이 시대와 어떻게 소통하고 있는지를 날카로운 시선으로 포착했습니다.

현재 평론은 문학, 영화, 미술이라는 전통적인 예술 영역에 집중되어 있지만, 평론의 역할은 앞으로 더 다양한 분야로 확장될 필요가 있습니다. 예를 들어, 음악, 공연예술, 건축, 게임, 디지털 미디어와 같은 현대의 새로운 예술 장르에서도 평론의 필요성은 점점 커지고 있습니다. 이러한 분야에서 평론은 새로운 예술적 시도를 분석하고, 그 가치를 대중에게 전달하며, 창작자들에게는 더 나은 방향성을 제시하는 역할을 할 수 있습니다. 평론이 나아갈 길은 무한하며, 그것이 예술 전반에 걸쳐 대화와 발전의 촉매제가 되는 것이 중요합니다.

이번 당선 모음 작품집의 출간은 단순히 당선작들을 모은 결과물 그 이상입니다. 당선자들의 노력뿐 아니라, 수많은 지원자의 도전, 공정하고 깊이 있는 심사를 해주신 심사위원님들, 이를 주최한 언론사와 담당 기자님들, 출판 관계자들의 헌신적인 노력이 모두 모여 이룬 쾌거입니다. 또한, 이 모음집이 출간될 수 있도록 힘을 보탠 잠재적 후원자인 독자들의 관심과 기대 또한 중요한 역할을 했음을 잊지 말아야 합니다.

당선된 평론가들에게는 한 가지 당부를 전하고 싶습니다. 평론가는 창작자가 작품을 세상에 내놓는 과정만큼이나 중요한 책임을 집니다. 평론은 작품에 대한 날카로운 비판을 넘어, 작품의 가치를 발굴하고, 창작자의 의도를 대중에게 온전히 전달하며, 때로는 창작자조차 미처 알지 못했던 작품의 새로운 의미를 발견하는 역할을 해야 합니다. 또한, 평론은 대중이 예술을 더 깊이 이해하고 사랑하게 만드는 다리가 되어야 합니다. 이번에 발표된 당선작들은 그러한 역할을 훌륭히 해낼 잠재력을 보여주었으며, 앞으로 더 큰 성장을 이루어가길 기대합니다.

이 당선 모음 작품집은 평론 지망생에게는 훌륭한 길잡이가 되고, 영원한 자료집이 될 것이며 독자들에게는 예술을 새로운 시각으로 바라보게 하는 영감의 원천이 될 것입니다. 한국 평론의 저변 확대와 질적 성장을 위해 이번 모음 작품집이 이바지하게 되기를 희망하며, 모든 독자와 참여자들에게 감사와 축하의 마음을 전합니다.

2025년 1월
박시연(평론가)

2025 경향신문 신춘문예 문학평론

송 연 정

본명 정소연
1999년 출생
고려대학교 국어국문학과 졸업
고려대학교 대학원 국어국문학과 재학
2025년 《경향신문》 신춘문예 문학평론 부문 당선

디렉터스 코멘터리: (　)로부터
– 백은선론[1]

송 연 정

이제 상영관으로 입장해주시기 바랍니다

언젠가부터 아픔을 이야기하는 일이 너무나 새삼스럽고도 뻔하게 느껴진다. 어디가 아픈지, 얼마나 아픈지, 무슨 이유로 아픈 건지는 각자의 사정으로 남겨두더라도 모두가 병들어있다는 사실만은 같다. 모두에게나 조금씩 있는 것은 곧 아무에게도 없다는 듯 무마되어버리고야 말기에 개개의 아픔은 충분히 감응되지 못한 채 그곳에 방치된다. 이때 방치되는 것은 또한 스스로의 병든 마음이기도 하다. 도처에 널려있는 아픔, 그 어디쯤 놓인 나 자신의 병증이란 어찌나 작고도 대수롭지 않게만 여겨지는지. 몹시도 오래 아

---

1) 이 글은 백은선이 출간한 네 권의 시집 『가능세계』(문학과지성사, 2016), 『아무도 기억하지 못하는 장면들로 만든 필름』(현대문학, 2019), 『도움받는 기분』(문학과지성사, 2021), 『상자를 열지 않는 사람』(문학동네, 2023)를 주요 텍스트로 한다. 본문에서 상기한 시집들에 수록된 작품을 인용할 경우 작품명만 표시하기로 한다.

파온 사람은 슬픈 사람이 된다. 그렇게 제때 진단되지 못한 아픔은 이내 슬픔이 된다. 자신이 슬픔인 줄도 모르는 슬픔이 그곳에, 또한 이곳에 있다.

"모두가 잊은 장면들로 만들어진"(「조롱」), 다시 말해 나조차도 잊어버린 장면들로 만들어진 백은선의 시는 그러므로 오롯한 슬픔으로부터 시작한다고 말해보아도 될까. 그의 시를 내달리는, 절망이 만들어낸 자학과 분노와 슬픔이 뒤엉킨 더 깊은 절망의 가장 내밀한 곳에 자리하는 것이 때를 놓쳐버린 아픔이라면,[2] 백은선 시의 화자는 더 이상 낯선 존재일 수 없다. 지나치는 줄도 모르고 지나쳐버린 무수한 증상들 그 속에 그의 화자가 놓여있다. 비록 충분히 발화되지 못했을지언정 아픔은 그곳에, 또한 이곳에 고스란히 남아있기에 백은선 시의 화자는 특정 이미지들을 반복하며 일종의 근원지를 향하여 간다. 이 강박적인 몽타주는 과연 무엇의 징후일까.

이것은 끝없이 상영되는 어느 필름에 관한 글이다. 그러나 동시에 그곳에, 또한 이곳에 방치해두었던 숱한 마음들과의 뒤늦은 눈맞춤이라고 불러도 좋을 것이다.

---

2) "절망 속에서 바로 그 절망이 만들어낸 자학과 분노와 슬픔이 뒤엉킨 데서 발생하는 힘으로, 『가능세계』는 더 깊은 절망, 완전한 끝을 향해 내달리기 때문이다." 이재원, 「김준성 문학상 시부문 심사평」, 『21세 기문학』 2017년 여름호, 13~14면.

(불)가능세계의 아이러니

무한히 리셋되는 루프 속에 갇힌 것마냥 백은선 시의 화자는 자꾸만 같은 장면에 놓인 채 목격된다. 시작점과 종점을 구분할 수 없는 뫼비우스의 띠처럼, 태어나는 동시에 죽어버리고 소멸하는 동시에 도래하는 아이러니는 이 필름의 불문율인 듯하다. 어떠한 미완의 병증을 계기로 영사기가 작동되었다면, 백은선 시의 화자가 세계의 시작과 끝을 움켜쥐고 이토록 집요하게 구는 모습은 결코 우연이 아니다. 시작이라는 말, 끝 혹은 끝장이라는 말은 백은선의 시에서 유독 자주 발견되는 시어들이지만, 정작 그 어떤 시작도 끝도 명확히 가리키지 않은 채 한데 엉킨다.

시작과 끝은 맞물려 있다. 동시에 태어난다. 딱딱한 혀 딱딱한 얼음 딱딱한 세계. / 그러면 도래하는 영원. 그러면 증발하는 영원. // 나는 지금에 대해 오래 생각하다가, 노트를 펼쳐 단지 지금이라고 적어본다. 지금 옆에 지금, 지금…… 지금이라고. 그러면 눈 내리는 언덕, 지금은 멀고 아득하고 차가운 사람. // 눈이 내린다. / 눈이 내린다. / 눈이 // (중략) // 첫 행이 씌어지는 순간 마지막 행도 함께 씌어진다. // 눈이 내리기 시작한 언덕 너머로 한 사람이 걸어간다. 그는 파랗게 빛난다. 흐릿한 윤곽, 흐릿한 양팔, 흐릿하게 이어지는 검은 발자국. // 지금의 호수, 지금의 나무, 지금의 말할 수 없는 파란 빛. // 그러면 사라지는 한 사람.

　지금에 대해 오래 생각하던 '나'가 노트를 펼쳐 지금이라고 적었을 때, '나'는 "구겨진 종이처럼 하얀 언덕"을 마주한다. 언덕 위에는 "눈이 내린다. / 눈이 내린다. / 눈이". "눈 한 송이, 눈 두 송이, 눈 억만 송이"를 맞고 선 화자에게는 "창각창각사항사항주국주국 / 눈 내리는 / 소리"(「여의도」)마저 들리는 듯하다. 침습하듯 내리는 눈은 백은선 시에서 강박적으로 반복되는 이미지 중 하나이다. 마치 누군가 그를 그 장면 속으로 내던진 듯이 화자는 일상을 살다가도 어느새 다시 설경에 서 있다. 눈송이가 허공을 움켜쥐는 파열음마저도 거슬릴 만큼 예민해진 감각과 휘몰아치는 눈발은 현실보다는 차라리 비현실의 것에 가까운 듯 보인다. "언덕 위로, 어깨 위로, 차갑고 하얀 눈 위로, 다시" 끝없이 되풀이되는 흰빛이 현실로부터 이탈한 어느 장면이라면, 백은선 시의 화자는 왜 자꾸만 "지금"이 아닌 "하얀 언덕"을, 하얗고 파란 비현실의 복판을 영영 헤맬 수밖에 없는 걸까.

　만성적인 슬픔은 차마 슬픔이라고 인지되지도 못한 채 소유되지 못한 감정으로 남고야 만다.[3] 그러나 쌓였던 눈이 흘러내려 질

---

3) '소유되지 않은 경험(unclaimed experience)'의 변용이다. 소유되지 않은 경험은 "그 사건이 자신에게 발생했음에도 불구하고 그것을 자신의 것으로 의식하지 못하는 경험"을 가리킨다.(이진숙, 「트라우마에 대한 소고」, 『젠더와사회』 제24집, 신라대학교 여성문제연구소, 2013, 184면.)

척거리듯, 그때의 감정 역시 "그리고 그리고 그리고 그리고 그리고……"의 방식으로 뒤따르며 지금의 나를 "자꾸만 실족"(「어려운 일들」)시킨다. "어떤 일들은 스스로 알지 못하는 상태에서 파격으로 일어나며 존재에게 끝없이 영향을 미친다."(「고백놀이」)

시작하지 못해 완결된 적 없는 과거의 장면은 현실을 침범하고, "시작과 끝은 맞물려 있"기에 '나'는 지금을 시작하지 못한다. 백은선 시의 화자는 영원히 "도래하는 영원"의 장면을 걷지만, 영원은 이내 증발해버린다. 영원이 무한한 미래까지를 포괄하는 개념이라면, 과거에 붙박인 사람에게 영원이란 그저 "배경도 정황도 없이 흘러가는 영화"(「비신비」)와 같기 때문이다. 자꾸만 그곳으로 이끌려가는 '나'는 "지금의 호수, 지금의 나무", 이들이 지닌 파란 빛에 대해 말할 수 없다. 이곳의 '나'는 여기에 없기 때문이다. 이곳에 있는 "한 사람"이, 사라진다.

이게 끝이면 좋겠다 끝장났으면 좋겠다 // 젖은 솜처럼 // 해수어와 담수어의 사이만큼 // 이미 실패했지만 다시 실패하고 싶다 // 천체의 운행 손을 잡아도 기분이 없는 밤 밤을 떠올리는 빈 나무 의자 의자가 되기 전 나무가 가졌을 그림 바지 자비 자비라는 오타 이야기 할 입과 듣지 않을 귀 남겨진 손 다시 남겨진 천체의 어마어마 그냥 다 끝장났으면 그랬으면 // (중략) // 거스르는 것

---

10) 주디스 버틀러, 『지금은 대체 어떤 세계인가』, 김웅산 옮김, 창비, 2023, 85쪽.

이 회귀인지 도주인지 봄의 식물이 싹을 내미는 공포인지 하고 싶
다 하고 또 하고 하다가 분류하거나 생각할 필요도 없이 구들장인
어깨와 효과 없는 반복으로 가득 차고 싶다

-「가능세계」 부분

지긋지긋한 되풀이 속에서 화자가 입버릇처럼 "끝장"을 이야기
하며 세계의 종말을 기원하는 모습은 그닥 어색하지 않다. 그는
"이게 끝이면", 다 "끝장났으면 좋겠다"고 중얼거리며 곧 사라질 것
들에게 작별을 고하듯 세계의 면면을 파노라마처럼 훑는다. 어쩌
면 방치되어버린 장면의 근원을 찾으려는 사람처럼 보편과 티끌,
이미 벌어진 일과 그 이전에 존재했을 가능성, 해야 할 말과 어쩔
수 없는 것들 사이를 횡단하던 화자는 그 끝에서 "천체의 어마어
마"를 맞닥뜨린다. 거대하고도 촘촘한 세계의 물리법칙을 상대로
개인에게 닥친 불행의 책임을 묻기란 터무니없는 일이다. 그러나
화자에게는 별다른 수가 없기에, "그냥 다 끝장"나기를, 그러기만을
바랄 뿐이다.

그러니까, 얼핏 저주와도 같이 발화되는 끝장은 사실 현실로부터
도피하려는 입버릇에 불과하다. '끝장'이라는 단어로부터 연상되는
파괴력에 비해 "끝장났으면 좋겠다"라고 말하는 화자는 너무나 무
력하며, '~싶다'라는 바람 역시 마찬가지이기 때문이다. 백은선의
시가 까다롭게 느껴진다면, 그것은 아마 두서없이 발산하는 이미
지들과 긴 분량에 기인한 감상일 테다. 그러나 이렇듯, 곤란할 정도

로 과잉하는 이미지와 감정에 비해 화자가 취하고 있는 포즈는 굉장히 소극적이며 회피적이게까지 느껴진다. 스스로 끝장낼 자신이 없이 무수한 가능태에 기대어 끝장을 바라기'만' 하는 삶은 얼마나 비겁한가. "젖은 솜처럼" 늘어지는 화자의 상상 속, "이미 실패했"으며 "다시 실패"할 것이 뻔한 "효과 없는 반복"은 "회귀인지 도주인지" 모를 가능성들이 실은 전부 허구였음을 드러내는 장치로 전락한다. 자기암시와도 같은 발화를 통해 선명해지는 건 현실의 나는 그러지 못했다는, 고로 현재의 나는 결코 현실을 벗어나지 못한다는 참담함뿐이다. 백은선이 상상하는 가능세계란 그러므로 (불)가능세계이자 절대 맞닿을 수 없는 현실과의 평행선이다. "해수어와 담수어의 사이만큼" 먼 두 세계는 "열리는 동시에 가장 굳게 닫혀 있는 // 숲 // 그리고 영원"(「1g의 영혼」)에 가까울 것이다. 그 가운데에 위태로이 놓인 시인은 차라리 끝장이라도 났으면 좋겠다며 되뇌보지만 절대 아무것도 끝장나지 않는다는 걸 누구보다도 잘 알고 있다. 가능세계의 불가능성, 이 잘 짜여진 기만 앞에 이제 그는 도대체 무엇을 할 수 있을까.

없을 수 없는 없음

끝장나지 않은 채 "(끝없이)(계속 끝없이)"(「조롱」) 상영되는 현실은 괄호와 같다. 가두고 구속하며 속박하여 단 한 발자국도 벗어나지 못하게 하는 견고한 장벽. 그곳에 갇힌 시인이 할 수 있는 일은 미친 듯 갈겨쓰며 괄호 안을 채우는 일뿐이다. 백은선의 시에 유난히 '쓰는 행위'에 몰두하는 화자들이 등장하는 까닭 역시 이러한 불가항력 때문일 것이다.

이 글은 자신이 삼차대전으로 핵이 터진 후 남겨진 사람들과 공동 셸터에서 지내고 있다고 믿었던 소녀의 기록이다. 그녀는 아홉 살이 되던 해, 반복적인 망상과 발작으로 처음 내원했고 열다섯이 되던 해 병동에서 투신했다. / 우리는 그녀의 일기를 발견했고 병증의 이해를 목적으로 훼손되지 않은 부분을 발췌하여 보관한다. // 2086년 3월 5일 / 연구소장

(중략)

얼마나 더 써낼 수 있을까 얼마나 더 써낼 수 있냐고 스스로 묻는다 스스로 묻고 여기에도 적어놓는다 아이들은 말을 할 수 없었고 우리는 추위를 대비해 열매와 땔감과 마른풀을 모았다 얼마간은 이렇게 생존할 수 있을 거야 얼마나 더 살 수 있을까

(중략)

우리는 사랑에 관한 비유들로 낱말 놀이를 하기로 했어 // 너는 치즈, 소금, 얼음이라고 말했어 / 나는 입이 없는 것처럼 // 조용히 웃었어 // 왜 사라진 것들뿐이니 // 구름, 바람, 비라고 내가 대답했어 // 그렇다면 도처에 사랑이 있겠네 // 빈정대며 네가 말했지 // 나는 끝까지 말하지 않았어 / 우리라고

　　　　　　　　　　－「밤과 낮이라고 두 번 말하지」 부분

21

통제 불가능한 세계에 완전히 휩쓸리지 않으려는 영혼의 몸부림은 한 편의 시가 된다. 백은선에게 시 쓰기란 "삼차대전으로 핵이 터진" 이후를 기록하려는 마음과 다름없을 것이다. 도무지 끝장날 기미라고는 없는 폐허지만, 쓰고 있는 화자는 일순 자유롭고, 심지어는 "작은 세계를 주무르는 어린 신이 된 것처럼"(「月皮」) 전능하다. 그러나, "얼마나 더 써낼 수 있을까". "반복적인 망상과 발작"을 외면한 채 쓰는 글은 얼마나 오래, 멀리까지 살아남을 수 있을까. 떨쳐낼 수 없는 기억과 슬픔을 한껏 적재한 영혼은 앞으로 "얼마나 더 써낼 수 있냐고 스스로 묻는다".

병증으로부터 스스로를 가두기 위해 만들어낸 상상, 또한 핵이 폭발한 이후의 셸터는 그러므로 화자가 설정한 이중의 도피처일 뿐이다. "사랑에 관한 비유들로 낱말 놀이를 하"는 화자는 사실 말해야 할 것이 아주 가까이에 있음을 알고 있다. 그러나 화자는 "우리"라고 말하는 대신, "구름, 바람, 비라고" "비유 단지 비유로만" 이야기한다. "운명을 믿는 사람의 눈을 쳐다"보며 사랑을 발음하지 않고 도처에 널린 허울로 진실을 모면하는 화자의 모습은 이 시를 관통하는 듯하다. "먹을 것과 땔감을 구하지 못한다면 셸터 안도 곧 폐허가 될" 게 뻔하듯,[4] 좌우할 수 있으리라 믿으며 창조한 세계 역시 금세 허물어질 것이다. 사랑을 사랑으로서, 슬픔을 슬픔으로서 마주하지 않고 "들통난 거짓을 다시 꾸며 말하"는 이상, 백은선

---

4) 조연정 해설, 「소진된 우리」, 『가능세계』, 문학과지성사, 2016, 220면.

시의 화자가 행하는 쓰기는 "도망친 두 사람에 대한 소설"(「기울어지는 경향」)에 불과하다. 이때의 "두 사람"은 물론 모두 그 자신을 가리킨다. 직면하지 않은 채 (불)가능세계 중 한 곳으로 숨어버린 지금의 '나'와, 그로 인해 끝끝내 수습되지 못하는 그때의 '나'. 마음은 여전히 그곳에, 또한 이곳에 방치된다.

> 아니요 아니요 구름 아니요 책 아니요 껌 아니요 소주 아니요 고양이 아니요 재미없어요 나는 속고 싶다 나를 속여줬으면 좋겠다 나는 웬만한 것에는 속지 않는다 나는 구름과 책과 껌과 소주와 고양이로 속지 않는다 나는 계속된다 아니요 아니요 나는 아니라는 말에 의해서만 계속될 것 같다
>
> (중략)
>
> 무엇이든 아니라고 먼저 말해볼 것이다 부정하고 부정한 다음 지켜볼 것이다 아니 어쩌면 아프다는 느낌만이 가장 확실할 것 같고 그 감각을 지키기 위해 고통 속에 머물 텐데 그 고집이 너를 계속 혼자 남게 할지 모른다 아니야 아니야 너는 아니야 그런 말 다음에도 나는 사라지지 않고 계속 부정도 부정할 텐데
>
> — 「비좁은 원」 부분

이렇듯 속임수와 부정은 백은선 시의 화자가 보이는 방어 기제이다. "나는 아니라는 말에 의해서만 계속될 것 같"으므로, 화자는 온갖 것들을 부정하며 제발 누군가가—그게 설령 화자 자신일지라

도 "나를 속여줬으면 좋겠다"고 바란다. 아니라고 말함으로써 현실을 속일 수 있다면, 그래서 있었던 일을 없었던 셈 칠 수 있다면 화자는 마침내 자신을 옭아매던 권태로움으로부터 해방될 수 있을지도 모른다. 그러나 "셸터"를 상상하는 일과 "사랑"을 외면하는 일이 그러했듯, 부정의 방식 또한 미봉책일 뿐이다. 강박적으로 반복되는 장면들로 인해 화자가 아무리 사라지는 듯한 기분을 느낄지언정, "나는 사라지지 않고 계속" 이곳에 남아 부정을 또 다시 부정해야 한다. 설령 "아니요"를 통해 무엇이 정말 없어질 수 있다고 하더라도 "없는 것은 없음으로 없는가?"(「프랙탈」) '포르트fort-다da 놀이'에서 아이가 던진 실패가 반드시 아이에게로 돌아오게 되어있는 것처럼, 나에게서 떠나'간' 것들은 '여기'로 다시금 귀환한다.[5][6] 눈앞에서 치워버리는 방식을 통해 대상과 거리를 벌려 확보한 '없음'은 일시적이며, 그마저도 침묵과 불안의 '있음'을 담보로 해야만 없을 수 있다. "없는 것은 없음으로 없"지 않다. 단지 없음으로써 있을

---

5) '포르트fort-다da 놀이'에 대한 자세한 설명은 S. Freud, 『쾌락 원칙을 넘어서』, 이형진 옮김, 열린책들, 1997, 19~25면.

6) 아이가 창조적 행위-da의 주체가 됨으로써 상실-fort을 지배하고자 한다는 것이 이 놀이에 대한 일반적인 해석이다. 그러나 이 글이 '포르트fort-다da 놀이'를 언급한 것은 보편적인 해석에서처럼 창조를 통한 '없음-있음'을 긍정적으로 보기 위함이 아니라는 점을 분명히 해둔다. 이 글은 아이가 압도적인 불안으로 인해 자신의 욕망을 위한 공간을 만들어낸다는 점에 주목하여 포르트fort-다da 놀이와 백은선의 시를 병치하고 있으며, 놀이에 대한 이러한 해석은 프로이트의 것보다는 차라리 슬라보예 지젝의 견해와 가깝다. S. Žižek, 『당신의 징후를 즐겨라: 할리우드의 정신 분석』, 주은우 옮김, 한나래, 1997, 79면.

뿐이다. 예견된 실패는 백은선 시의 화자를 더욱 아프게, 또한 슬프게 만든다.

당신이 기억하는 모든 장면을 적어주세요[7]

그렇다면 "끊임없이 돌아오는 나선의 감각"(「적심(摘心)」)은 영원히 아프며 기어이 슬픈 장면으로 남을 수밖에 없는 걸까. 없음이 있음에 대한 부정으로서 성립하는 것이라면, 있음의 방식은 어떨까. 무언가가 눈앞에 없다고 인지할 때, 이는 필연적으로 있음에 대한 좌절을 수반한다. 없음의 짝은 있음이다. 없음은 있음을 데리고 온다. 그러나 있음은 그 자체로 고스란히 있을 수 있다. 그 무엇도 전제하지 않은 채, 그저 그 자리에 있음으로써 있다. (불)가능세계로 도망가지 않고 해야 할 말을 외면한 채 비유하지도 않으며 거짓말로 현실을 덮지 않고도, 있음은 지금 여기에 있을 수 있다.

무엇이든 일단은 있다고 써보기로 했다. 새벽 숨소리로 가득한 방에 누워 무엇이 있나 어둠이 눈에 익기를 기다려본다. 나는 네게 전화하고 싶다. 너에게 이런저런 안부를 전하고 나의 커다란 사전을 읽어주고 요즘도 피자를 좋아하는지 애인과 잘 지내는지 무슨

---

7) 백은선, 「조롱」, 『아무도 기억하지 못하는 장면들로 만들어진 필름』, 현대문학, 2019, 22면.

책을 읽는지 어떤 노래를 듣는지 묻고 싶다. 그러나 나는 그러지 않는다. 나는 기다리는 사람이니까. 기다려야 하니까 그러지 않는다.

                                               - 「프랙탈」 부분

그러니 "무엇이든 일단은 있다고 써보기로 했다". 백은선 시의 화자는 온전해지기 위해 이제 자신의 곁에 실재하는 대상에 대해 생각한다. '나'에게는 무엇이 있을까, '나'는 과연 무엇을 쓸 수 있을까. 시상을 기다리던 순간 어둠 속에서 떠오른 것은 엉뚱하게도 '너'에게 전화하고 싶다는 충동이다. '너'가 누구인지 혹은 무엇인지, 그 정체를 궁금해하지는 않기로 한다. 다만 이렇게는 말해볼 수 있을 것 같다. '너'는 '나'가 뭐라도 써보려고 마음 먹은 순간 가장 먼저 꺼내놓을 수밖에 없었던 모든 것이며, 세계를 충만하게 만드는 첫 번째의 존재라고. 만약 '너'에게 전화한다면 '나'는 "너에게 이런저런 안부를 전"할 수 있을 테고, 간직하고 있던 무수한 궁금증에 대한 해답 역시도 얻을 수 있을 테다. 그럴 수 있다면, 가능성이 단지 가능성으로만 종결되지 않은 채 현실이 된다면 머지 않은 미래에 "우린 우리에게 우리라고 말하면서 우리가 되"(「지옥으로 가버려」)어볼 수 있을지도 모른다.

"그러나 나는 그러지 않는다". 기다려야 하는 까닭이다. 이제 관심은 '나'가 기다리고 있는 무엇, 나아가 그를 기다리는 이유에 맞춰진다. 기다림의 대상을 '너'로 상정하는 데에 그친다면 이 시는 간편하고 손쉬워진다. 그렇지만, 정말로 그것뿐일까? 가능성의 지연은 기다림이 숨긴 속뜻이다. 화자가 차마 '너'에게 가닿을 수 없는 까닭은 '너'의 있음이 증명되지 않아서가 아니라, "중요한 무엇을 확인하고 싶지 않은 기분"(「퀸의 여름」)을 이기지 못했기 때문이라고 말해볼 수 있을 테다. 백은선 시의 화자는 여전히 자폐적인 세계에 갇혀 끝장을 기다리던 모습으로부터 완전히 벗어나지 못했지만, 동시에 끝장을 바라는 그의 태도를 통해 세계는 지속된다. 끝날 듯 끝나지 않고 긴 호흡으로 이어지는 백은선의 시, 그리고 세계는 사실은 그 무엇도 끝장나지 않았으면 좋겠다는 내밀한 소망을 배태하고 있는지도 모른다. 실상을 마주하는 일은 언제나 두려우며 또한 망설여지지만, 그렇다고 해서 한없이 미룰 수는 없다. 기껏 결심한 '있음'이 무용해지기 전에, '나'는 견고한 괄호로부터, 안락한 셸터로부터, "비좁은 원" 그리고 마침내 설원으로부터 박차고 나와야 한다. "싫고 좋고 이상"한 '너'를 만나야 한다.[8]

너는 눈을 크게 뜨고 말했다. 이제 손 놔, 나는 흠칫 놀라 네 손을 놓쳤다. 한겨울 눈 쌓인 벌판에서. 사방을 둘러봐도 온통 눈밖에 없어서 도무지 여기가 어딘지 알 수 없는 곳에서. // 점점 멀어지는 네 뒷모습을 바라보고만 있었다. 따라가면 안 될 거 같아서. 그런데 이제 나는 어디로 가야 하지? 한참 멈춰 있다 돌아서서 걷

---

8) 백은선의 산문집 『나는 내가 싫고 좋고 이상하고』(문학동네, 2021)의 제목을 변용하였다.

기 시작했을 때 / 해가 지고 있었다. 멀리 붉은 노을은 감은 눈 속에서 번지는 고동 같았다.

(중략)

보라색 꽃이 창밖에 피었다. 눈은 온데간데없이 녹아 사라지고 나무둥치에 박아두었던 도끼는 자루가 썩어 빈 날만 낮 동안 반짝인다. 그때 네 뒤를 쫓아갔다면 어떻게 되었을까. 가끔 궁금했다. // 손을 놓는다는 게 영영 손을 잃어버리는 일이 될 수도 있다는 것을 미처 알지 못해서. 뜨거운 입김이 피어오르던 눈밭의 한기를 다 잊지 못해서. 기적(奇蹟)이 기이한 자취라는 것을 알게 된 다음부터 너무 많은 것을 이해하게 되어버려서. // 마당에 어린 대추나무를 심었다. 잎들이 작은 동전처럼 반짝거리는 것을 보고, 수지(壽指)라 이름 붙였다.

- 「수지(壽指)」 부분

상실을 경험한 사람의 앞에는 두 가지의 선택지가 놓인다. 잃어버렸다는 사실을 잊거나, 혹은 잃은 것을 놓아주거나. 백은선의 시는 지금껏 차라리 잊기를 택해왔다. 그러나 망각은 안녕이 될 수 없기에 "아이는 그 자리를 볼 때마다 사라진 것"(「비유추의 계」)을 생각하게 될 테고, 그렇게 거듭하여 내리는 눈을 맞으며 몇 번이고 까닭 모를 슬픔에 파묻히고야 말 것이다. 그러니 우리, 길었던 유예를 끝낼 차례이다. 단지 말뿐인 끝장 말고, 완연한 안녕을 발음하며 오래 방치했던 마음에게 해묵은 인사를 건네기. 너무나도 긴 시간을 그곳에, 또한 이곳에 내버려둔 채 많이 외롭게 해서 미안하다고 말해보기. 마치 폭설처럼 적재된 시간, 그 더께를 쓸어내리기 위해서는 '헤어짐의 언어'가 필요하다.[9] 잊어서는 안 되는 순간을 잊으려 하지 않고, 다만 소복소복 쌓여간 슬픔을 성실하게 기억하는 일은 '너'와의 만남을 비로소 작별을 가능하도록 해줄 것이다.

이 시의 '나'를 '너'로, 혹은 '너'를 '나'로 바꾸어 읽는대도 괜찮다. 중요한 건 두 사람—지금의 '나'와 그때의 '나' 중 어느 한 사람이라도 다른 한 사람에게 "이제 손 놔"라며 말할 준비가 되었다는 점이다. "손을 놓는다는" 건 "영영 손을 잃어버리는 일이 될 수도 있"어서, 온통 흰빛인 설원에서 붙잡을 손 하나 없이 혼자가 되는 건 몹시도 무서우니까 '나'는 잠시간 '너'를 잡고픈 충동을 느낄지도 모른다. 그러나 "범람하고 범람하는. / 이계異界의 페이지를."(「아

---

9) 카루스는 친구 칼릴의 죽음을 경험한 열일곱 살 소년 그레고리가 칼릴의 엄마 버나뎃과 나눈 인터뷰를 통해 '헤어짐의 언어'에 관한 사유를 전개한다. 버나뎃은 그레고리에게 칼릴의 소지품 중 가진 것이 있냐고 묻는데, 그레고리는 생뚱맞게도 "칼릴이 제 걸 가지고 있어요!"라고 답한다. 칼릴은 이전에 그레고리가 자신에게 준 셔츠를 입고 영면에 든 것이다. 카루스는 그레고리의 발화에 대해 다음과 같이 말한다. "자기가 가장 좋아하는 셔츠를 칼릴이 끝내 가져 갔다는 말에 내포된 농담은 칼릴 생전에 그들이 맺고 있던 바로 그러한 장난스러운 관계를 재창조해내고 있는 것처럼 보인다. 그레고리는 이렇게 하여 사실상 자신의 셔츠를 향해 '떠났다!'고 말하고, 그럼으로써 칼릴과 새로운 관계, 즉 의인화의 허구 속에서조차 결코 좁힐 수 없는, 칼릴의 죽음과 자신의 삶 사이에 가로놓인 간극을 인정하는, 그러한 관계를 형성하게 된다". Cathy Caruth, 「헤어짐의 말들 트라우마, 침묵 그리고 생존」, 이형진 옮김, 『문학과사회』, 2014년 가을호, 344면.

름답고 무거운 책」), 시작도 끝도 없이 늘어지는 어느 소설을 이제는 정말 갈무리할 시간이다. 영원할 것만 같았던 적설이 "온데간데없이 사라지"는 날에, "그때 네 뒤를 쫓아갔다면 어떻게 되었을까" 문득 궁금해질 수도 있다. 하지만 그간 미친 듯 갈겨썼던 글들이, 그 모든 (불)가능세계가 한낱 기이한 서적에 지나지 않음을 '나'는 이제야 안다. 궁금한 일은 궁금한 일로, 일어나지 않은 일은 일어나지 않은 일로 가만히 둔 채 '나'는 "마당에 어린 대추나무를 심었다." 나무의 이름은 "수지(壽指)". 그 정확한 의미는 오직 '나'만이 알 수 있을 테지만, 왠지 예감이 좋다. 아직 어린 나무가 제법 울창해질 때쯤, '너'는 아득한 과거에서 이렇게 말할 것만 같다. "너의 미래에 내가 없어서 좋아"(「역할 바꾸기」). 그러는 동안 '나'는 "지금의 나무"가 지닌 파란 빛에 대해 이야기하느라 여념이 없을 것이다. 그렇게 우리는, 드디어 각자의 자리를 찾는다.

　　너랑 나는 화단에 앉아 사랑에 대해 이야기했다. 사람의 목소리를 녹음해서 틀고 그걸 다시 녹음하고 녹음한 걸 다시 틀고 다시 녹음하고 또 틀고 또 다시 녹음하고 이런 식의 과정을 계속해서 거치면 마지막에 남는 건 돌고래 울음소리 같은 어떤 음파뿐이래. 그래 그건 정말 사랑인 것 같다. 그걸로 시를 써야겠다. 그렇게 얘기하며 화단에 앉아 옥수수를 먹었다.
　　(중략)
　　오늘은 너랑 소파에 앉아 시간이 길게 길게 늘어지다가 뒤집혀

버리는 순간에 대해 이야기했다. 어쩔 때는 림보에 갇혀 있는 기분
도 든다. 그치만 행복한 무엇이 무형의 뿔처럼 조금씩 자란다. 나
는 현상과 감정에 무연해지고 있다. 너도 그렇다고 했다. 그 이후
에 무엇을 쓸 수 있을지 생각한다고. 나도 생각해야겠다고 속으로
다짐했다. 그 이후와 이후에 씌어진 시와 그 시의 이후에서부터 다
시 씌어진 이후와…… 이것을 무수히 반복한 다음.

바다에서 떠내려온 닳고 반짝이는 유리조각을 주웠다.

사랑에 대해 말하고 싶다.

외계인이 있다고 생각했다.

- 「사랑의 역사」 부분

지난했던 슬픔에게 안녕을 고한 백은선은 이제 사랑에게로 눈길
을 돌린다. 사랑을 말하기 위해 그가 호명하는 것은 아이러니하게
도 다시금 반복이다. "사람의 목소리를 녹음해서 틀고 그걸 다시
녹음하고 녹음한 걸 다시 틀고 다시 녹음하고 또 틀고 또 다시 녹
음하"는 과정의 끝에 사랑이 발견된다면, 슬픔과 사랑의 매커니즘
은 정확히 같다. 그러나 '나'는 더 이상 그 무엇도 외면하지 않으며,
오히려 선명하게 안다. 비록 "어떤 음파"의 원본이었던 장면은 희
미할지언정 내가 한때 그것을 살아냈다는 사실만은 '나'에게 남아

있다. 그러므로 잘은 "모르지만 너무 슬플 것 같"은 기분이 밀려와 '나'를 또 다시 눈보라 속에 던져놓더라도, '나'는 "시간이 길게 길게 늘어지다가 뒤집혀버리는 순간"에 대해 이야기하면서 스스로의 마음을 조금은 너그러이 여겨볼 수 있을 것이다.

감히 떨쳐내거나 잊어버릴 수 없는 세계, 다만 그 역시 나의 세계. 나를 슬프게 만든 아픔들은 고스란히 남아 내가 사랑할 수 있는 동력이 된다. 어느새 "행복한 무엇이 무형의 뿔처럼 조금씩 자란다". 이 탁월한 '있음'의 감각 속에서 백은선은 "그 이후에 무엇을 쓸 수 있을지"를 생각하고, 부지런히 "오늘 새로 태어난 슬픔"(「모자이크」)의 자리를 마련한다. 오래전의 아픔이 "닳고 반짝이는 유리조각"으로 떠내려온다. 희고도 파랗게 일렁이는 빛을 바라보다가, 이내 그것을 소중히 손에 쥐어보아도 베이는 곳 하나 없다. 동글동글 무뎌진 슬픔은 더 이상 나를 상처입힐 수 없기 때문이다. 끝없이 상영되는 어느 필름은 사실 여태껏 살아온 "가까스로의 날들"(「月皮」)의 기특한 방증임을 이제야 안다. 많이도 아팠던 기억을 꼭꼭 삼켜 내 것으로 만드는 힘. 흉터 가득한 몸으로 다시금 사랑하는, 외계인과 같은 초능력은 그곳에, 또한 이곳에.

비로소 사랑에 대해 이야기할 수 있을 것만 같다. "사랑에 대해 말하고 싶다".

사랑에 대해서라면 평생을 말해도 질리지 않을 것만 같습니다. 아마도 그건 사는 동안 밥 먹듯이 사랑한다고 해도 단 한 술도 온전히 소화하지 못할 만큼 사랑의 세계는 깊고 또 넓은 덕입니다. 평론 한 편을 써내는 작업은 사랑하는 일과 닮아있다는 생각이 문득 듭니다. 모호하고도 선명한 감각에 골몰하며 수차례 복기하고 수없이 게워낸 끝에 이윽고 그 모든 불가해를 환대할 수밖에 없도록 하는, 끈질기고도 지극한 마음이 너무나도 기껍습니다.

쓰는 일과 사랑하는 일을 병치할 수 있다면, 쓸 수 있는 용기 또한 애틋하게 여기는 마음으로 저를 견뎌온, 심지어 지켜온 이들로부터 제가 빚진 것이겠지요. 그 숱한 사랑을 차마 다 헤아릴 수조차 없겠지만, 그럼에도 늘 새삼스러운 마음으로 감동하고 감사하며 헤프게 표현하겠다는 다짐으로 채권자 명단을 아래에 적어둡니다.

이 세상에 태어나 처음으로 느낀 사랑은 분명 아빠 정재영 씨와 엄마 송정아 씨로 인한 것이었을 테니, 쓰면서 느꼈던 모든 보람과 기쁨을 두 분께 돌리고 싶습니다. 동생 정유호와 사랑하는 할머니, 할아버지, 우리 가족들에게도 고맙다는 말을 전합니다. 오직 바라는 건 너희가 시와 더불어 행복하게 사는 일이라는 김종훈 선생님, 오래도록 함께 그 내용 없는 아름다움에 감탄하고 싶습니다. 존경합니다. 서투르게 써내려간 글 속에서 사랑을 읽어내주신 양윤의, 차미령 선생님께 누가 되지 않도록 앞으로 성실하게 공부하겠습니다. 우리 연구방 식구들과, 꺾이지 않는 나의 자랑 고려대학교 국어국문학과 일팔시팔이들, 선배, 후배들의 존재만으로 늘 마음 한 켠이 든든합니다. 세은과 주영, 나의 열렬한 팬 규림에게 무한한 응원을, 문희와 승현, 유진에게 무궁한 우정을 보냅니다. 마지막으로 오로지 하은에게만, 나의 온 마음을 드려요.

  사랑이 자꾸만 슬픔의 곁에서 발견되는 까닭, 그 희고도 파랗게 일렁이는 빛을 속절없이 생각하며 오래오래 쓰고 싶습니다. 사랑합니다.

시의 내면으로 미끄러져 들어가,
독자를 공감으로 이끈 대화술 돋보여

그 어느 때보다 무거운 마음으로 이미 전송한 심사평 첫 단락을 고쳐 적는다. 제주항공 여객기 참사 희생자들을 마음 깊이 애도한다. 충격과 분노로 시작해 참담한 슬픔으로 이어진 올해 겨울이 유난히 힘겹다. 계절이 시작되기 전 마감된 30편에 이르는 응모작들, 그들 중 적지 않은 수는 돌봄, 공생, 슬픔, 애도를 말하며 공동체의 가능성을 톺아보고 있었다. 우리에게 닥친 시련의 시간 속에 다시 짚이는 대목이다.

아울러 신인들의 글이므로 기본기 또한 생각하지 않을 수 없었다. 범박하게 말해, 비평은 텍스트에 개념, 가치, 공명을 부여하는 작업이다. 비평은 텍스트가 가진 정념을 합리성으로 번역하는 작업이면서, 텍스트가 가진 복합성에 질서를 부여하는 작업이고, 텍스트와 독자를 하나의 문제로 묶는 작업이다. 마지막 순간 우리의 테이블에 남은 세 편은 이 각각의 장점들을 특징적으로 갖고 있었다.

'데카르트 좌표계의 시학'은 선명한 개념을 바늘로 삼아, 동시대의 시편들을 모으고, 잇고, 정돈한 글이다. 비평에 개념이 어떻게 활용되는지를 보여주는 모범적인 사례라 할 만했다. 그렇기에 텍스트들을 관통하는 '데카르트 좌표계'가 개성적이라기보다는, 친숙하고 낯익게 다가온 것이 못내 아쉬웠다. '다가오는 사랑을 향한 걸음: 황인찬론'은 배제된 사랑의 형태를 통해 사랑의 본연을 회복하려는 황인찬 시의 동력학을 짚어낸 글이다. 좋은 시편을 고르는 안목, 서사와 논리를 결합한 사유의 전개 방식, 문체의 정교함 등이 고루 뛰어났다. 다만, 퀴어와 기독교적 가치의 마주섬이라는 방법론적 전략이 주제적 집중도는 높인 반면에, 전체 글을 단조롭게 하고 있지 않은가라는 의문이 선택을 망설이게 했다.

'디렉터스 코멘터리: (   )로부터-백은선론'은 독자에게 차분하게 말을 건네는 듯한 글이다. 감정을 과장하거나 소화하기 어려운 개념에 기대지 않고 백은선 시의 내면으로 미끄러져 들어간다. 그런 읽기의 작업 가운데 독자를 공감으로 이끄는 비평적 대화술이 무엇보다 돋보였다. 비평의 문체가 반드시 이성의 소관만은 아니라는 것을, 비평에 필요한 것이 텍스트를 움켜잡는 악력만은 아니라는 것을 보여주는 글이다. 이 신인 평론은 글을 마무리하며 "많이도 아팠던 기억을 꼭꼭 삼켜 내 것으로 만드는 힘"에 대해 이야기한다. 긴 밤을 통과하는 중인 우리에게도 그러한 사랑의 시간이 당도하기를. 당선을 진심으로 축하한다.

2025 동아일보 신춘문예 영화평론

문 은 혜

1974년 부산에서 출생
부산대 국어국문학과 졸업
경성대 국어국문학과 석사 및 박사학위 취득
2025년 〈동아일보〉 신춘문예 영화평론 부문 당선
현재 경성대에 출강 중
cookie741@hanmail.net

누가 관객이어야 하는가 :
〈존 오브 인터레스트〉에 나타난 윤리의 초과

뮤 은 혜

"It happened. Therefore it can happen again.
This is the core of what we have to say."
일어났던 일은 다시 일어날 수 있다.
이것이 우리가 전하고자 하는 핵심이다.

– 프리모 레비

1. 악의 평범성으로 압축되는 섬세한 미장센의 향연

오프닝에서 타이틀과 함께 떠오른 검은 화면과 기괴한 소리는
약 3분 동안 지속된다. 타이틀은 페이드아웃 되고, 알 수 없는 섬
뜩한 소리만 남는다. 관객은 암전 상태로 오로지 청각에 집중하면
서 사운드를 유추해야 하는 소름끼치는 경험을 하게 된다. 크리스
티앙 메츠는 관객들이 영화를 왜 보는지에 관해 설명한 적이 있다.
메츠는 그 이유를 동일시와 관음증과 나르시시즘과 페티시즘에서

기인한다고 말한다. 카메라와 동일시하면서 타인을 관찰하는 관음증과 전지적 주체라는 나르시시즘, 결핍의 작용인 페티시즘이 영화를 보는 쾌락을 준다는 것이다. 하지만 조너선 글레이저 감독의 이 오프닝에서는 관객들이 영화를 왜 보는지에 관한 관습을 배반한다. 암전 속에서 흐르는 음향만으로 관객은 극장의 어두움과 스크린의 가득 찬 검은 이미지와 움직일 수 없는 부동성에 의해 쾌락이 아닌 긴장 속에 놓이게 된다.

오프닝의 검은 화면과 기괴한 음향은 마주보기로 엔딩에서도 적용된다. 루돌프 회스가 어두운 계단 아래로 내려가면 검은 화면으로 전환됨과 동시에 뮤트 후 섬뜩한 소리가 한동안 이어진다. 관객은 영화가 끝나고 엔딩 크레딧이 올라가더라도 쉽사리 움직일 수 없을 것이다. 영화가 진행되는 동안 섬뜩한 소리의 정체를 내내 유추하면서 엔딩까지 왔는데, 다시 암전된 화면을 마주보면서 그 소리의 진원지를 감각하고 상상하는 데 남은 힘을 소비하게 된다. 더구나 오프닝은 서사가 시작되기 전의 긴장에 가깝다면, 엔딩은 서사의 결말을 보여주고 난 후의 캄캄함이기에 강렬한 공포에 가깝다.

조너선 글레이저의 영화 〈존 오브 인터레스트〉(2024)는 섬세한 미장센의 향연이다. 오프닝부터 엔딩까지 섬세하게 조형화된 이 영화는 무엇보다 아우슈비츠 수용소를 가로지르는 담장을 기준으로 안과 밖, 내화면과 외화면을 끊임없이 상상하게 만든다. 담장 안의 회스 부부의 세계에는 안정과 평화가 있고, 새소리와 아이들 소리가 있다. 담장 밖의 수용소에는 공포와 죽음이 있고, 총소리와 비명소리가 있다. 카메라는 담장 밖을 결코 비추지 않지만, 아우슈비츠라는 상징적 지명이 관객에게 선험적으로 홀로코스트에 대한 공포심을 선사한다.

카메라는 보여주지 않기에 관객의 상상은 더욱 압도적으로 커진다. 담장 안의 이미지는 명징하지만, 담장 밖의 이미지는 제대로 보이지 않고, 담장 안의 사운드 역시 명료하지만, 담장 밖의 사운드는 희미하게 들려서 이중적이다. 관객은 담장 안의 이미지를 집중하려고 해도 담장 밖의 굴뚝에 검붉은 연기가 나는 모습이나 초소에 서 있는 경비병의 모습을 의식하게 된다. 또한 인물의 대화를 들으면서도 소음처럼 번지는 총소리와 울음소리, 고함지르는 소리와 소각장이 운행하는 앰비언스에 귀기울이게 된다. 타자의 고통스러운 삶은 파편처럼 흔적으로만 드러난다.

타인의 고통은 표상이 불가능하다는 듯, 감독은 사건으로서의 증언을 피해자에게 맡기지 않는다. 그저 관조적 관찰자처럼 끌려가는 희생자의 실루엣, 잿더미로 변해 강가로 떠내려오는 유골의 단편적 흔적으로, 그저 터져나오는 사운드인 중얼거림과 침묵, 한숨과 입김으로, 울부짖는 소리와 비명소리만 간간이 드러낸다. 관객은 보이지 않는 이미지 너머를 상상하고, 들리지 않는 사운드 너머를 상상하며 긴장과 공포심을 극대화하게 된다.

내화면의 이미지와 외화면의 사운드가 괴리를 일으키는 긴장감은 영화를 전반적으로 지배하면서 악의 평범성이라는 개념을 동시에 소환한다. 이미지와 사운드가 일치하지 않는 이 불쾌한 긴장감은 세 가지 층위로 나뉜다. 첫째, 이미지와 사운드가 서로 다른 시간에 전환될 때(J컷과 L컷) 둘째, 이미지 가운데 외화면의 사운드를 전반적 소음으로 들려줄 때 셋째, 카메라의 위치를 의도적으로 돌려서 보이지 않는 이미지에 관해 들려줄 때다.

카메라는 회스의 구두를 챙겨서 씻고 있는 하인과 술을 준비하고 구두를 가져오는 하녀를 따라가지만, 사운드는 하인과 하녀에게 허락되지 않는다. 사운드는 캐나다와 헬가 이야기를 나누는 헤비히트와 이웃의 대화에 집중됨으로써(J컷과 L컷) 유대인으로 보이는 하인과 하녀의 이미지는 관객에게서 곧 배제된다. 이와 같은 장면은 영화 곳곳에 드러나는데 회스 집에서 일하는 하인과 하녀의 이미지는 언뜻 지나가 탈각되고, 사운드는 잡히지 않는다. 그렇게 서발턴은 말할 수 없다.

또한 수용소에서 가져온 것으로 보이는 유대인의 옷을 나눠준 후, 헤비히트는 방안에서 모피코트를 입어보며 립스틱을 바른다. 이 장면에서 외화면의 사운드는 총소리와 비명소리, 개 짖는 소리와 울음소리로 침입한다. 자신이 '아우슈비츠의 여왕'이라고 불린다며 웃는 헤비히트 뒤로 총소리와 개소리가 들리기도 한다. 이러한 외화면의 사운드는 영화의 전체 이미지를 압도할 정도로(헤비히트의 엄마가 견디지 못하고 아침 일찍 떠날 정도로) 끊임없이 지속된다.

CCTV처럼 관찰자적 태도를 유지하던 카메라는 영화 안에서 몇 안 되는 트래킹숏을 하는데, 정원을 소개할 때 헤비히트와 그녀의 엄마는 수용소 담장을 따라 걷는다. 헤비히트는 정원의 식물과 풀장과 자신이 일구어 온 텃밭에 관해 이야기하지만, 관객이 집중하게 되는 이미지는 담장 밖의 수용소 풍경이다. 반대로 "저게 수용소 벽이니?"라고 묻는 엄마와 헤비히트를 촬영한 숏에서 카메라는 담장 밖 수용소를 등지고 서서 두 인물만을 촬영한다. 이미지와 사운드의 내용은 오묘하게 비틀린다.

영화는 화이트아웃, 레드아웃, 블랙아웃의 강렬한 시각적 이미지와 외화면에서 유입되는 강력한 사운드를 절합한다. 영화의 초반에서 클로즈업된 루돌프 회스의 얼굴 뒤로 기차의 검은 연기가 솟아오른다. 외화면에서는 기차가 도착하는 소리, 누군가를 때리는 소리와 울부짖는 소리와 비명소리가 가득하다. 검은 연기와 회스의 얼굴은 옅어지고 화면은 화이트아웃된다. 흰 화면 위로 고통에 흐느끼는 소리는 한동안 지속된다. 영화의 중반에서 헤비히트와 그녀 엄마의 산책 후 카메라는 희고, 노랗고, 주황빛과 빨간 꽃들을 클로즈업한다. 익스트림 클로즈업된 빨간 꽃은 옅어지고 화면은 레드아웃된다. 빨간 화면 위로 아기 우는 소리와 고함소리, 비명소리가 한동안 지속되다가 완전히 뮤트된다. 영화는 이미지가 없는 이미지의 상태로, 화이트아웃되고 레드아웃되고 블랙아웃된 정지 이미지의 상태로, 기괴하고 고통에 가득 찬 음향을 접속시킨다.

아이러니한 이미지와 사운드의 괴리 사이에서 관객이 느끼는 감정은 악의 평범성으로 요약된다. 한나 아렌트는 악이란 특별한 사람이 행하는 것이 아니라 일상적이고 평범한 개인들의 맹목적인 순응과 비판적 사고의 부재에서 나온다고 말한 바 있다. 프리모 레비는 "나는 수용소에 있을 때 단 하나의 괴물도 보지 못했다. 대신 나는 독일에 파시즘, 나치즘이 있었기 때문에 그렇게 행동한 우리 같은 사람들을 보았다."(『이것이 인간인가』)라고 아렌트의 서술을 뒷받침한다.

혜비히트는 엄마가 아침 일찍 떠난 것을 발견하고 화가 나서 하녀에게 신경질을 부린다. "너 따위 아무도 모르게 재로 만들 수 있어"라고 말하며 식사를 이어간다. 루돌프 역시 파티장에서 "가스로 몰살하려면 어떤 방법이 좋을지" 생각한다고 사람들 한 명 한 명을 자세히 보진 않았다고 말한다. 회스의 큰아들은 동생을 온실에 가두며, 쉭쉭 소리를 내기도 한다. 순환소각시설에 관해 설명하는 사람은 "태우고, 식히고, 비우고, 채우고"라며 사람을 가장 효율적으로 단기간에 대량으로 소각하는 과정에 대해 열정적으로 말한다.

관객은 악의 끔찍함에 소름끼쳐 하면서도 악의 평범성 개념에는 너무 쉽게 동의해 버린다. 우리 역시 일상에서 평범하게 악을 행하는 자라고 자인하며 악의 평범성에 오히려 카타르시스를 느낀다. 영화는 어떤 관객에게는 섬세한 미장센에서 오는 충만함을, 어떤 관객에게는 악의 평범성이라는 교훈을 배설함으로써 카타르시스를, 어떤 관객에게는 그 어떠한 감동도, 성찰도, 영향력도 끼치지 못한다. 그렇다면 이 영화의 관객은 누구여야 하는가.

2. 유령처럼 떠도는 일상 속 홀로코스트

세계는 온통 전쟁 중이다. 코로나라는 보이지 않는 질병과 싸우던 세계는 이제 물리적인 전쟁에 대대적으로 접어들었다. 미얀마는 내전 중이고, 러시아는 우크라이나와, 이스라엘은 가자지구를 넘어 레바논, 이란과 대치 중이다. 언론은 세계 곳곳에서 일어나는 무력 충돌을 보도하기 바쁘다. 재난서사가 넘쳐나는 지금, 그 중심에 이 영화가 있다. 2024년 아카데미 국제장편영화상과 음향상을 받은 이유는 섬세한 미장센의 미학 덕분도 있겠지만, 무엇보다 역사적 기억의 중요성과 교차되는 현재성도 한몫했을 것이다. 조너선 글레이저 감독은 아카데미 수상소감에서 "Not to say, look what they did then, rather look what we do now."(그들이 그 때 무엇을 했는지 보라는 것이 아니라 우리가 지금 무엇을 하고 있는지 보라)고 이스라엘-가자지구 전쟁을 언급함으로써 화제에 올랐다. 역사는 현재와 과거의 대화다.

세상에는 수많은 재난서사가 있다. 이 중에서 홀로코스트를 자행했던 아우슈비츠 이야기는 단연 손에 꼽힌다. 〈소피의 선택〉(1982), 〈쉰들러 리스트〉(1993), 〈인생은 아름다워〉(1997), 〈줄무늬 파자마를 입은 소년〉(2008), 〈사울의 아들〉(2016)의 궤적을 잇는 〈존 오브 인터레스트〉(2024)는 피해자와 시선을 맞추는 대부분의 영화와 달리 가해자를 관찰하는 시선으로 카메라의 눈을 맞춘다. 영화는 미학적으로 섬세하게 조형화된다. 이 미장센들은 과연 누구를 위한 것인가?

제작진은 집안과 방안 곳곳에 의도적으로 CCTV 형식인 초소형 카메라 열 대 이상과 마이크 오십 대 이상을 두고 인물을 관찰한다. 이는 세계를 관조적으로 관찰하면서 이미지를 배열하는 태도다. 감시하고 관찰한 이미지로 봉합한 이 영화는 세계에 관객을 함께 참여시키지는 않는다. 홀로코스트의 끔찍한 참상을 이미 충분히 체화한 관객에게만, 비슷한 문화자본을 점유한 관객에게만 그 공포를 극대화할 뿐이다. 보이는 이미지 너머 보이지 않는 이미지를, 들리는 사운드 너머 들리지 않는 사운드를 상상하고 감각화할 때, 독특한 학습의 문화자본을 경유함으로써만, 그제서야 관객은 영화에 참여하게 된다.

홀로코스트는 여전히 우리 주변에 유령처럼 떠돌고 있다. 잠재적인 홀로코스트 상황에 늘 노출되어 있는 나라는 억압과 차별과 혐오에 기민하다. 아직도 여전히 홀로코스트에 대한 경계심을 풀지 않고 이를 국민적 계몽 프로젝트로 진행하고 있는 독일, 폴란드, 프랑스 같은 나라들도 있고, 트럼프의 재집권 이후 미구에 닥칠 유사 홀로코스트에 맞서 시민사회가 다시 신발끈을 조이고 있는 미국 역시 홀로코스트의 유령은 현재 진행형이다. 이 긴장이 시민사회를 움직일 수 있는 사회라면 이 영화가 가진 섬세한 미장센은 충분히 승인되는 미학적 태도다.

독일은 역사적 반성을 반복적으로 이어온 나라다. 독일 곳곳에 있는 슈톨퍼슈타인은 '걸려 넘어지게 하는 돌'로 희생자들이 살아

온 집이나 일터 앞에 그들의 이름을 새겨 넣은 명판을 말한다. 슈톨퍼슈타인을 기획한 프로젝트는 현재진행형으로 일상적인 공간에서 역사적 기억을 상기시키면서, 기억문화의 이정표를 세우고 있다. 또한 베를린 도심 한가운데 홀로코스트 메모리얼은 매우 상징적이다. 희생자를 추모하며 만든 콘크리트 사각기둥 2711개는 제각기 크기와 높낮이가 다른 회색빛으로, 마치 관 모양처럼 놓여 있어 엄숙하고 경건한 분위기를 자아낸다. 메모리얼의 지하 입구에는 프리모 레비의 말이 선언된다. "일어났던 일은 다시 일어날 수 있다. 이것이 우리가 전하고자 하는 핵심이다."(『가라앉은 자와 구조된 자』)는 말은 역사적 기억의 중요성을 강조하며, 과거의 비극이 현재에도 반복될 수 있음을 경고한다. 이처럼 독일과 미국 같이 홀로코스트의 공포에 관한 잠재성 자체가 여전히 도사리고 있는 사회에서는, 조너선 글레이저 감독의 섬세한 미장센이 홀로코스트를 대하는 매우 아름다운 예술적인 태도일 수 있다.

문제는 한국사회이다. 실체는 없이 형식과 태도만 남은 이 섬세한 미장센의 향연 가운데 놓인 한국 관객들에게 이 작품은 무엇이고 어떻게 소비되는 것일까? 우리 역시 신자유주의 이후 지독히도 악이 평범화되어 있는 도가니에서 살고 있지 않은가. 그렇다면 우리에게도 실체를 지워 형식만 남아 블랙홀처럼 우리의 일상적 안락함을 빨아들이려는 저 기괴하고도 공포스러운 미장센의 향연을 즐길 가능성이 있는 것일까? 제주 4·3과 광주 5·18은 물론이고 더 멀리 관동대지진 조선인 집단학살과 노근리의 기억조차 꽁꽁 싸매어 현재화하지 않으려고 바락바락 애쓰고 있는 우리에게 말이다.

3. 양각화된 이해관계 속 음각화된 희망

　영화란 이미지를 잘라서 이어붙인 것이다. 카메라는 명료한 물질을 찍는다. 명료한 물질을 찍었는데도 불구하고, 현상해서 인화하고 이어붙이는 과정에서 어떤 의미와 애매모호함을 드러낸다. 이미지를 잘라서 이어붙인 것이기에 빈틈이 있고, 구멍이 있다. 이 구멍 사이로 의미가 발생하고 애매모호함이 생성된다. 우리는 영화를 보면서 대부분 흩어지는 의미의 고정점을 찾는다. 그렇지만 이 영화는 고정점을 찾기에는 너무 자명하다. 영화스러움을 감추지 않고, 영화다움의 특성을 다분히 활용한다. 양각화된(positive) 영상은 음각화된(negative) 필름을 거쳐야만 재생된다. 영화화된 양각화는 음각화된 필름 없이는 재생되지 않는다.

　이 영화에서 열화상 카메라로 찍은 음각화된 장면은 두 번 나온다. 이는 회스의 둘째 딸인 잉에가 등장할 때만 연결된다. 첫 번째 장면은 루돌프 회스가 몽유병으로 보이는 잉에에게 무엇을 하고 있냐고 묻자, "설탕을 나눠 줘요."라고 말하는 장면 후다. 기괴한 음향과 더불어 시작된 음각화된 화면은 한 소녀가 몰래 사과를 숨겨 놓는 장면이다. 두 번째 장면 역시 루돌프 회스가 창고에 잠들어 있는 잉에를 안아들자, "땀냄새"라고 말하는 장면 후다. 섬뜩한 음향과 더불어 〈헨젤과 그레텔〉의 동화를 읽어주는 루돌프 회스의 목소리 뒤로 음각화된 화면은 아우슈비츠 노역장으로 보이는 곳에 소녀가 과일을 숨겨두는 모습이다. 여기저기 과일을 숨겨두던 소녀는 한 노역자가 놓아둔 악보를 발견하기도 한다. 경비병들을 피해 소녀는 자전거를 타고 집으로 돌아간다.

'The zone of interest'의 원래 의미는 '수용소를 중심으로 한 관심구역'을 뜻한다고 한다. 이를 이해관계 영역으로 해석해도 좋겠다. 사람은 누구나 자신의 이해관계 영역이 있다. 루돌프 회스에게 이해관계 영역은 딱 가족까지다. 신자유주의 사회에서 살아가고 있는 개인들에게 이해관계 영역은 대부분 자신과 자신을 둘러싼 가족 정도일 것이다. 현대의 빠른 속도사회에서 각자도생이라는 생존주의, 무관심과 이기주의는 더 이상 새삼스러운 일이 아니다.

여기 한 소녀가 있다. 위험을 감수하면서 희생자들이 먹으라고 몰래 과일을 숨겨 놓는 천사와 같은 이 존재는 그 이해영역을 자기 가족의 경계를 넘어 누군지 알지 못하는 희생자에게까지 넓힌다. 감독에 의하면 이 소녀는 실제 인물인 알렉산드라다. 실화에 바탕을 둔 이 이야기는 영화 안에서 음각화되어 있다. 홀로코스트를 당하고 있는 희생자들과 홀로코스트를 자행하고 있는 가해자들의 사이에 살고 있는 이 소녀는 자기가 수확했던 사과를 어딘가에 숨겨놓고 필요한 누군가 찾아서 먹으라고 내어 놓는다. 이런 소녀가 존재할 때, 이런 소녀를 기억할 때 역사는 진보한다. 우리의 'The zone of interest'는 얼마나 좁아져 있는가.

소녀는 환대를 실천하는 존재다. 소녀는 타자에 대한 응답으로 자신의 양식을 내어준다. 환대는 주는 것이고, 자기희생을 전제로 한다. 소녀의 환대는 레비나스의 언어로 '자신의 입에서 빵을 꺼내어 자기는 굶주리면서 타인의 허기를 채워주는 것'이다. 타자를 선대함은 구체적으로 비움을 수반한다. 금식으로 타인을 먹이는 일이다. 레비나스는 자신과 자신 가족의 안전을 추구하는 이기심을 꾸짖고, 타자를 영접하고 환대하는 윤리적 주체로 자신을 세우도록 요구한다. 주변을 돌아보고 우리의 'The zone of interest'를 넓히라는 이야기다.

소녀 이야기는 양각화로 서사화되지 않는다. 소녀 이야기는 양각화되지 않고 음각화되어 준비된다. 세상은 이해관계 영역만큼만 사랑한다. 우리가 살아가는 세상이 양각이라면 세상에 흘러가는 것은 이해관계 안에서 흘러간다. 약육강식의 세상이다. 승자독식의 세상이다. 하지만 세상이 꼭 그렇게 설명되는 것만은 아니다. 영화는 음각화를 거쳐 양각화에 이른다. 선이 악을 이긴다는 희망은 먼저 음각화로 준비된 후에야 비로소 영화로 양각화된다.

4. 과거와 현재의 교차편집을 통해 본 회스의 구역질

영화의 마지막에서 회스는 두 번 구역질을 한다. 회스의 시선이 닿는 복도 끝, 검은 화면에 동그란 흰 구멍이 있다. 흰 구멍은 이내 현재의 아우슈비츠 수용소 입구 문으로 변한다. 직원으로 보이는 이들이 수용소를 청소하고, 희생자의 잔해가 전시된 박물관을 쓸고

닦는다. 진공청소기음이 뮤트되고, 화면이 전환되면서 복도 끝을 바라보던 회스의 시선으로 돌아온다. 과거의 픽션으로 흘러가던 영화는 갑자기 현재의 논픽션을 교차편집한다. 회스의 구역질은 무엇을 의미하며, 과거와 현재를 잇는 교차편집은 무엇을 의미하는가.

많은 평론가들은 이 장면에서 회스의 구역질은 몸이 반응한 인간의 무력함이라고 표현한다. "자신이 악의 편에 서 있다는 영혼의 신호가 신체적 반응으로 새어나온 듯"(김소미), "자신의 의식과 달리 자기 육체가 반응하는 구토 행위에 당황"(김영진), "가해자의 무의식이 뱉어낸 육체적, 정신적 반응"(남다은), "학살행위로 인한 죄책감의 발로"(이동진)와 같이 말한다. 그러나 무언가를 응시하는 듯한 회스의 시선에 과연 표정이 있었을까.

비판적 사유 없이 맹목적 순응만 하던 가해자가 일말의 양심 앞에 갑자기 몸이 떨렸다고 생각하지 않는다. 가해자의 내면에 연루되지 않기 위해 최대한 관조적으로 세계를 담으려고 했던 감독의 일관된 의도라면 회스의 표정은 불안과 두려움으로 일그러지지 않을 것이다. 영화가 지향하려고 했던 중립지대를 지키려면, 회스는 인물이 아닌 장치로써 차라리 활용되어야 한다. 회스의 얼굴은 아무것도 담고 있지 않기에 관객은 스스로가 그 마음을 투사해서 회스를 해석하게 된다. 많은 이들은 회스의 표정에서 일말의 양심을, 구역질로 나타나는 것으로 보길 원한 것 같다. 그러나 회스의 구역질은 그저 과거와 현재를 잇는 두 시공간적 지대를 연결하고 봉합하는 장치로 보인다.

과거와 현재가 교차편집된 순간, 관객은 이 중립지대의 카메라를 통해 현재의 아우슈비츠 수용소 내부와 유대인의 잔해가 남겨진 전시관을 바라본다. 외화면에서만 작동하던 이미지들의 잔해, 상상 너머로 고통받고 있었던 타자들의 흔적을 바라보며 관객은 충격을 경험한다. 엄숙한 장면의 논픽션은 영화에서 픽션의 의도적인 감동을 준다. 크리스티앙 메츠는 '모든 영화는 픽션'이라고 말한 바 있다. 영화는 의도적으로 선택하고 배열된 이미지의 합이다. 감독은 치밀하게 증언하고 있다는 합을 맞추기 위해 과거와 현재의 장소를 영화 속으로 소환한다.

기념비는 민족과 같은 집단적 기억, 확장된 기억공동체에 대한 기념비로서 역할을 한다. 박물관에서 시간은 공간이 된다. 기억의 공간이 형성되어 그 공간 안에서 기억은 재구성되고 재현되며 계승된다. 기념비와 전시관과 박물관은 역사적 기억을 공간화한다. 감독이 현재 수용소와 전시관을 군이 소환한 이유는 폭력적 잔해의 공간을 영화적 감각으로 일깨우기 위해서다. 끊임없이 망각을 권하는 사회에서 우리는 어떤 기억을 공동으로 보존하고, 유지하고, 관리할 것인가. 기억투쟁은 여기저기서 계속되고 있다.

5. 다시, 누가 관객이어야 하는가—오로지 현재만 남은 이 땅에서

이제 정리해 보자. 영화는 악의 평범성으로 압축되는 섬세한 미장센의 향연이다. 홀로코스트에 관한 재현의 윤리에 감독은 집요하도록 중립정신을 지키려고 노력한다. 피해자의 시선도, 가해자의 시선도 아니다. 그저 관찰자로 관조적 태도를 유지하며 세계에 관객을 참여시키지 않는다. 이는 홀로코스트에 대한 영화에서 새로운 시선의 장을 열었다는 찬사를 받기도 한다. 홀로코스트를 유령이 아닌 실체로 부여잡으려 애쓰는 나라의 관객들이라면 이러한 미학적 태도는 매우 적극적으로 수용될 법하다. 그러나 한국사회에서는 그 실체를 감각화해서 수용하기는 몹시 어렵다.

미장센의 향연 후 남는 것은 실체가 아닌 태도에 대한 윤리의 초과다. 이 고급스러운 향연은 홀로코스트로 상징되는 민족국가의 내재적 모순을 성찰할 수 있을 때 가능하고, 이 성찰을 시민사회의 동력으로 전환할 수 있는 곳에서라면 매우 아름다운 미학으로 수용된다. 감독은 인터뷰에서 '희생자들과 동일시하기보다는 우리에게 내재된 가해자와의 유사성을 보는 시도'를 하고 싶었다고 말한다. 영화는 감독이 기획한 대로 악의 평범성을 전면에 내세운다. 감독은 기계적인 눈으로, 관조적 관찰자로서의 자세로 이미지와 사운드를 선택하고 배열한다. 동요하지 않고 균형을 잡으려고 노력한다. 그래서 이 기획은 엇갈린 평을 받는다.

대부분의 호평 가운데 남다은 평론가는 이 영화가 구현한 것은 '악의 평범성'이 아닌 '악의 평면성'이며, 가해자의 서사에 연루되지 않기 위해서 서사 자체를 무력화하는 태도는 비겁하다고 비판한다. 부분적으로 동의하는 바다. 영화의 서사는 단순하다. 단란한 가정과 함께 일상생활 가운데 루돌프 회스가 전출하게 된다는 소식이 들려오지만, 아내 헤트비히는 그대로 남고 싶어한다. 다행히 전출은 취소되고 루돌프 회스는 아우슈비츠에 남게 된다. 서사의 갈등은 얇게 흐르고, 이미지와 사운드는 계산적으로 합이 맞다. 관객은 서사에 연루되지 않은 채, 세계를 부동자세로 지켜본다.

감독의 카메라는 지나치게 정합적이다. 카메라는 부동의 시선으로 반듯한 윤리를 강조한다. 직소퍼즐처럼 딱딱 들어맞는다. 감독은 철저하고도 사실적으로 묘사하고 싶어 한다. 즉 사건을 재현하고 싶어 한다. 하지만 홀로코스트를 재현하는 윤리의 정합성은 도대체 누구의 시선이며 어떤 시선이어야 하는가. 재현 불가능하다고 여겨지는 사건이 정합적으로 표현될수록 윤리는 인위적으로 초과되고 사건에는 잉여가 생긴다. 홀로코스트를 재현한다면 〈사울의 아들〉(라즐로 네메스, 2016)에서의 사울의 시선이 더 정직하다. 초점을 잃은 아웃포커싱 사이로 가해자와 희생자의 실루엣이 비칠 때, 사울의 트라우마는 관객에게 전이된다. 사울은 관객을 세계에 참여시킨다.

선악을 결정하려면 선이나 악을 행할 수 있는 자의식과 타자 의식, 주체의식이 있어야 한다. 지금 한국사회에 주체의식, 역사의식을 가지고 살아가는 개인이 얼마나 있는가. 자율적인 의사결정권으로 일상 속의 악에 위험을 감지하고 목소리를 낼 수 있는 자가 얼마나 있는가. 역사의식이 소멸하고 오로지 현재만 남은 이 땅에서 이 영화는 어떤 의의가 있는가. 미학적으로 공교하게 만들어진 이 영화는 실체는 보이지 않고 태도의 윤리만 보인다.

기억하고 기념하는 것은 귀중한 일이다. 서구사회는 하고 있으나 한국사회에서는 못 이루고 있는 것이 있다. 과거청산과 진실규명이다. 홀로코스트의 실체를 마주보는 일이다. 일제강점기와 각 시대의 꼭지점마다 과거청산과 진실규명이 이루어져야 한다. 일본은 여전히 역사를 왜곡하며 그들의 식민지배와 침략전쟁을 미화한다. 한일관계를 경색하지 않아야 한다는 이유로 군함도에 이어 사도광산까지 역사왜곡은 점점 심화되고 있다. 한국사회는 역사의식이 공동화(空洞化)되고 있다. 자신이 누구인지 모르는 것은 자신의 역사를 잊어버린 것이다. 역사는 '나는 누구인가'를 너머 '우리는 누구인가'를 묻는 일이다. 우리의 역사를 잊어버리는 행위는 결국 우리 자신을 정의하게 된다.

역사의식이 공동화된 데에는 천민자본주의도 한몫한다. 우리 사회는 지나치게 경제 발전만 외치며 현재만 오롯이 주목한다. 과거와 미래를 아울러 살펴보는 성찰이 없다. 이는 자본의 논리, 시장의 논리로 역사의식을 소멸시키면서 소비자만을 생산하는 천민자본주의와 연결된다. 경제성장을 위해 역사와 공동체의 가치는 파괴되며 현재에 이루어지는 소비 지상주의와 성공 결과주의만이 양산되는 실정이다.

다시, 누가 관객이어야 하는가. 오로지 현재만 남은 이 땅에서 이 영화는 어떻게 해석되는가. 감각화되지 않는 무의미인가. 배설되는 카타르시스인가. 성찰과 실천인가. 무감각을 넘어서 '악의 평범성'을 넘어서 '악의 평면성'을 넘어서 대리만족에서 끝내는 카타르시스를 넘어서 경험과 성찰과 실천까지 도달하려면, 역사인식과 공동체의식이 회복되어야 한다. 공동체 속에 연대와 책임을 실천하는 주체의식으로 서야 한다. 역사의식이 증발되고 적극적인 관객이 소멸되고 있는 세태 속에서 심미적인 감동을 경험하고 성찰하고 실천할 관객은 언제쯤 태어날 수 있을까. 현재가 과거와 소통하면서 미래를 전망할 수 있도록 만드는 것, 역사적 실체를 마주보려는 노력이 있을 때 온전한 해석과 감상이 비로소 가능해질 것이다.

당선소감 | 문은혜

오랫동안 문학을 사랑해왔다. 언어의 간극 사이로 세계를 상상하는 일은 기쁘고, 행복했다. 이미지 없이도 문자가 둥둥 흘러가는 세계에서 플롯과 시점과 인물을 논하는 일은 늘 새로운 모험을 떠나는 설렘이었다.

언어 사이를 누비며 상상하는 것과 다르게, 영화는 시각적이고 청각적인 감각을 통해 좀 더 입체적인 화려한 감각의 선물을 받는 것 같았다. 문학과는 다른 방식으로 영화를 좋아하지만, 어떤 점에서 이 영화가 왜 좋다는 표현을 하기 어려웠다. 매년 개최되는 부산국제영화제와 집 근처에 있는 영화의 전당은 그런 내게 자양분이 되어주었다. 다양하게 기획된 영화를 접하게 되고, 영화를 좋아하는 사람들과의 만남 속에서 영화라는 장치에 관해 어린애가 조금씩 말을 배워가듯 영화를 읽는 법을 익혀갔다.

그러던 어느 날 '왜 평론을 쓰려고 하냐'는 말에 쭈뼛쭈뼛 말을 못한 적이 있다. 이후로 그 질문은 내 마음에 아직 남아있다. 여전히 평론의 자리는 어떠해야 하는지에 관해 고민이 있다. 아직 내겐 부끄러움이고, 마음의 빚을 지는 자리다. 원전 텍스트에 빚을 지고, 이론에 빚을 지고, 여러 평자들의 관점에 빚을 진다. 그 틈새 사이로 내가 경험한 영화적 감각을 잠시나마 비출 뿐이다. 이것만으로, 내가 쓰는 이야기가 작품의 가치와 미학을 논하는 평론이 될 수 있을까 두려움과 떨림이 있다. 평론의 자리는 어떠해야 하는가는 내게 남은 과제가 될 것이다.

이제 한 걸음을 내딛지만, 이미 고마운 사람들이 한가득이다. 한결같이 좋은 스승으로 남아주시는 박훈하 교수님, 대학원에서 함께 공부하며 동고동락한 선후배들, 응원과 지지를 아끼지 않는 사랑하는 가족들, 부족한 글을 읽고 가능성을 타진해준 심사위원들에게 감사인사를 드린다.

담장 안과 밖…
이상적 관객의 가능성 보여줘

작품이 좋으면 그에 관한 담론도 풍부해지기 마련이다. 조너선 글레이저 감독의 '존 오브 인터레스트'는 올해 개봉된 작품들 가운데, 평자들로부터 가장 많이 거론된 작품에 속할 것이다. 이번 응모작 중에서도 다섯 편이 상기 작품을 다루고 있었다. 작품 자체가 나치 홀로코스트를 다루고 있으므로, 그에 따른 비평적 화두 역시 '악의 평범성'으로 수렴되고 있다.

담장을 사이에 두고 저쪽에서는 악의 끔찍함이 자행되고 있다. 아니, 자행되고 있다고 추정된다. 카메라는 결코 그 담장 밖을 비추지 않기 때문이다. 반면 이쪽에서는 그야말로 평온하고 안락한 일상생활이 영위되고 있다. 그래서 관객은 담장 안의 이미지에만 집중하게 된다. 미장센 자체가 가해자를 관찰하는 시선으로 일관하기 때문이다.

그런데 관객의 시선이 담장 안을 집중할수록, 담장 밖에서 간헐적으로 들려오는 총소리는 관객의 긴장감을 증폭시킨다. 이미지와 사운드의 괴리 속에서 관객은 그야말로 악의 평범성이라는 개념에 쉽사리 동의하게 되는 것이다. 나아가 그러한 개념에 카타르시스를 느끼게 되는 것이다. 그렇다면 이 작품은 기존 홀로코스트를 다룬 작품들과 어떤 차별성을 가질 수 있을 것인가? 평자의 질문은 바로 여기서부터 시작된다.

이는 '이 영화의 관객은 도대체 누구여야 하는가'라는 질문으로 이어진다. 역사의식이 증발되고, 적극적인 관객이 소멸되고 있는 세태 속에서 심미적인 감동을 경험하고 성찰하고 실천할 관객은 언제쯤 탄생할 수 있을 것인가? 적어도 그러한 질문을 제기하고 있는 평자는 그러한 이상적 관객의 가능성을 보여주고 있다고 여겨진다.

2025 동아일보 신춘문예 문학평론

정 의 정

1997년 제주 출생
동국대학교 미디어커뮤니케이션학과 졸업,
동 대학원 국어국문학과 박사과정 재학 중
2025 〈동아일보〉 신춘문예 문학평론 부문 당선
이메일 : tomatofriend.ng@gmail.com

테크노밸리의 육교를 건너는 동안
– 장류진 소설[1]의 희극성 조망하기

정 의 정

1. 영웅의 후예, 희극

처절한 비극이 인간을 영웅으로 만든다면, 우리 시대에는 영웅도 비극도 없을 것이다. 비극의 소재들이야 넘쳐난다지만 이것들은 비극적 진실의 실마리가 되지 못한 채 과장된 희극의 배경이 될 뿐이다. 희극에는 영웅이 없다. 희극을 연기하는 사람들은 앞을 향해 걷다가 돌부리에 걸려 넘어져도 슬랩스틱 코미디언이 되어버린다. 블랙 코미디에서 배우들은 왕을 골탕 먹일 수는 있어도, 왕을 처단하지는 못한다. 이 무대의 설정값은 영웅적인 희생을 불허한다. 비극적인 시대에 사람들의 삶과 문학이 희극이 되어버리는 이 역설

---

1) 이 글은 장류진의 소설집 『일의 기쁨과 슬픔』(창비, 2019)에 수록된 「일의 기쁨과 슬픔」과 장편소설 『달까지 가자』(창비, 2021), 소설집 『연수』(창비, 2023)에 수록된 「펀펀 페스티벌」, 「라이딩크루」를 논의 대상으로 삼는다. 이하 인용 시 본문에 쪽수를 표기한다.

을 어떻게 설명할 수 있을까?

　장류진의 소설은 그에 대한 답이 될지도 모른다. 대부분의 작중 인물들은 노동을 위태롭게 만드는 신자유주의 시대의 풍파 속에서도 낙오되지 않고 무한경쟁의 논리를 승인한 채 어떻게든 살아남는다. 예를 들면,「일의 기쁨과 슬픔」에서 판교 테크노밸리 회사원들이 온갖 부조리한 처우와 비효율적인 직장 문화에도 금방 적응하며 "오늘은 월급날이니까"(p63)라는 말로 현실의 불안함을 달래는 식이다. 이렇듯 장류진의 소설은 주위에서 흔히 볼 수 있는 인물, 공감을 일으키는 일상적 배경, 유머러스하게 서술되는 갈등과 사건, 누구 하나 죽지 않는 산뜻한 결말 등을 특징으로 한다. 그리고 이는 대중적인 인기의 비결이라 할 만하다.

　그러나 장류진 소설에 대한 평단의 반응은 대중들의 호응에 비해 그리 긍정적이지 않다. 자본주의의 부당한 시스템을 있는 그대로 보여주기만 할 뿐, 구조에 대한 근본적인 문제와 대결할 생각이 없는 현실 추수주의 문학이라는 것이다.[2] 하지만 그러한 비평적 진단은 어떤 시대적 조건이 장류진식 '희극'을 만들었는가, 하는 문제에 대해 다소 무심하게 느껴진다. 미국의 비평가 로런 벌랜트는 『잔인한 낙관』[3]에서 이에 관해 통찰한 바 있다. 신자유주의적 위

---

2) 양재훈,「반박귀진의 하수들과 철없는 바틀비들」,『작가들』72호, 2020.03, pp.169-185; 신성환,「2010년대 후반 한국형 회사원 소설에 나타난 청년 의식 연구-김세희와 장류진 소설을 중심으로」,『어문총론』83호, 2020, pp.155-188; 오혜진,「포스트페미니즘 시대 한국 여성문학·퀴어문학 연구」, 성균관대학교 박사학위논문, 2024.

기를 직면한 사람들은 더 나아지지도, 더 나빠지지도 않는 답보상태에 적응하는 모습을 보인다는 것이다. 이러한 사람들에게 위기란 이미 삶의 일부이자 조건이다. 그렇다면 장류진 소설의 인물들은 어떠할까? 이들은 소설의 결말에 이르러서도 전보다 크게 성장하거나 좌절하지 않으며, 사건이 벌어지기 이전의 상태를 이어간다. 일각의 비판처럼 신자유주의 체제에 순응하는 인물들의 이야기가 덧없어 보일지 몰라도, 불행을 견디는 이들의 이야기가 유머로 승화되고 있다는 점은 중요하다. 프로이트에 따르면, 유머는 불행에 빠진 자기 자신을 감싸 안는 태도와 관련 있다.[4] 장류진 소설의 진정한 미덕은 단지 경험적 세계를 충실하게 재현하여 독자들과의 공감대를 형성하는 것이 아니라, 그토록 현실적인 세계를 웃음으로 과장하여 우리가 마주한 위기를 다시 돌아보게 만드는 희극성에 있는 것이다. 어쩌면 희극은 이 시대에 가장 유력한 영웅의 후예일지도 모른다.

2. 신자유주의라는 무대 장치

장류진의 작중 인물들은 거대한 구조와 싸우기는커녕, 자본주의 체제 바깥은 꿈도 꾸지 않을 정도로 신자유주의적 기업가 주체성

3) 로런 벌랜트, 박미선 · 윤조원 옮김, 『잔인한 낙관』, 후마니타스, 2024.
4) 지그문트 프로이트, 정장진 옮김, 「유머」, 『예술, 문학, 정신분석』, 열린책들, 2003.

을 철저히 내면화하고 있다. 이는 소설이 능력주의와 결합한 중산층의 도덕 경제를 보편적 에토스로 승인한다고 비판받는 지점이다. 그러나 만약 이 인물들이 '트루먼'이라고 생각하면 애틋하기 그지없다. 세계의 전부라고 믿어왔던 것이 사실은 잘 지어진 세트장에 불과하다는 사실을 작가도, 독자도 알고 있기 때문이다. 장류진은 현실처럼 보이도록 그럴싸하게 잘 지은 소설 속 세트장에서 신자유주의 체제라는 무대 장치의 골조를 가끔 노출하며, 인물들이 사는 세계가 무대 위의 연출된 쇼임을 암시한다. 그런데도 끝내 세계의 진실을 알지 못하는 인물들은 가히 희극의 주인공이라 할 만하다.

「펀펀 페스티벌」에서 이러한 희극성은 잘 나타난다. 소설은 주인공이 과거에 대기업 합숙면접 과정에서 겪은 일을 무대 위로 올린다. 합숙면접 과정 중 가장 의아한 것은 '펀펀 페스티벌'이라는 조별 공연 과제다. 이것은 "끼와 개성, 창의성을 펼쳐라"(p78)라는 슬로건을 내걸고 있지만, 기업이 찾는 인재의 역량과 관련해서 도무지 어떤 항목을 평가하는지 알 수 없다. '나'는 이에 당황한 것도 잠시, 이내 지원자들의 일거수일투족이 점수화되는 면접 방식에 적응한 모습을 보인다. 밴드 공연을 준비하며 조원들의 갈등을 적극적으로 조율하고, 그런 자신의 모습을 누군가 혹은 어디선가 지켜봐 주길 원하는 등 자신을 취업 시장의 상품으로 훈육하고 전시하는 것에 거리낌이 없다. '나'와 같은 사람들은 서로를 감시하며("돌아가고 있는지는 모르겠지만 저기 CCTV 달린 거…… 다들 알고 계시죠?"p70) 각자의 쓸

모를 증명하기 위해 경쟁한다.

본 무대에 오른 주인공은 면접관의 눈에 띄기 위해 과장된 행동도 서슴지 않는다.("나는 스탠드에 꽂혀 있던 마이크를 뽑아들고 무대 앞쪽으로 빠르게 걸어 나갔다. 그리고 반복되는 후렴구를 부르면서 골반을 좌우로 한번씩 튕겼다."p81) 결과적으로 많은 관객의 함성을 자아냈으나 면접에서는 불합격하고 만다. 주인공은 신자유주의적 경쟁 논리를 체득하고 있지만, 체현하는 데에는 실패한 것이다. 반면, "육층의 인간 탑을 쌓았던 3조"(p85)는 조원 모두가 합격한다. 주인공은 "꼭대기 층에 올라간 애들이 누구였는지, 어떤 애들이었는지를 떠올려봤다. 몸집이 작은 애였나? 날씬하고 가벼운 애였나?"하고 고민하다가 결국 "아무리 생각해봐도 걔네는 그냥, 그런 데 올라가는 애들"(p86)이라는 단순한 사실로 결론지으며 인과적 설명을 포기한다. 이렇듯 소설은 인물들이 자신의 능력을 증명하기 위해 갖은 노력을 할수록 우스꽝스러워지는 역설적 상황을 보여주며, 능력주의의 허상을 유머러스하게 꼬집는다.

　　Fun Fun 페스티벌-꿈을 향한 크리에이티브 대축제! ⋯ 나는 누가 현수막을 내리고 있는 것인지, 어디서부터 내려오고 있는 것인지 확인하고 싶어 고개를 높이 쳐들었다. 그러나 시야에 들어온 건 때마침 켜진 조명기구의 하얀 빛뿐이었다. 그 강렬함에 이내 눈을 질끈 감아버려야만 했다. 현수막을 매단 끈의 출발점이 어디인지는 끝내 알 수 없었다. 나는 어두컴컴하고 그 끝을 알 수 없는 위쪽

을 향해 묻고 싶었다. 이거 정말 축제가 맞아? 누구를 위한 Fun이
야? 여기서 Fun을 가져가는 사람은 누구지? 재미를 보는 사람은
대체 누구야?

(「펀펀 페스티벌」, p78-9)

주인공이 '펀펀 페스티벌'의 무대 바깥의 무언가를 감지하는 장
면은 중요하다. 그것은 어두컴컴해서 끝을 알 수 없는 무대 천장으
로부터 쏟아지는 하얗고 강한 빛이다. 이 빛은 '트루먼쇼'의 세트장
하늘에서 떨어진 조명처럼, 주인공이 현재 상황을 의심스럽게 보
도록 만든다. 그리고 이는 메타적으로, '펀펀 페스티벌'도, 합숙면
접 과정도, 소설「펀펀 페스티벌」그 자체도 누군가가 연출하고 재
미를 보는 연극무대, 즉 신자유주의적 시대의 희극과 같음을 암시
한다. 따라서 이때 "재미를 보는 사람"(p79)이란 중의적이다. 장류진
식 희극의 관객, 독자들이 작중인물을 놀림거리로 삼아 웃고 있을
때, 더 큰 구조로서 자본주의 체제는 사람들 사이의 경쟁과 훈육을
부추겨 신자유주의적 주체성을 생산하고 이를 통해 이득을 보고
있다.

「라이딩크루」또한 그 형식에 있어 장류진식 희극의 메타적 관람
을 도모한다. 소설의 도입부에서는 내화와 구분되는 외화가 먼저
시작된다. 외화에는 창밖으로 무언가를 내다보며 웃고 있는 세 명
의 여자가 있다. 이 세 명의 여자들은 독자들이 이들의 시선을 통
과하여 내화를 멀찍이서 '관람'하게 만드는 관객들이다. 그렇다면

이들은 무엇을 보고 있는 것일까? 그 정체는 내화에서 밝혀진다.

내화는 자전거 동호회에서 벌어지는 남성들 간의 갈등이 주된 내용이다. 주인공-서술자 '나'는 라이딩크루의 장이며, 남성크루들 사이에서 우월감을 느끼고 여성크루들에게는 환심을 사려고 하는 사람이다. 그러나 크루에 새로 들어온 '최도헌'은 그런 '나'의 입지를 위협한다. 최도헌은 드라마 협찬 가구를 만드는 목수에, 키가 크고 잘생겼으며, 심지어 여자들에게 스스럼없이 애교를 부릴 줄 아는 남자였다. '나'는 그를 이기고 싶은 마음에 험난한 라이딩 코스를 제안한다. 승부에서 밀리자 마음이 급해진 '나'는 그의 자전거 바퀴로 돌멩이를 던져버린다. 이때 최도헌은 넘어지지만, 자전거의 바퀴는 넘어진 채로 계속 돌아간다. 자전거 바퀴에 모터가 달려 있던 것이다. 두 남자 사이에는 때아닌 공정 시비가 붙는다. '나'는 최도헌이 바퀴에 모터를 달고 라이딩을 한 것은 '공정'하지 않다고 주장한다. 여기에 맞서 최도헌은 어릴 때 다리를 다쳐 모터 없이는 애초에 자전거를 탈 수가 없으니, 모터를 달아야 비로소 '공정'한 게임이 가능하다고 반박한다. '나'는 이에 동의하지 못하고 분노하지만, 최도헌의 말을 들어보면 주인공도 만만치 않게 '장비 빨'을 세우고 있다.("그러는 크루장님은 그 비싼 자전거로 기어 낮추고 케이던스 열라게 높여서 열심히 돌리시던데요. 그럼 그건 공정한 거 같나요?" p214)

이는 최근 한국의 공정 담론과 능력주의 신화가 사회적 약자의 기회를 빼앗는 근거로 전유된 상황을 잘 보여준다. 최도헌은 장애인인 동시에 성적으로 매력적인 남성으로 묘사된다. 이때 최도헌에게 돌아가는 혜택은 성적으로 덜 매력적인 남성들에게 불공정 감각을 안긴다. '능력'으로 공정하게 승부 보지 않고, '몸' 그 자체가 자산이 되었기 때문이다. 여기서 최도헌의 약자성은 능력주의와 젠더의 기묘한 연동을 수면 위로 드러나게 한다. 소설이 최도헌과 주인공의 관계 변화를 통해 누가 여성/약자의 몸을 '자산으로서의 몸'으로 간주하느냐를 예리하게 짚고 있기 때문이다. '나'가 최도헌과 처음 메신저로 대화를 주고받던 상황을 보자. 최도헌의 메시지에는 모든 문장의 종결어미가 마치 혀 짧은 소리를 내듯 '-해여'로 끝이 난다. 또, "헤헤"(p182), "허엉"(p183) 같은 의성어를 쓰기도 한다. 심지어 최도헌의 프로필 사진에는 허리가 잘록하고 머리가 긴 사람의 뒷모습, 즉 최도헌의 뒷모습이 있었다. 이러한 최도헌의 외모와 말투에 '나'는 최도헌을 여자로 오해하고 성적으로 흥분하기까지 한다. 주인공이 내면화하고 있는 이성애 규범적 편견이 작동한 것이다. 하지만 최도헌이 남자라는 사실을 알자마자, '나'는 최도헌을 향한 섹슈얼리티를 모두 철회한다. 최도헌이 남성이기에, '나'에게 있어서 '자산으로서의 몸'의 가치가 사라진 것이다. '알파메일'로서의 최도헌은, 오히려 '나'와 능력을 겨루어야 하는 라이벌일 뿐 약자가 될 수 없다. 따라서 최도헌의 약자성은 '나'에게 받아들여지지 않으며, '역차별'의 근거가 된다. 이는 흔히 남성들이 '타고난' 성별로 인해 복지혜택을 보는 여성들에게 '역차별'을 당했다고 주장하는 논리와 같다. 남성 신체의 특질은 타고난 '능력'으로 연결 지어 감추는 반면, 여성/약자의 몸에 따르는 돈과 혜택은 불

공정하게 취득한 자산이라는 식으로 능력주의는 성별화되어 있는 것이다.[5]

　최도헌도 이 싸움에 가담하기는 마찬가지다. 둘은 (마치 상품처럼 걸린) 여성크루원 '안이슬'을 두고 신경전을 벌이고 있기 때문이다. 결국 이들은 "공정하게 조건 초기화하고 제로에서부터 시작"(p221)해서 승부를 보기로 하고 팬티까지 벗어 던진다.("뭐예요? 쿨팬티 입으신 거예요? 저는 순면이라 불리한데요. 팬티도 서로 벗으시죠. 공정하게."p222) 소설은 두 남자가 나체로 서울시 공유 자전거 '따릉이'를 타고 달리는 기상천외한 장면으로 끝이 난다. 앞서 외화에서 세 명의 여자가 창밖으로 내다보던 것은 바로 이 광경이다. 이 무대를 멀찍이서 곱씹어 보자. 비로소 이 서사는 한국사회의 젠더갈등과 능력주의 신화, 전도된 공정 감각에 대한 풍자적 알레고리로서 정점을 찍는다.

3. (해피)엔딩: 환상을 사는 사람들

　이렇게 장류진 소설 속 우스꽝스러운 인물들은 풍자극의 일부가 되어버린다. 그렇다면, 이들은 이 세트장 안에 영영 남겨지는 걸까? 이들도 트루먼처럼 바깥세상으로 나가는 문을 언젠간 찾을 수

---

5) 김주희, 「능력주의와 젠더갈등-자산 불공정 감각과 '여성-불로소득자' 담론을 중심으로」, 『여성학연구』 제33권 제1호, 2023, pp.35-74.

있을까? 안타깝게도 소설 텍스트 안에서는 그럴 가능성이 거의 없어 보인다. 이들은 세트장을 나가는 길보다, 이 세계관을 유지하는 보상-월급, 소비, 선물, 일확천금 등-에 더 관심이 많다. 물론 보상받을 기회는 적고, 알게 모르게 무언가를 계속 빼앗기면서 살지만, 드물게 찾아오는 행복은 이들의 불행한 삶을 그럭저럭 견디게끔 한다. 이것이 신자유주의 시대가 희극을 생산하는 방식이다. 그러니 소설의 인물들에게 왜 저항하지 않느냐고 지적하는 것은, 왜 희극에 영웅이 없냐고 묻는 것과 다를 바 없다. 이제 질문을 바꿔보자. 왜 비극적 소재가 희극의 배경이 되는 것인지, 왜 인물들은 사회구조에 저항하지 않는 것인지, 사람들은 무엇을 통해 현재를 감당하는지. 이 질문들에 답할 수 있을 때 비로소 희극의 역설을 깨달을 수 있을 것이다.

『달까지 가자』는 신자유주의 시대의 사람들의 결핍과 욕망, 그리고 환상을 잘 보여준다. 소설은 회사 입사 동기로 연을 맺은 세 사람(서술자-은상과 다해 언니, 그리고 지송)이 '이더리움'이라는 실제 가상화폐에 투자하여 마침내 수억의 돈을 벌게 되는 모험담이다. 이 서사는 구체적인 날짜까지 기재해가며 이더리움의 실제 등락 타임라인을 따라 전개되는데, 이는 경험적 세계에 근거하여 '현실'을 충실히 재현하는 것으로 보이는 지점이다. 이더리움의 가격 곡선이 상승하는 과정에서 인물들이 노동과 소비, 삶을 대하는 태도는 조금씩 변화한다. 마침내 이더리움의 '떡상'에 힘입어 인물들은 억 단위의 돈을 갖게 되며, 소설 또한 결말을 맞이한다. 근대소설 속 인물이 대개 투자/도박에 실패하고 패가망신하여 독자에게 교훈을 남기는 것에 견주어보면, 이 이야기의 해피엔딩은 확실히 독특하다. 투자/도박 행위가 삶에 쾌감을 주는 행운으로 탈바꿈한 것이다.

이러한 서사는 가상화폐 투기 광풍의 위험성을 은폐하고 신자유주의적 투기 주체들의 욕망을 자연화한다고 비판[6]받는다. 그러나 소설은 이러한 비판이 성립할 만큼 '현실적'이지 않다. 자세히 보면, 경제학적으로 타당하고 인과적인 투자 가이드라인에 대한 묘사는 없다. 인물들의 코인 투자 과정에 어떠한 합리적이고 치밀한 계산도 없으며 그저 운만 따를 뿐이다. 심지어 이들은 의사 결정의 근거를 코인 및 주식 동향이나 세계 경제 정세에 두기는커녕, 무당의 점괘에 맡긴다. '연월도사'로부터 '러시아에서 불어오는 시베리아 북서풍을 타고 아주 멀리 간다'라는 추상적인 점괘를 듣고서는 곧장 이더리움의 개발자가 러시아 사람이니까, 이더리움을 가지고 '존버'하면 '달까지 간다'(투자자들의 은어 'to the moon')는 희망으로 번역해서 믿기로 한다. 이 세계에서 인물들의 운명은 전적으로 운과 우연, 불확실성에 달려있다.

물론, 이러한 운이 완전히 똑같은 확률로 모두에게 적용될 거라고 믿는 것은 착각이다. 그리고 이 착각과 환상을 소설이 만들어내고 있다면, 이는 암호화폐가 서민에게 기회의 평등을 보장하는 계

---

6) 서희원, 「달의 몰락-장류진 달까지 가자 다시 읽기」, 『현대문학』 801호, 2021, pp.272-295.

급 도약의 사다리라는 식의 과장된 낙관론과 맞물린다는 점에서 일견 문제적이다. 하지만 금융자본주의의 구조적 모순은 단순하지 않다. 암호화폐는 기회의 평등과는 아무런 관련이 없다. 이제 투자시장이 거대자본의 보이지 않는 힘에 의해 교란될 수 있다는 사실을 모르는 사람은 거의 없으며, 그렇기에 '흙수저 청년 여성 3인방'[7]이 코인으로 떼돈을 번다는 설정은 양윤의의 해석대로 현실의 대리 충족을 위해 구현된 환영, 즉 "판타스마(fantasma)"의 이야기다.[8] 지나치게 환상 충족적인 이 서사는 오히려 일종의 농담 같기도 하다.

환상은 상징계의 결핍을 구성하는 동시에 은폐하며 현실(The Reality)을 안정화한다. 그렇다면 소설이 농담 같은 환상, 환상 같은 농담으로 견디고자 하는 현실이란 무엇인가? 작중 인물들은 말도 안 되게 희박한 확률의 운을 메시아의 구원처럼 기다리며 어떠한 삶을 유예하고 있는가? 주인공 은상은 코인으로 억 단위의 돈을 벌고도 이전처럼 회사에 출근하여 노동하는 삶을 이어간다. 은상은 코인 투자로 단지 '돈' 그 자체를 번 것이 아니라, 삶다운 삶의 조건을 갖추게 된 것이다. 은상이 생각하는 삶다운 삶의 조건이란, 이전까지 은상의 삶을 돌아보면 알 수 있다. 그는 원룸 생활을 전전

---

7) 전청림, 「그건 아마 우리의 잘못은 아닐 거야: 여성 청년의 소비, 노동 그리고 사랑」, 『자음과모음』 55호, 2022, pp.374-386.

8) 양윤의, 「투케와 판타스마: 김금희, 『우리는 페퍼로니에서 왔어』(창비, 2021), 장류진, 『달까지 가자』(창비, 2021)」, 『문학과사회』 135호, 2021, pp.245-265.

하며 더 나은 주거환경을 꿈꾼다. 그러나 회사에 다닌 지 꽤 되었음에도 학자금 대출을 갚느라 저축으로 모이는 돈은 없다. 이대로라면 '내 집 마련'은커녕, 멀끔한 투룸 전셋집으로도 이사할 수 없을 것이다. 이것은 특별한 불행은 아닐지도 모른다. 누군가는 취업률의 증가 폭이 점차 줄어드는 시대에 회사에 다니고 있는 것만으로 다행스럽게 여기라고 할 수도 있다. 하지만 중요한 것은, 이 불행 중 다행 상태의 가난을 벗어날 길이 없을 거라는 전망이다. 더 나은 미래도, 더 나빠졌을 때 구제해줄 안전망도 없다. 불확정성과 불안정성이 증대된 하루하루가 눈앞에 있을 뿐이다. 이것이야말로 신자유주의 시대에 공동체가 마주한 진정한 위기다. 꿈이 실현되는 해피엔딩, 그 이면에는 이런 희극이 아니고서는 도무지 견딜 수 없는 현재가 있다.

『달까지 가자』의 경우, 코인 투자 성공이라는 해피엔딩의 서사 자체가 신자유주의적 답보상태에서의 삶을 돌아보게 만들었다면, 「일의 기쁨과 슬픔」에서는 부당한 일을 당해도 유희와 농담으로 버티고 견뎌내는 사람들의 구체적인 사례들을 제시한다. 소설에서 '일' 때문에 괴로워하는 중심인물은 세 명이다. 먼저, 판교 테크노밸리에 있는 중고거래 애플리케이션 스타트업 '우동마켓'의 직원인 서술자 '안나'와 동료 '케빈'이 있다. 회사의 조직문화는 겉으로만 수평적 관계를 지향할 뿐, 여러모로 비효율적이다. 영어 이름을 부르자는 규칙은 허울만 있고,("다들 대표나 이사와 이야기할 때는 "저번에 데이빗께서 요청하신……" 혹은 "앤드류께서 말씀하신……" 이러고 앉아 있었다."p37) 매일 아침 시행하는 스크럼은 대표의 지루한 조회가 되어 업무 시간을 잡아먹는다. 안나는 이런 일상적인 부조리함에 적응해서 지내면서도, 케빈과의 마찰에는 감정적으로 동요한다. 앱의 버그를 개발자 케빈에게 피드백한 뒤, 버그를 잡느라 예민해진 케빈의 히스테리를 다 받아줘야 하기 때문이다. 이럴 때 안나는 클래식 음악을 듣거나 좋아하는 피아니스트 '조성진'의 사진을 보며 마음을 다스린다. 혹은 '리니지'라는 RPG 게임을 하며 스트레스를 푼다. 다분히 부르주아적 취미 기호로 보이는 클래식과 리니지의 조화는 생뚱맞은 듯하지만, 사실 자본주의의 소비상품이라는 점에서 같은 층위에 놓인다. 안나는 반복되는 일로 지친 몸과 마음의 스트레스를 상품 소비로 해소한다. 이때 안나가 듣는 클래식의 제목이 하필「환상소품집, Op.3-멜로디」(p44)인 것은 의미심장하다. 안나는 단순히 상품을 사는 것이 아니라, 현실을 잠깐 잊게 만드는 환상을 사는 것이다. 이는 개발자 케빈도 마찬가지다. 그가 예민한 까닭은 애플리케이션의 버그를 잡기 위해 코딩 언어 수정에만 내내 몰두하고 있기 때문이다. 버그를 잡는 일만 반복하는 건 그로서는 달갑지 않다. 두 명분의 일을 혼자 하는 탓도 있지만, 그는 코딩 업무를 통한 창의성 발휘와 자아실현을 꿈꾸고 있었던 것이다. 이제 케빈은 일 대신 레고를 사 모으는 취미로나마 자아를 실현할 기회를 찾는다.

'거북이알'은 우동마켓의 단골 이용자다. 그는 부당한 일을 참아내는 데에 가장 도가 튼 인물이다. '유비카드'사의 공연기획팀 차장이었던 거북이알의 사정은 이러하다. 유비카드사의 회장은 클래식 애호가로서의 자신을 과시하는 인스타그래머이자 인플루언서인데, 사람들의 성원에 힘입어 "루보프 스미르노바"(p44, 속칭 '루바', 작중 언급되는 가상의 피아니스트) 내한공연을 성사시키기로 마음먹고 거북이알에게 섭외 임무를 준다. 유능한 거북이알은 루바 섭외에 성공하지만, 후에 이를 회사 홈페이지를 통해 공지한 일은 귀책 사유가 된다. 회장이 루바의 공연 소식을 자신의 인스타그램에 누구보다 먼저 게시하고 싶어 했기 때문이다. 이러한 황당무계한 이유로 거북이알은 승진도 취소당한 채 다른 팀으로 발령이 난다. 게다가 일년간 월급을 모조리 포인트로 받는 부당한 징계까지 받는다. 포인트로 월급이 입금된 첫날, 모멸감에 울컥했지만 이내 이전과 "아무것도 달라지지 않았다는 사실"(p51)을 깨닫는다. 냉정하게 생각하면 애초에 금융자본주의 하에서 돈이란 현금이 아니라 금융자산의 형태로 물리적 실체 없이 존재하고 있기 때문이다.

이에 거북이알은 포인트를 사용해 직원 할인가로 물건을 싸게 산 다음 우동마켓 거래를 통해 포인트를 현금화하기로 한다. 이 또한 번거로운 일이지만, 업무 시간에 물건을 사고 점심시간이나 외근을 나갈 때 물건을 파는 등 개인 시간을 최소한으로 쓰는 것에 만족한다. 거북이알은 초연하고 유쾌한 태도로 대기업의 횡포에도 꿋꿋이 버틴다. 어째서 이들의 불행은 분노로 이어지지 않는 것일까? 15년간 회사에 다닌 거북이알의 비결은 노동하는 자아와 진정한 자아를 분리하는 것에 있다. 거북이알의 진정한 자아는 일보다 반려 거북이들을 돌보는 데에서 더욱 행복을 느낀다. 거북이 세 마리의 이름은 각각 외제 차의 이름에서 따온 "람보", "마쎄", "페라"(p57)다. 이는 거북이알의 세속적 욕망을 잘 보여준다. 그가 노동하는 자아와 분리한 '진정한' 자아란 결국 소비하는 자아다. 거북이와 '명품카'라는 잠깐의 즐거움과 미래의 행복이 현재의 불행에 관용을 베푸는 것이다. 그러나 노동에서 소외된 자기를 위해 상품 소비에 의존할수록, 임금 노동의 부조리가 일상적으로 관리되어버리는 신자유주의적 역설에 빠지게 된다. 거북이알은 이렇게 말한다. "이상하다는 생각을 안 해야 돼요. 그 생각을 하기 시작하면 머리가 이상해져요."(p50) 믿기 어렵겠지만, 이것은 자본주의 체제를 뼛속까지 내면화한 사람만의 소극적인 저항이다.

안나는 거북이알과 '상품 거래'를 명목으로 만나, 위의 사정을 전부 듣게 된다. 이들은 직장인의 애환을 공유하고 대화의 어떤 대목에서는 함께 웃음을 터뜨린다. 찰나의 웃음은 마치 금방 휘발되는 상품 소비의 쾌락처럼 이들의 지난한 노동 인생을 잠깐이나마 중지시키고 이들 사이에 미약한 연결 감각을 제공한다. 안나가 팀장에게 '캡슐커피 머신'을 건네는 장면과, 케빈에게 '레고'를 선물하며 화해를 요청하는 대목에서도 이러한 감각은 드러난다. 상품을 주고받는 거래뿐만 아니라, 자본주의적 교환, 예를 들면 노동력을 팔고 월급을 받는 순간도 마찬가지다. 안나는 홍콩행 비행기 표를 결제하며 월급날이니까 이 정도 소비와 쾌락은 괜찮다고 생각한다. 이렇게 또 한 차례 안나의 삶은 유예된다. 산뜻하고 포근한 결말은 인물들의 비극을 지연시키고 영웅됨을 좌절시킨다. 이것이 바로 장류진식 희극의 역설이며, 우리 시대의 한 단면이다.

4. 희극의 조망 효과

우리는 길을 건너기 위해 함께 육교에 올랐다. 그런데 계단을 다 올라가고 나서 어딘가 이상한 점을 발견했다. 육교가 길 건너편으로 이어진 게 아니라 다시 우리가 있던 쪽으로 이어져 있었기 때문이다. 한마디로 육교가 도로를 가로질러야 하는데, 도로와 평행하게 놓여 있었다. 거북이알이 내게 물었다.

"이상하네. 이걸 육교라고 할 수 있을까요?"

"글쎄요. 설계를 잘못한 것 같은데요."

"이렇게 하면 육교 아래쪽에 그늘이 생기니까 비나 햇볕을 피하라고 만들어놓은 건 아닐까요."

"직장인들이 하루 종일 책상에 앉아만 있으니까 잠깐이라도 운동하라고 만들어놓은 것일지도 모르겠어요."

"그냥 조형물일 수도 있어요. 법으로 정해두는 바람에 할 수 없이 만든 것 같은 성의없는 조형물이 건물마다 하나씩 있으니까."

"어떡할까요?"

"다시 내려가야죠, 뭐." 그녀가 말을 이었다. "그런데, **여기 있으니까 되게 잘 보이긴 하네요.**"

(「일의 기쁨과 슬픔」 p54-5, 강조는 인용자.)

「일의 기쁨과 슬픔」이 묘사하는 판교 테크노밸리 육교[9]의 모습은 영 수상하다. 이 육교는 도로를 가로지르지 않고 도로와 평행하게 놓여 있어, 건너편으로 갈 수 없게 설계된 구조물이다. 사람들은 이미 세워져 있는 이 구조물을 마음대로 없애거나 옮길 수도 없다. 그저 육교를 따라 오르내릴 뿐이다. 법 때문에 하는 수 없이 존재하는 듯한 육교는 본래의 제 쓸모를 하지 못한다. 하지만 인물들의 말마따나 잠시 비나 햇볕을 피할 수 있는 그늘을 만들어주고, 직장인들이 잠깐 운동할 구실도 만들어준다.

이 허무맹랑한 육교의 모습은 마치 장류진식 희극의 상징과도 같다. 희극의 인물들은 비극의 영웅들처럼 공동체를 이끌고 길 건너편의 목적지를 향해 가지 못한다. 육교라는 무대에 올라와도 같은 편의 도로로 다시 내려가는 수밖에 없다. 희극은 잠깐의 고난을 견디게 해줄 뿐이다. 그러나, 건너편으로 가지 못하는 육교일지라도 도로보다 높은 곳에 있다는 사실은 자명하다. 거북이알은 육교에 올라섰을 때 비로소 무언가가 잘 보인다고 말한다. 그가 보고 있는 것은 판교 테크노밸리의 전경이지만, 이는 우리 사회를 이루고 있는 신자유주의라는 세트장의 일부와도 같다. 육교에 오르면 그전까지 보이지 않던 넓은 세상이 한눈에 들어오는 것이다.

---

9) 이는 판교 테크노밸리에 실존하는 조형물이다. 스브스뉴스가 '판교의 미스터리'라는 제목으로 이에 관해 취재한 결과, 이는 육교가 아니라 조망 기능을 갖춘 전망대로 판명이 난다. SBS뉴스(스브스뉴스), "대피소? 전망대? '판교 육교' 미스터리", 김대석, 2015.11.26.

장류진식 희극은 이러한 '조망 효과'를 꾀한다. 물론 우주에서 지구를 한눈에 보고 돌아온 우주여행사들이 겪는 변화에 비하면, 육교 위에서 세상을 바라볼 때 일어나는 조망 효과는 미미할지도 모른다. 자본주의적 횡포에 자본의 교환 논리로 응수한 거북이알의 소극적 저항은 이 수상한 육교에 잠깐 올라섰다가 다시 내려가는 정도의 작은 행위였을 것이다. 그러나, 이러한 행위가 과연 아무 행위도 아니라고 말할 수 있을까? 육교에 올랐던 일이 없었던 일이 될 수 있을까? 행위는 벌어졌고, 육교 위에서는 그전에 보지 못한 풍경을 눈에 담았다. 이러한 맥락에서 보면, 하루하루를 열심히 살아가는 장류진의 소시민적 인물들은 나름대로 행위를 하고 있다.

따라서 장류진 소설을 적극적으로 읽는 하나의 방법은 소설 텍스트가 어떤 시대적 풍경을 조망하느냐를 꼼꼼히 살피는 것이다. 우리는 왜 체제에 저항하지 못하는지, 우리의 자아실현은 왜 자꾸 소비자본주의에 포섭되고 마는지, 자본주의 체제를 유일한 현실이라고 믿게끔 만드는 구조는 무엇인지. 장류진의 문학은 분명 이에 대한 답을 찾아 떠나는 여정에 도움을 주고 있다. 장류진의 소설이 따뜻하게 느껴진다면, 그 이유는 모두가 행복을 누리는 듯한 해피엔딩으로 끝나고 있기 때문이 아니다. 섣불리 정답을 제시하지 않고, 어리석고 바보 같으면서도 어딘가 애처로운 신자유주의 시대의 사람들을 웃음으로 감싸 안고 있기 때문이다.

나는 내가 찌질해서 못 견디겠을 때 소설을 읽는다. 소설에는 꼭 나 같은 사람이 나온다. 나, 소설 같은 삶을 살고 있었구나, 이런 착각을 위안 삼는다. 나는 사람을 미워하고 세상에 분노하는 데에 많은 에너지를 쓴다. 그래도 그런 사람과 세상이 문학을 통과하면 어느 한 구석이 꼭 (징그럽게도) 사랑스러워 보인다. 그래서 무언가를 이해하려다 실패하고 분노하기를 그만두지 못한다.

문학을 읽으면 현실이 그럭저럭 살 만하다고 느끼…지도 않고 앞으로 어떻게 살아야 할지 깨닫…지도 않고 대단한 영웅이 되어야겠다고 각성하…지도 않고 오히려 그 반대다. 그럼에도 계속 읽고 쓰는 것은, 어찌 됐든 잘살고 싶어서다. 별 볼일 없는 나에게도 문학은 계속해서 말을 걸어주고, 그건 비단 나에게만 해당하는 말 걸기가 아니기 때문에 나는 문학이 하는 말을 다른 이들에게도 최대한 많이 들려주고 싶어진다.

더 많은 사람들과 글을 통해 만날 수 있게 해주신 심사위원분들,

그리고 장류진 작가님께 감사드린다. 매번 내 글의 첫 번째 독자
가 되어주는 정진, 글 쓰다가 생리적 욕구를 포기할 뻔한 나를 보
필해 주어 고맙다. 앞으로도 같이 먹고 자고 커가자! 스무 살 때부
터 같이 읽고 쓰고, 욕하고 화내고 웃으며, 너 나 없이 우리가 된
능금과 난독, 너희들이 나를 키웠다. 엉성한 초고에도 피드백과
칭찬을 아낌없이 주신 민아 세영 슬미 윤기 하정 선생님께도 같이
공부할 수 있어 행복하다고 말하고 싶다. 황종연 선생님은 문학을
읽는 것이 기호로 가득 찬 세상을 읽는 것과 연결되어 있음을 알
려주셨다. 깊고 넓은 지혜를 나누어주심에 감사드린다. 선생님께
문학을 배우고 있음은 나의 자랑거리다. 나의 최종 독자는 우리
가족이다. 사랑하는 양우 미정, 그리고 곧 0살이 될 뽀뽀도 읽을
수 있게 계속 써보겠다. 마지막으로 국회 앞, 남태령, 용주골에 있
었던 많은 이들에게 진심으로 내가 목숨을 빚졌음을 고백한다. 착
실히 갚겠다.

　예년에 비해 늘어난 응모작 가운데 우리가 주목한 작품은 '사물
의 존재와 구원의 가능성-진은영론'과 '고요한 먹구름과 멜랑콜리
커가 제 삶을 견디는 방법-김경후론', 그리고 '테크노밸리의 육교
를 건너는 동안-장류진 소설의 희극성 조망하기' 등 세 편이었다.
이들은 비평적 소양을 드러내는 적절한 문체를 갖추고 있을 뿐만
아니라 당대 문학 지형에도 밝은 안목을 자랑하고 있어 쉽게 당선
작의 테두리 안에 들 수 있었다.

　'사물의 존재…'는 담담하고 간결한 문장으로 진은영 시에 나타
나는 사물과 존재의 의미를 풀어내고 있다는 점이 돋보였다. 다만
지나치게 해설에 치우쳐 시를 장악하는 메타적 시선이 아쉽게 여
겨지는 지점이 없지 않았다. '고요한 먹구름…'은 다소 난해한 김경
후의 시를 통해 '말 걸기'로 구체화되는 '관계적 존재론'을 이야기
한다. 오늘날 윤리의 출발점을 시를 통해 추출하고자 하는 열정을
높이 살 수 있었으나 이론 취향의 관념성이 내내 시에 대한 몰입을
방해했다.

올해의 당선작으로 선정된 '테크노밸리…'는 하나의 어젠다를 설정하고 이를 작품과의 치열한 대결을 통해 논리적으로 입증해 내려는 분석적 태도가 눈길을 끌었다. 장류진의 소설에 대한 현장의 반응을 모르지 않으나 그를 넘어서는 새로운 키워드를 보태려고 하는 비평적 열정 역시 허투루 보이지 않았다. 그 결과 판교 테크노밸리의 육교 위에서 세상을 바라보는 모종의 '조망 효과'가 우리 소설사에 덧입혀지게 되었다. 수상작은 이 시선이야말로 "어리석고 바보 같으면서도 어딘가 애처로운 신자유시대 사람들을 웃음으로 감싸"안을 수 있는 태도라고 주장한다. 우리는 이 결론을 믿어보기로 했다. 수상을 축하한다.

2025 문화일보 신춘문예 문학평론

송 연 정

본명 정소연
1999년 출생
고려대학교 국어국문학과 졸업
고려대학교 대학원 국어국문학과 재학
2025년 《문화일보》 신춘문예 평론 부문 당선

Frame? Flame!

– 김민정, 이소호, 권박의 첫 시집을 중심으로[1]

송 연 정

갇힌 채 말하기

당신이 들어갈 수 있을 만큼 큰 육면체 하나가 있다고 가정하자. 육면체로 향한 당신은 그 안에 자리잡는다. 자, 이제부터 당신은 그 육면체가 허용한 한에서만 움직일 수 있다. 먹는 일, 잠자는 일과 같은 지극히 원초적인 행위뿐 아니라 일상을 이루는 모든 일을 육면체의 안에서만 수행해야 한다면, 그 상황을 납득할 수 있겠는가? 앞선 조건은 뭇사람들에게 그리 유쾌하지 못하게 받아들여질 가능성이 크며, 심지어 듣는 이에 따라서는 불쾌감까지도 느끼게 만든다. 행동반경이 한정될 때 우리는 그곳으로부터 벗어나고자 하는 충동 내지는 반항심에 휩싸이기 때문이다.

---

1) 이 글은 김민정의 『날으는 고슴도치 아가씨』(열림원, 2005), 이소호의 『캣콜링』(민음사, 2018), 권박의 『이해할 차례이다』(민음사, 2019)를 대상 텍스트로 한다.

이 육면체를 인식의 차원으로 끌고 와 추상적인 모양으로 다시 빚어낸다면 그것이 바로 '프레임(frame)'이다. 조지 레이코프는 본디 액자나 뼈대 등을 의미하던 단어에 가치 판단이라는 조건을 하나 덧붙여, 개인에게 주어진 언어적 구성틀은 특정한 방향으로의 신경회로망을 활성화시킨다는 프레임 이론을 착안했다.[2] 레이코프 이후 프레임은 개인이 어떠한 현상이나 사건을 자신의 안으로 투과시키는 도구로서의 용례를 새로이 획득했으나, 실사용될 때의 맥락을 본다면 대부분의 상황에서 부정적인 뉘앙스를 내포하는 듯하다. 가상의 육면체가 당신을 물리적으로 가두었듯, 주어진 프레임은 사고를 제한해 그 이상으로 뻗어나갈 여지를 차단해버리기 때문이다.

그 까닭에 '벗어나는 일'은 오히려 진테제로 나아가기 위한 필요조건으로 여겨지기도 한다. 정(正) 혹은 반(反)으로 규정된 명제 너머에 있는 새로운 차원, 그곳으로의 지향. 마치 아포리즘과 같이 매끄러우며 타당하게 여겨지는 이 구조는 현실에서 얼마만큼의 설득력을 가질 수 있을까? 2015년 발화(發火)되었던 페미니즘 리부트를 전후로 하여 페미니스트로 '각성'한 여성들은 기존의 가부장적이며 남성중심적이던 이데올로기로부터 벗어날 것을 원했고, 한편으로는 강요당했다. 그러나 앞서 지적했듯, 현실을 짊어진 채 살아가야 하는 여성들에게 '프레임을 부수자'라는 말은 듣기 좋은 동

---

2) 조지 레이코프, 『프레임 전쟁』, 나익주 옮김, 창비, 2007.

시에 자못 허황되다. 여전히 건재한 구조 속에서 살아가고 있는 개인이 프레임을 부순다는 게 가능한 일인지, 무엇보다 프레임으로부터 벗어나야 한다는 것 역시 개인에게 씌워진 하나의 프레임이 아닌지 우리는 깊게 고민해보아야 한다.

이제부터 살펴볼 세 명의 여성 시인-김민정, 이소호, 권박은 그러니 차라리, 짜여진 프레임에 갇힌 채 말하고자 마음먹은 듯하다. 각각 2005년과 2018년, 2019년에 출간된 그들의 첫 시집은 가부장의 한가운데 들어앉아 여성으로서의 정체성을 분명히 하며 발화(發話)하는 전략을 취하고 있다. 구조 안에서 구조를 말할 때 내보일 수 있는 건 도대체 무엇이길래 이들은 이토록 명백하게 '여성'을 뒤집어쓰고 말하기를 택한 것일까.

그때 그 '아가씨'에게 – 김민정의 『날으는 고슴도치 아가씨』

페미니즘 리부트의 불씨가 지펴지기 딱 10년 전인 2005년, 우리 문학장은 이미 젠더에 대한 탐색을 시작할 준비를 마친 채였다. '미래파'라고 불리던 이들의 등장은 문단이 채비를 서두를 수밖에 없던 확실한 계기일 테다. 한 세기가 저물고 마침내 맞이한 밀레니엄. 변화를 추동하는 들뜬 움직임은 한국의 젊은 시인들에게서도 발견되었는데, 그들은 기존의 시가 담지하던 일인칭과 재현의 감각을 뒤엎고 자아의 외연을 넘나들기 시작했다. 특히 '무성(無性)에의 지향'은 2000년대 젊은 시인들이 보이던 특징 중 하나로서 수차례 거론되었다. 시 속 화자들은 그 어떤 형이하학적 질서나 정체성에도 얽매이지 않은 채 다채로운 젠더를 수행했으며, 이를 통해 그들은 생물학적 성차를 탈피하고 여성이면서도 남성인, 한편으로는 여성도 아니고 남성도 아닌 분열적 자의식을 획득할 수 있었다.[3] 그렇지만 그로부터 10년이 지난 2016년에 황인찬이 지적하고[4] 양경언에 의해 구체화 되었듯[5], 무성을 통한 비인칭의 등장은 "어쩌면 젠더 평등의 관점을 견지하기 위해서가 아니라 "남성"적인 관점으로의 합일이 용이하기 때문일 수도 있다는 전제에서 출발한"[6] 것이 아니냐는 필연적 의혹을 예견하고 있기도 했다. 설사 2000년대 이후 한국 시가 그 어떤 의도 없이 순수하게 다성성(多聲性) 혹은 무성성(無性性)을 호명했다고 할지라도, 이미 편향적인 사회 구조 속에서 형성된 동향은 시적 주체의 여성성을 거세하는 동시에 지금까지와는 다른 양상의 남성형을 탄생시키는 방식으로 교묘하게 작동할 수밖에 없다는 점을 간과해서는 안 된다.

---

3) '무성적 화자'의 출현이 특히 두드러지는 2000년대 중반의 시집으로는 황병승의 『여장남자 시코쿠』(문학과지성사, 2005)가 꼽힌다.

4) 「미지×희지 Vol. 1: 쩌는 세계-이자혜·황인찬, 다음을 기약할 수 없는 인터뷰」, 『문학과사회 하이픈』 2016년 가을호.

5) 양경언, 「최근시에 나타난 젠더 '하기(doing)'와 '허물기(undoing)'에 대하여」, 『문학동네』 2017년 여름호.

6) 양경언, 같은 글.

월경 직전의 유방통처럼 피와 나만이 알아채는 떨림으로 밤이
몸을 뒤튼다 깨진 틈새로 단백질 찌꺼기 낀 충치와 잇몸을 얼리는
냉동고의 호흡 때론 담요처럼 폭신폭신한 혀가 대기 속에서 오래
머문다 까끌까끌한 윤곽의 엉클어진 실선들 제 구두점을 다 갉아
먹고는 꼬리와 꼬리끼리 접붙이기 시작하고 말라비틀어진 창자 속
에 펌프질하는 입김으로 팽글팽글 팽그르르 회전의자처럼 산란중
인 꽃병은 터질 듯 한껏 팽창한 곡선을 부풀린다 그 검은 간장독
속을 나는 젓가락으로 푹푹 찔러본다 찐득찐득한 타르가 흘러 내
머리카락에 눌어붙는다 녹아 고무타는 냄새……의 사닥다리를 타
고 긁어도 파지지 않는 그림자들 파근파근 나의 거푸집으로 건너
온다

　　　　　　　　　　　－「잠들어 거울 속에서 눈뜬 검은 나나」 부분

이후의 담론을 참고하였을 때, 『날으는 고슴도치 아가씨』에 꼿
꼿하게 버티고 선 여성 화자는 맹랑하며 또한 특이하다. 김민정 시
의 화자는 젠더를 매개로 각종 실험이 행해지던 시류 속에서 무성
으로서의 주체를 내세우기보다는 자신의 생물학적 여성성을 떳떳
하게 전시한다. 모두가 프레임을 벗어나고자 애쓰는 복판에 꼿꼿
하게 선 한 명의 '아가씨'. 이 아가씨는 여성의 몸, 그리고 그 몸을
통해 감각할 수 있는 통증을 과잉이라고 느껴질 만큼 시의 곳곳에
흩뿌린다. 그는 "월경 직전의 유방통처럼 피와 나만이 알아채는 떨
림"이 무엇인지 안다. 그에게는 "끄뭇끄뭇한 소음순"이 있고, 비록

"사랑스러운 난자 대신 눈알들이 자라"(「멀리 개 짖는 소리 들리더니」)날지 언정 자궁이 있다. 즉 화자는 여성의 몸으로 특정지을 수 있는 신체를 가진 듯 보이며, 그 몸으로부터 비롯된 증상들은 산발적인 이미지로 구체화되어 "내 머리카락에" 또 "나의 거푸집으로" 건너와 눌어붙는다. 씻어낼 수조차 없는, "찐득찐득한 타르"와 같이 말이다.

> 사방에서 남자애들이 코를 싸쥔다 채 오줌을 갈겨댄다 선생님이
> 막대기로 남자애들의 머리통을 탕탕 후리더니 날 안고 화장실로
> 간다 어김없이 선생님은 내 교복블라우스 앞가슴 새에 입술을 비
> 벼 넣더니 단추 하나를 먹어버린다 걱정 마 도로 달아줄게 교복 블
> 라우스 단추를 다 먹어치운 선생님이 내 젖꼭지를 꼬집어 뜯더니
> 동글동글 반죽하기 시작한다 봐 선생님이 단추 만들어준다고 했잖
> 아 아니 아니 실 바늘은 못 만들잖아요 나는 호주머니에서 연필을
> 꺼내 선생님의 손등을 꾸욱 하고 찍어버린다 구멍난 손등을 면도
> 칼로 잘라 신주머니에 넣으며 나는 매일매일 학교에 간다
>
> — 「나는 안 닮고 나를 닮은 검은 나나들」 부분

여성의 신체를 가졌다는 이유만으로 김민정의 화자를 여성이라고 확정하는 것은 자칫 논의를 생물학적 근본주의로 환원할 위험이 있다. 그 스스로도 자신을 여성으로 인식하고 있는지를 마저 살펴야 한다. 그는 남성인 동급생을 "남자애들"이라고 콕 집어부르며 타자화한다든지, 자신보다 나이가 많은 여성을 "언니"라고 부른다.

또한 그는 젖을 먹는 아이가 자신의 젖꼭지를 깨물어 피를 내더라도 "이가 없는 네 잇몸은 아무런 잘못이 없어 / 울지 마라, 아가야"(「어떤 불화」)라고 말하며 사회적으로 통용되는 여성성-자애로운 어머니상을 수행하기도 한다. 개인의 성(性)이 섹스와 젠더 두 층위로 구성된다는 이론을 채택할 때, 김민정의 화자는 생물학적으로도, 사회적으로도 명백한 '아가씨'라는 결론에 다다를 수 있다. 그러나 안타깝게도, 한국 사회는 아가씨가 살아가기에 바람직하고 안전한 곳이 아니다. 20년 전에도 그랬고, 지금도 그렇다. 이 때문에 시의 도처에서 여성으로 특정지어지는 화자는 끊임없이 일상적인 폭력과 맞닥뜨린다.

여성의 신체 그리고 정신은 어디에서도 안전을 보장받지 못한다. 외출한 '아가씨'는 소꿉친구의 아저씨가 물려준 벌꿀 사탕을 "입속이 죄다 까지도록"(「죽어도 절대 안 죽는 내 소꿉친구의 아버지는 이제 영원히 노래할 수 없어요」) 빨아야 하며, "졸음이 와서 살짝 벽에 머리를 대고 있"다가 "눈을 떠보니 한 아저씨가 / 치켜뜬 부메랑 같은 눈으로 날 내리찍고 있"(「검은 나나의 제8요일자 일기」)는 얼굴을 마주쳐야 한다. 교실에서는 "남자애들"이 갈겨대는 오줌을 맞고 있거나 선생님에 의해 "젖꼭지를 꼬집어 뜯"긴다. 귀가한 후에도 사정은 마찬가지이다. "오늘도 쥐약 먹은 개처럼 날뛰"는 아버지로 인해 "우리는 약속이나 한 듯 무릎을 꿇고 싹싹 빌"(「그러나 죽음은 정시가 되어야 문을 연다」)어야 하고, 때로는 "아프지 않게 나 좀 살려다오 나는 아무런 죄 없다"라고 말하는 아버지의 자기연민에 맞서다 끝내는 "이

고양 년아, 육실헐 년아, 벼락 맞아 뒈질 년아, 이년아, 네가 날 살려야지"(「마지막 설전」)라는 폭언을 견뎌야 한다. '아가씨'는 분명 거리에서는 행인, 학교에서는 학생, 집에서는 딸이라는 각기 다른 이름을 부여받았을 테지만, 아가씨를 둘러싼 사람들은 그를 '아가씨'로만 대한다. '아가씨'가 어디에서도 안전하지 못한 까닭은 단지 그가 '아가씨'이기 때문이다. 이외에 다른 이유는 없다.

　'아가씨'가 마주하는 일상의 장면들로부터 시적인 눈속임을 걷어내고 나면, 양상 자체는 현실에서 여성을 대상으로 일어나는 폭력과 완전히 밀착해 있다. 그렇기 때문에 김민정이 화자에게 과잉되리만큼 뚜렷한 여성성을 부여한 까닭은 시 속 '아가씨'와 현실의 여성이 포개지는 곳에 위치할 수밖에 없다. 의심의 여지 없이 여성인 '아가씨'들은 여성으로 패싱(passing)되는 개인이 매일같이 겪는 폭력을 폭로하기 위한 의도적 장치로 읽을 수 있다. 즉 김민정이 택한 '프레임'이라는 시적 전략은 '아가씨'와 남성들 사이 위계를 가시화하는 한편, 소수자로서의 여성을 부각함으로써 다성(多性)과 무성(無性)의 범람 속 오롯한 페미니즘적 독해를 가능케 한다. 그러나 『날으는 고슴도치 아가씨』가 출간되었을 당시의 우리 문단은 '서정성'과의 지난한 입씨름 중이었다. 서정의 메커니즘을 배반한 채 전위적인 언어를 구사하는 시인들은 '미래파'라는 이름으로 묶였고, 2000년대의 문학비평은 그들이 선보인 '미래'의 모습을 가늠하기 위해 골몰해 있었던 것이다. 이러한 맥락 속에서 김민정의 화자가 과시하는 '여성'으로서의 전략은 희미해지며, 시집이 담지하고 있는 여성주의적 가능성 역시도 충분히 고려되지 못한 채 언어 실험의 일환으로 포섭되었다. 『날으는 고슴도치 아가씨』가 관습적 서정으로는 절대 포획할 수 없는, 유쾌하면서도 더없이 파괴적인 진술을 자랑하는 것은 사실이다. 그러나 파격에 취해 그 이면까지 파고들지 못할 경우 시는 "도돌이표 도돌이표로 / 다시 밤마다 :‖ "(「나는 안 닮고 나를 닮은 검은 나나들」) 반복되는 환상적 비극에 갇히게 된다. 벌써 20년 전의 시집을 다시금 호명할 수밖에 없었던 이유는 결국 여기에 있다. 너무 늦게야 알았지만, 그때 그 '아가씨'가 바랐던 것은 그 어떤 다른 수식이 아닌, 오롯한 '아가씨'로 똑바로 서서 '아가씨'만이 할 수 있는 이야기를 쏟아내는 일이었을지도 모른다. 용감한 '아가씨'가 잽싸게 선취했던 미래의 프레임을 이제라도 그에게 돌려줄 차례이다.

가장 사적이고 지극히 보편적인[7] — 이소호의 『캣콜링』

2010년대 이후 '프레임'을 둘러싸고 가장 많은 논의가 오갔던 담론장이 있다면 그곳은 단연 페미니즘 진영일 것이다. 2015년 페미니즘 리부트의 불길과 2016년 있었던 일련의 사건들 —'강남역 살인사건', '#OO_내_성폭력', '#MeToo 운동'을 기점으로 한국사회

---

7) 다음의 기사 내용을 참고하였다. 김수영문학상 이소호 "일상의 폭력에 대한 이야기"(2018.12.27.). 연합뉴스. Retrieved from https://www.yna.co.kr/view/AKR20181227135000005

에서는 미소지니(misogyny)에 대한 대대적인 반성과 함께 유구한 시간 동안 여성에게 씌워졌던 각종 폭력적인 프레임들에 대한 검토가 이루어졌다. 우리 문학장 역시 여성-젠더 정체성의 시각으로 텍스트를 읽어내는 한편 여성적 글쓰기 및 여성서사에 주목하며 페미니즘 문학/비평의 외연을 넓히고자 했다. 문단은 그간 한국문학의 구조틀이 되었던 남성중심적이며 관성적인 독해법을 해체하고 그 자리에 페미니즘의 언어를 새로이 세우며 2010년대를 보냈다. 각고의 노력 끝에 페미니즘의 구조 속에서 읽고 쓰기란 짐짓 익숙한 것이 되었다. 이제 한국문학에서의 페미니즘은 모성성이나 타자성에 기대서만 논의되던 그동안의 한계를 넘어 '현실과의 접합'을 수행하려 한다고 평해볼 수도 있을 테지만, 확언을 위해서는 그 귀결이 '연대'뿐이어서는 안 될 것이다.

연대와 화합은 문제를 갈무리하기에 가장 적합한 진테제인 한편, 어느 담론에나 무리 없이 적용되는 '만능 대답'이다. 페미니즘에서도 가부장제와 남성중심주의를 넘어서기 위한 대안으로 '여성간의 연대'가 강조되었는데, 2018년 5월 '홍대 누드모델 불법촬영' 가해 여성이 구속된 사건을 계기로 결집한 편파판결 규탄시위의 메인 슬로건-'우리는 서로의 용기이다'는 2010년대 이후 페미니즘의 행보를 집약한다고 보아도 무방할 정도이다. 여지껏 서로 연대하며 일궈낸 성취들을 무화하려는 의도는 아니지만, 그럼에도 연대는 편리하고 아름다운 미봉책일지도 모른다는 생각을 지울 수 없다. 연대는 연대하고자 마음먹은 주체들에게만 유효한 전망이기 때문이다. 연대할 수 없거나 연대를 거부하는 여성과 화해하기 위해서는 어떻게 해야 하는지, 공고한 현실의 구조 앞에 연대는 얼마큼의 힘을 발휘할 수 있는지 답하는 것은 너무나도 어려운 일이다.

그렇기에 온라인과 오프라인을 가리지 않고 페미니즘 담론과 실천적 움직임이 커져가던 2018년, 『캣콜링』의 출간은 당연스럽게 여겨지면서도 어쩐지 수상쩍다. 이 시집이 당연하게 느껴졌다면 그 까닭은 이소호가 어떠한 오독의 여지도 없이 '여성'에 대해 말하고 있다는 확신으로부터 기인했을 테고, 동시에 느껴지던 미시감은 여전히 가부장의 그늘에서 벗어나지 못한 채 연대 대신 불화를 말하는 화자로부터 온 것일 테다. '캣콜링'이라는 제목에서부터 이미 예고했듯, 이소호의 첫 시집은 현실의 여성들이 마주하는 일상적 폭력-가부장과 가스라이팅, 데이트폭력의 난장에 서 있다. 시인은 사적인 영역에서의 혐오를 말하며 시 속의 폭력을 보편적인 차원으로 끌어올린다. 하나 짚어야 할 점이 있다면, 이소호는 '전쟁'의 현장에서 섣부르게 낙관하는 대신 현실의 구조를 뒤집어 쓰고는 적극적으로 가부장적 가정의 전형-폭력적이며 여성편력이 심한 아버지, 희생하는 어머니나 고통받는 가정 내 여성들을 시에 위치시키는 데에 거리낌이 없다는 것이다.

아빠는 모르는 전쟁, 피 흘리지 않는 살해, 죄 없는 살인자다 /
우리는 가족이니까 영원히 / 자식 / 새끼니까 나는 말없이 / 엉덩

이를 까고 온몸으로 / 부성애를 느낀다 가족이니까 말없이 / 아빠
에게 총을 겨누고 / 외친다 // [공공칠] / 빵!

-「나나의 기이한 죽음-페인트와 다양한 오브제」 부분

앞서 이야기했듯, 시 속 자리하는 뚜렷한 프레임은 읽는 이로 하여금 바깥의 현실을 더욱 신랄하게 바라볼 수 있도록 기능한다. 「나나의 기이한 죽음-페인트와 다양한 오브제」는 캔버스 안과 밖을 자유로이 넘나들며 '부성애'라는 명목으로 자행되는 "아빠만 모르는 전쟁"을 전시한다. 이 "무작위의 추상 / 이라고 부르는 구체적 현실"을 매개하는 건 "공 공 칠 빵" 하는 외침이다. 이때 화자의 총구는 "아빠"에게 향해있지만, 게임의 규칙을 떠올려보면 '으악' 하고 비명지를 사람이 결코 "아빠"는 아님을 손쉽게 알 수 있다. 총을 맞은 사람이 아닌, 그 양옆의 사람이 손을 들고 소리를 지르는 것이 공공칠빵의 규칙이기 때문이다. 심지어 이 규칙에 의거한다면 다음번에 총을 쥐고 휘두르는 사람은 "아빠"가 될 게 뻔하다. 즉 가부장의 구조 속에서 화자의 일격은 별다른 힘을 발휘하지 못하고 공격권을 다시 가부장에게 넘기는 일만 초래할 뿐이다. 만일 화자로부터 쏘아져 나간 "빵"이 원래의 저격 대상을 성공적으로 제거했더라면 이 시의 제목은 "아빠의 기이한 죽음"쯤이 되었어야 할 테지만, "아빠"는 살아남았으며 엉뚱한 이들이 '으악' 하면서 쓰러졌으니 화자는 앞으로 죽은 듯 숨죽인 채 "부성애를 느"껴야 할 것이다.[8] 그러므로 이 시에는 「나나의 기이한 죽음-페인트와 다양

한 오브제」라는 제목이 붙고야 말았다.

　한편, 누군가-아마 또 다른 가족 구성원에 의해 '으악'하고 울려 퍼진 비명은 『캣콜링』에서 읽어낼 수 있는 여성 간 불화의 원인이 무엇인지를 짐작할 수 있도록 한다. '연대'의 이름 아래 자매가 되었던 현실의 여성들과는 달리, 이소호의 시 속 여성들은 당최 화해할 수 없을 것만 같이 일그러진 모습이다. 『캣콜링』에서 여성들이 맺고 있는 관계는 주로 '엄마-딸', '언니-여동생'으로 나타나는데, 이들은 가정 내에서 "다양한 오브제"로서 존재한다. 장식품 내지는 객체의 위치에 선 이들은 "피 흘리지 않는 살해"의 현장을 보고서도 살인을 고발할 수 없다. 다만 그들은 화자가 "아빠"를 쏘자 '으악' 하고 놀라며, "소리 지르는 사람은 모두 술래"라는 화자의 말에 따라 술래가 된다. 술래와 총을 쥔 사람은 다른 역할을 수행한다. 총을 쥔 사람은 사람들을 위협할 수 있지만, 술래가 된 사람의 임무는 공격이 아닌 수색이다. 술래들은 "쟤는 분명 지옥에 갈 거야 / 우릴 슬프게 했으니까"(시인의 말)라고 중얼거리며 감히 가정 내에 분란을 일으키고 애꿎은 가족들을 소리지르게 한 "쟤"를 찾는다.

　　엄마는 다리를 혐오했다 / 다리 밑에서 주워 온 우리를 //

　　젖을 빼는 대신 우리는 자궁에 인슐린을 꽂고 매일매일 번갈아

---

8) 『캣콜링』속 등장하는 가족이 '아빠'와 '엄마', 화자인 '경진'과 자매 '시진'으로 구성 되어 있음을 고려한다면 「나나의 기이한 죽음-페인트와 다양한 오브제」에서 '아빠' 대신 쓰러진 다른 두 인물은 '엄마'와 '시진', 즉 가정 내 여성임을 알 수 있다.

가며 엄마 다리 사이에 사정을 했다 / 그때마다 개미가 들끓었다 // (중략)

이제 / 가족을 말하지 않고 나를 말하는 방법은 / 핑계뿐이다 //

"엄마는 늘 내게 욕을 했어요 / 애미 잡아먹는 거미 같은 년이라고"* // (중략)

*벨벳 거미는 자살적 모성 보호가 있는 곤충으로, 산란 후 어미가 자식들에게 자기 몸을 먹이로 내어 준다. 이는 모성의 가장 극단적인 사례로 손꼽힌다. 그리고 그 극단적 모성은 숙명이다. 자식의 미래는 어미이기 때문이다. 어느 날 할머니께서는 이것에 관한 다큐를 보고 엄마에게 욕을 하셨다. "거미 같은 년"이라고. 나는 그날을 기억한다. 엄마는 아이처럼 방문을 꼭 걸어 잠그고 서럽게 울었다.

- 「경진이네-거미집」 부분

이제 이소호는 술래가 "쟤"를 찾아내는 내용의 연극을 기획한다. 『캣콜링』에서의 프레임은 레이코프가 부여한 언어학적 의미뿐만 아니라 본연의 뜻-액자 혹은 장면으로도 유효한데, 시인이 미술과 연극의 매커니즘을 경유하며 시의 상황을 연출하고 있기 때문이다.[9] 『캣콜링』에 수록된 여러 시 속에서 시적 화자 "경진"과 그의 가족-엄마와 아빠, 여동생 "시진"은 연극의 등장인물로 각자

---

9) 『캣콜링』의 4부에 붙은 제목 '경진 현대 미술관(Kyoungjin Museum of Modern Art)'은 시인이 전시의 방식을 경유하고 있음을 알린다. 이소호는 두 번째 시집 『불온하고 불완전한 편지』(현대문학, 2021)와 세 번째 시집 『홈 스위트 홈』(문학과지성사, 2023)에서도 마찬가지의 전략을 사용하며 자신의 시 세계를 구축한다.

맡은 바를 수행하며 프레임을 주조(鑄造)해나간다. 네 명의 가족 구성원으로 이루어진 "경진이네"는 가부장의 논리와 위계에 착실한 보통의 가정이다. "우린 아빠 갈비에서 태어났"기에 "아빠는 하늘 우리는 땅 하늘 땅 별 땅"(「엄마를 가랑이 사이에 달고」)이다. 공고한 '남존여비'의 프레임 안에서 "경진"과 가족들이 벌이는 연극은 일차적으로 남성-여성간 숨쉬듯 일어나는 폭력을 폭로한다. 이에 그치지 않고 "엄마"와 "우리", "경진"과 "시진"은 맡은 바 충실하게 서로를 사랑하며, 또 미워하며 가정 내 여성들 사이 비가시적으로 이루어지는 폭력의 양상까지를 그려낸다.

「경진이네-거미집」의 부제에 주목해보자. "거미집"이라는 다소 생뚱맞은 부제를 이해하기 위해서는 "거미 같은 년"이 함의하는 바를 정확히 알아야 한다. 해당 구절에 붙은 각주는 벨벳 거미의 습성을 설명하고 있다. 자식들을 먹이기 위해 자신의 몸을 내어주며 자살한다는 벨벳 거미는 희생적 어머니상을 연상하게끔 한다. 불행인지 다행인지는 모르겠다만, 새끼에게 먹힌 벨벳 거미는 새끼를 원망할 틈도 없이 이내 숨을 거두므로 벨벳 거미의 희생에는 뒤끝이 없다. 그러나 엄마-딸의 관계에서 어머니의 희생은 마치 지독한 악취가 풍기는 거름처럼 남아 엄마와 딸이 온 생에 걸쳐 서로를 미워하도록, 그러나 완전히 미워할 수도 없도록 한다. 「경진이네-거미집」에서 "우리"는 엄마의 "자궁에 인슐린을 꽂고 매일매일 번갈아가며" 엄마에게 모욕을 준다. 그때마다 엄마는 몸에 개미떼가 들끓는 듯한 불쾌감을 참으면서도 차마 "우리"를 미워할 수 없어 "다리를 혐오"하지만, 사실 엄마의 원망이 향하는 곳은 "다리 밑에서 주워 온 우리"임을 엄마도, 화자도 너무나도 잘 안다.

"경진이네" 여성들이 그러하듯, 가부장의 구조 속에서 (여성) 양육자와 (여성) 피양육자는 모두 가해자이면서 동시에 피해자인 위치에 서 있다. "자식의 미래는 어미이기 때문이다." 여성의 희생이 한 여성을 자라게 하고, 다 자란 여성은 다시금 희생하는 여성이 되어버리는 "극단적 모성"의 굴레는 유구하게 이어지며 "죽음의 추상"을 반복한다. "애미 잡아먹는 거미같은 년"이라는 중얼거림의 대상이 엄마를 "뜯어 먹"는 "우리"인지, 아니면 할머니를 "뜯어 먹"었을 엄마인지는 끝내 모호해진다. "빗방울에도 쉽게 부서지는 집" 안에서 엄마와 딸은 서로를 사랑하고, 미워하고, 갉아먹으며 죽지도 않는 벨벳 거미가 된다.

> 마스카라로 서로의 음모를 빗었다 // 다리에 드리운 밤의 가지는 점점 길어졌다 // 보푸라기처럼 닿으면 닿을수록 망가지는 우리 // 언제나처럼 // 사랑한다는 말만 남고 우리는 없었다
> ―「별거」 전문

연극 속 "경진"과 "엄마"가 세대를 타고 이어지는 모성의 전복을 상징한다면, "경진"과 "시진"의 뒤틀린 자매애는 끝끝내 연대할 수 없는 여성들의 서글픈 이해관계를 닮았다. 1부 "경진이네"의 처음과 끝에 「동거」와 「별거」라는 제목의 두 시가 놓인 것은 어딘가 의

미심장하다. 「동거」에서 "언니"와 "동생"이라는 구체적 호칭으로 나타나던 두 사람은 「별거」에서 "우리"라는 불분명한 지칭으로 묶인 채 사라진다. 두 사람이 자리했던 곳에는 "사랑한다는 말만" 남아 있을 뿐이다.

아름답게 사라진 자매의 모습은 낭만화된 여성 연대의 말로를 보는 듯하다. 여성들은 연대의 이름으로 투쟁했고, 실패하기도 때로는 이뤄내기도 하였다. 이러한 결집은 '영영 페미니스트'들이 선보인 짜릿한 성취이다. 그러나 급진적인 페미니즘의 물결은 여성을 '각성한 자'와 '각성하지 못한 자'로 갈랐고, 이후에도 여성들은 '코르셋'과 '백래쉬', '래디컬' 등의 무수한 잣대로 서로를 겨루며 끊임없이 편가르기 했다. 함께함을 거부하는 여성, 혹은 함께할 수 없다고 판단되는 여성 앞에서 연대는 너무나도 무력하다. 불가해(不可解)의 현실과 서로를 탓하는 마음을 모른 체하며 외치는 연대란 허울뿐일지도 모른다. '우리'는 '너'와 '나'의 합집합이어야 마땅하지만, 보기 좋도록 얼기설기 봉합된 "우리" 안에 더 이상 "언니"와 "동생", 두 사람은 없다. "아무도 우리였던 우리를 기억하지 못했다"(「시진이네-죽은 돌의 집」).

이소호가 짜둔 프레임 안에서 분명해지는 건 이 사회에서 여성은 모두가 "술래"이자 서로를 슬프게 하는 "쟤"라는 아이러니이다. 가장 사적이고 그래서 지극히 보편적인 이해관계 속에서 여성들이 처한 필연적인 화해불가능성은 비로소 선명해진다. 모성성 그리고 타자성은 페미니즘 문학/비평이 내던져야 할 여성 서사의 전형적 프레임이라고 여겨졌지만, 현실의 여성으로부터 그 둘을 떼내기란 불가능하다. 잘못된 채로 내버려둘 수밖에 없는 일들은 도처에 널려있다. 그리고 우리가 그것을 바로잡지 못하는 이유는 결코 그 일이 잘못되었음을 모르기 때문이 아닐 것이다. 이소호는 액자를 통해 현실과 비현실, 실제와 허구의 경계를 넘나들며 분리되지 못한 채 계속 이어지는 술래잡기를 전시한다. 액자 속 "경진"과 그의 가족들은 피투성이의 몸으로 껴안은 채 다정하게 말한다. "우린이세상누구보다제일가까운사이잖아너생각하는건나뿐이야잊지마"(「오빠는 그런 여자가 좋더라」).

미쳐있고 괴상하며 오만하고 똑똑한[10] – 권박의 『이해할 차례이다』

"메리 셸리와 이상이 시의 몸으로 만났다"는 추천사는, 권박의 첫 시집 『이해할 차례이다』를 적확하게 함축한다. 메리 셸리의 소설 『프랑켄슈타인』에서 프랑켄슈타인 박사의 실험으로 탄생해버린 크리처와 같이, 좋을 대로 얽혀있는 것처럼 보이는 권박 시의 이미지들은 이상(李箱)의 시처럼 난해하며 또한 히스테릭하기 때문이다. 신경질적인 성격과 병증을 뜻하는 히스테리의 어원은 자궁을 뜻하는 고대 그리스어인 '히스테라(hystera)'에서 유래했다고 한

---

10) 하미나, 『미쳐있고 괴상하며 오만하고 똑똑한 여자들』(동아시아, 2021)의 제목을 차용하였다.

다.[11] 시어들간의 논리 구조나 선후 관계, 일체의 인과를 알 수 없이 결합하는 권박의 언어는 그간 '여성의 것'이라고 여겨졌던 신경질을 닮아있는 듯 보인다. 발랄한 어조로 "예뻐지고 싶어!"(「도벽」)라고 외치다가도 한순간 표정을 바꾸어 "죽고 싶어"(「공동체」)라고 말하는 화자의 히스테리함을 어떻게 감당하면 좋을까.『이해할 차례이다』를 이해하기 위해서는 우선 불규칙적으로 이어지는 서술들 속 산발적으로 흩어진 '나'의 잔해를 찾아 화자가 설명하는 '나'는 도대체 어떤 사람인지를 이해하는 일이 필요할 것이다.

점괘로 말하면 나는 독사에게 물려도 죽지 않는 돼지.
추리소설식으로 말하면 나는 살인자의 망치 혹은 독살자의 컵.
인간적으로 말하면 나는 필라델피아 주변을 돌고 돌다가 디트로이트에서 모피를 밀수하는 프랑스인.
　　　－「필요한 건 현실이다 말하는 너에게 허구로 만들어버리는
　　　　　　　　　　　　　　　나의 입으로부터」 부분

화자는 스스로를 "독사에게 물려도 죽지 않는 돼지"이며 "살인자의 망치 혹은 "독살자의 컵", "필라델피아 주변을 돌고 돌다가 디트

---

11) 성(性)적으로 만족되지 못한 자궁이 몸속 이곳저곳을 돌아다니며 부딪히느라 신경이 날카로워진다는 논리 아래에서 신경증은 고대부터 19세기 말에 이르기까지 오로지 여성만의 질병으로 사유되었다. 각주의 내용은 하미나,『미쳐있고 괴상하며 오만하고 똑똑한 여자들』(동아시아, 2021)을 참조하였다.

로이트에서 모피를 밀수하는 프랑스인"이라고 말하고 있다. 알쏭달쏭한 수수께끼처럼 제시된 이미지들이지만, 나름의 규칙이 존재한다. 돼지의 두터운 지방층은 독사의 독이 혈관까지 침투하지 못하게 하므로 독사의 독은 돼지에게 위협이 되지 못한다고 한다. 돼지의 앞에서 사실상 독성을 잃어버린 뱀은 도리어 잡식성인 돼지에게 잡아먹힐 위험에 처하며, 이러한 관계 속 둘 사이 먹이사슬이 전복된다. 한편 "망치"와 "컵"은 "살인자"와 "독살자"의 수중에서 단순한 사물이 아닌 살해 도구가 되며, 앙투안 드 라모트 카디약을 필두로 한 프랑스인들은 디트로이트 지방에 모피를 밀수하기 위한 목적의 요새를 세우며 지역의 원주민들을 쫓아낸 전적이 있다. 다시 말해 "돼지"와 "망치", "컵"과 "프랑스인"은 모두 무해하다고 여겨지지만, 특수한 맥락을 매개로 하여 상황을 장악한다는 점에서 같다.

"(죽지 않는 돼지) (살인자의 망치/독살자의 컵) (밀수하는 프랑스인)인 나" 역시도 의중을 숨긴 채 시의 가장자리에 잠복해있다. 『이해할 차례이다』에는 여성의 신체 혹은 여성이 사회적으로 경험하는 폭력의 양상이 직접적으로 드러나지는 않는다. 다만 권박은 특징적일 만큼 길고도 많은 양의 각주를 일종의 틀로서 사용하여 시를 그 안에 가둠으로써 페미니즘적 독해를 유도한다.[12] 각주는

---

12) 『이해할 차례이다』의 시편들에 달린 각주는 대개 사실에 기반해있다. 각주를 특징적으로 활용하고 있는 시로는 「마구마구 피뢰침」, 「예쁘니?」, 「리벤지 포르노(revenge porn)」 등이 있다.

대개 글의 주변부에서 부가적인 정보를 전달하는 역할을 수행하지만, 권박은 중심과 주변의 위계를 뒤집으며 변두리로부터 들려오는 목소리에 주목하도록 한다. 이러한 전복 속에서 자칫 사실에 구애받지 않는 것으로 취급되기 쉬운 시에서의 각주는 "내게 필요"했던 "허구라는 입"이 되어 허구인 척 현실을 전시하는 시적 전략으로 기능할 수 있다.

나는 나에 대해 말하기 위해 앵무새를 키웠다. 앵무새가 나의 얼굴에 부리를 그었다. 총을 쐈다. 앵무새처럼 밝음을 반복해서 보여주는 저, 태양에게. 다량의 수면제를 먹였다. 코뿔소처럼 밝음을 전투적으로 보여주는 저, 태양에게. 또, 실망이 나팔꽃 줄기처럼 뻗어나간다. 이번에는, 눈물이 레몬처럼 달고 얼음처럼 따뜻하다. 내가 되기 위해 나를 따라했던 나는, 줄줄…… 잠시만요, 찬장에, 찬장에서…… 쌓아 놓았던 썩은 양파 같은…… 눈물이 깎은 손톱처럼…… 이를 어쩌나? 어떻게 해도 말끔하게 청소되지 않는 슬픔이 기진맥진한 채 찬장 안쪽에 있는 포름알데히드 병을 꺼낸다. 잿빛으로 질질 떠다니는 살점이다. 실패의 모습이다. 코를 찌르는 본능이다. 정전이 되었던 신경이다. 내가 가장 최선을 다할 수 있는 것이 죽음이라고 생각했을 뿐인데. 오늘이 컷, 되어도 오늘인 이유를 물어보는 건 실패에게 "왜 충실하지 못했니?" 물어보는 것과 같지 않나?

　　　-「리스트 컷(wrist cut)-죽음에 대해 알아 갈수록 죽음과
　　　　　　　　　나와의 거리를 직시하게 될 것」부분

이제 궁금한 것은 권박이 각주라는, '시적인 것'과는 다소 동떨어져 보이는 글쓰기 방식을 자신의 전략으로 채택해야만 했던 까닭이다. 권박 시의 화자에게서는 사뭇 상반된 듯 보이는 두 개의 자아가 발견된다. 순진한 혹은 불순한 말투로 아리송한 이미지들을 연쇄하는 이는 주로 본문에 위치하며, 객관적이며 차분한 어조로 일목요연하게 말하는 이는 각주에 자리한다. 둘 중 여성으로서의 '나'를 호소하며 "나에 대해 말"하는, 즉 진짜 '나'에 가까운 자아는 후자일 것이다. 그러나 여성혐오적인 사회에서 "메리 울스턴크래프트 고드윈 셸리(들)"(「마구마구 피뢰침」)의 목소리와 그로부터 발화되는 말들은 너무나도 미약하다. 그러므로 권박은 시 속에 한 마리의 "앵무새"를 풀어놓는다. "앵무새"는 도통 이해할 수 없게 말하거나 죽음 충동의 이미지를 연쇄함으로써 자신을 위장한 채 '미친 여자'인 것처럼 연기한다. "앵무새"의 방식을 통해 '나'는 "나의 얼굴에 부리를" 그을 수 있게 된다. 화자는 비로소 "허구라는 입"을 통해 말하고, "태양"으로 상징되는 세계의 헤게모니를 겨냥한다.

다수의 이항대립 속에서 여성은 대개 더 열등하다고 믿어지는 편에 위치하게 된다.[13] 권박은 그간 여성이 점해야 했던 열등함-히스테리, 횡설수설, 비논리를 자신의 "철창"이자(「알코올」) 요새로 삼은 채 여성적 글쓰기를 전개한다. "내가 되기 위해 나를 따라"하고

---

13) 엘렌 식수, 『메두사의 웃음/출구』, 박혜영 옮김, 동문선, 2004.

나를 꾸며내야 하는 아이러니는 일순 '나'의 입지를 흐트러뜨리는 듯 보이지만, 사실 '나'는 '나'로부터 한 발자국도 벗어난 적 없다. 수많은 "메리 울스턴크래프트 고드윈 셸리(들)"은 심지어 자신의 "신경"을 "정전"시키는 죽음의 방식을 불사하면서까지 "나에 대해 말하기 위해" 고투해왔다. '리스트컷(wrist cut)'이라는 시의 제목으로부터 그들의 손목에 가득한 자해흔을 상상해볼 수 있지만, 그들은 "죽음에 대해 알아 갈수록", 다시 말해 죽음에 대해 말하며 자신을 위장할수록 되레 "죽음과 나와의 거리를 직시"하며 더없이 또렷해진다. "찬장에"도, 변두리에도 여성들은 "실패의 모습"으로 묻고 또 물으며 자신의 "최선을 다"해 "오늘", 여기에 존재한다. "미쳐있고 괴상하며 오만한" 여자들이다. 그렇기에 "똑똑한" 여성들이다.

불꽃에서 태어나는

김민정과 이소호, 권박은 각자의 프레임을 통해 다분히 '여성적'인 범주에서의 여성에 대해 말한다. 분명한 건, 이제 더는 이 여성들의 출현이 놀랍게 느껴지지 않으며 앞으로 더욱 더 많은 여성들이 각기 다른 '여성'의 모습을 한 채 지금, 여기로 모여들 것이라는 점이다. 수치도 망설임도 없이, 그저 긍지로 고양된 얼굴을 하고서.

의식이 깨어나는 시대에 산다는 건 참으로 신나는 일이다. 동시에 혼란스럽고 어지럽고 고통스럽기도 하다. 이 죽은 자들 혹은 잠자는 의식이 깨어나 이미 수백만 여성의 삶에 영향을 미쳤고, 심지어 아직 이 사실을 모르는 이들에게도 영향을 주었다.

(중략)

몽유병자들이 깨어나고 있고, 이 깨어남은 처음으로 집단적인 현실을 맞이하고 있다. 즉, 이제 눈을 뜨는 게 더는 외로운 일이 아니다.[14]

여성조차 자신의 '여성'을 검열하며 그로부터 벗어나려는 이 시대에, 명백한 여성의 목소리는 가끔 "몽유병자"의 것처럼 들리기도 한다. 이 "혼란스럽고 어지럽고 고통스럽기"까지 한 여성들의 발화(發話)로부터 발화(發火)하는 불꽃은, 그럼에도 아랑곳 않고 타오른다. 불꽃 너머에서 마녀의 형상이 점차 선명해진다. 이제 눈을 뜨고, 절대 죽지도, 사라지지도 않고 이 시대를 불사를 마녀들의 밤을 지켜볼 차례이다.

---

14) 에이드리언 리치, 『우리 죽은 자들이 깨어날 때』, 이주혜 옮김, 바다출판사, 2020, 97면.

　수상한 시절을 지나는 와중입니다. 막막한 마음으로 문학의 효용을 생각하다보면, 도통 모르겠다는 무력감에 도달해버리고는 합니다. 너무도 많은 몰상식과 죽음과 비보가 하루에도 몇 번씩 최악을 갱신하는데, 문학은 아득하고도 대책 없이 최선의 모습으로 마냥 그곳에 있습니다. 얄밉기도 하고, 부끄러운 마음이 듭니다. 한편으로는 부끄럽다고 말할 수 있을 만큼 부단하게 읽고 쓰고 있지도 못하면서 손쉽게 부끄럽다며 고백하는 스스로가 실망스럽기도 합니다. 또 하나의 부끄럽고 실망스러운 심지어 섣부른 고백을 하자면, 문학은 영원히 제게 무지의 영역으로 남을 수밖에 없으리라는 것입니다. 평생을 가늠하려고 노력한대도 결코 단 한 자락도 손에 쥘 수가 없을 것만 같아요. 그럼에도 허우적거리고 싶습니다. 모르는 모르는 대로, 모르기에 더욱 알고자 애쓰며 희미하지만 분명한 아름다움을 동경하고 싶어요. 감히 문학의 손을 빌려 제가 해야 하는 무엇이 있다면, 오로지 듣는 일이라는 생각을 합니다. 많이 보고, 더 많이 들음으로써 각자의 나날과 이어질 수 있다면, 부끄러움도 잊은 채로 써볼 수 있을 것만 같은 기분이 듭니다. 최악이라고 여겨지는 날들에도 최선을 상상하고, 서로에게 감응하며 차선의 자리나마 마련하고 싶습니다.

부조리한 세계에 절망하지 않도록 저를 지탱하고, 엉망인 나 자신을 도무지 미워할 수도 없게 곁을 지키며, 언제까지나 윤리의 편에 서야 한다고 스스로를 채근하게끔 만드는 이들이 있습니다.

아빠 정재영 씨와 엄마 송정아 씨께 모든 영광을 돌립니다. 대체 왜 집에 들어오지 않는 건지 밤마다 속 끓였을 아빠에게 사실 이런 거 쓰느라 바빴다고 늦게나마 답할 수 있게 되어 기쁩니다. 언젠가 등단을 하게 된다면 필명은 꼭 엄마의 성을 따르고 싶었어요. 새로이 가지게 된 이 이름이 그동안 엄마가 살아온 날들에 작은 자랑이 될 수 있기를 바랍니다. 동생 유호는… 건강해라. 할머니와 할아버지를 비롯한 우리 가족들에게도 사랑의 말을 전합니다. 늘 정밀한 다정함을 내어주시는 김종훈 선생님, 베풀어주시는 가르침에 감사하며 마음 깊은 곳으로부터의 존경을 올립니다. 등단

소식에 제 일처럼 기뻐해주신 연구방 동학들이 계셨기에 차근차근 써볼 수 있었습니다. 앞으로도 많이 배우고 싶습니다. 꺾이지 않는 나의 자랑, 고려대학교 국어국문학과 일팔시팔이들과 선배, 후배들에게 간만의 안부를 전하며, 특히 내가 만난 최고의 낭만이자 내 최후의 청춘인 규림에게 고맙습니다. 하반기에 생일자가 몰린 탓에 상반기에는 도통 만나기 힘든 고사미즈와 회동할 명분이 생겨 신이 납니다. 작품을 빌려주신 시인들 덕에 조심스레 써볼 수 있었습니다. 늘 죄송한 마음으로, 근사하게나마 볼 수 있도록 성실히 배우겠습니다. 듣는 이로서 첫발을 내디딜 수 있도록 제 글 앞에 멈춰서주신 김형중 선생님께 감사하며, 막막하더라도 굳건한 마음으로 써나가겠습니다. 마지막으로 하은에게, 작은 내가 가진 가장 큰 것을 건넵니다.

젠더 이슈에 비평적 개입…
20년전과 최근을 매끄럽게 묶어내

　매년 그렇듯, 문학 평론 분야의 투고작 수는 다른 장르 투고작 수를 절대적으로 밑돌았다. 그러나 상대적으로는 그렇지 않았는데 올해 이 부문 투고작 수만 놓고 보면 평년의 두 배에 달했다. 이른바 '한강 효과'가 문학 평론 부문에까지 미칠 줄은 몰랐다. 새삼 노벨 문학상 수상의 '사건성'을 실감했다.

　평년보다 훨씬 많은 작품이 투고되었으니 기대도 컸다. 그러나 한편으로는 우려도 없지 않았는데, 이런 현상이 일시적이어서 채 가다듬어지지 않은 평문들이 많이 투고되지 않았을까 싶은 이유였다. 그랬으니 한 편 한 편 읽어 나갈수록 우려보다 기대 쪽으로 마음이 기우는 경험은 즐거웠다. 단숨에 제쳐 놓을 만한 작품이 몇 편 되지 않았고, 대부분 숙독이 필요한 글들이었다. 우선 눈에 띄는 경향은, 이즈음 한국 문학장의 최대 이슈 중 하나라 할 만한 '비인간 객체'에 대한 논의가 부쩍 늘었다는 점이었다. SF, 포스트휴먼, 신유물론의 관점에서 작품들을 독해한 글들이 양적으로도 질적으로도 눈을 끌었다. 물론 페미니즘 관련 글들이 그

뒤를 이었다. 페미니즘 비평은 아직 생산력을 전혀 잃지 않아, 예리하고 뜨거운 문장들을 품고 있는 경우가 많았다.

　숙독 후, 마지막까지 손에서 놓지 못한 것은 네 편의 글이었다. 김초엽의 '스펙트럼'과 우다영의 '태초의 선함에 따르면'을 '하드하게' 읽어낸 글 '태초의 선함에 따르면'은, 인문학적 SF 읽기의 나이브함에 이의를 제기하며 과학적 근거와 설득력을 갖춘 SF 읽기를 강조하고 또 예시한 글이다. 지금 시점에 꼭 필요한 문제제기였다. 다만 논의 대상의 범위가 너무 좁아 전체 한국 문학장을 포괄하는 넓은 시야의 부재가 아쉬웠다.

　유사한 말을 '안에 사람들이 있잖아'에 대해서도 할 수 있겠다. 이 글은 서호준의 두 시집 '소규모 펜클럽'과 '엔터 더 드래곤'을 흥미롭게 분석한 글이다. 게임 속 공간의 토폴로지라고나 할까? 그러나 앞의 글과 마찬가지로, 서호준의 시를 읽는 데 아주 유효해 보이는 필자의 독법이 어떤 방식으로 한국 문학장 혹은 비평장 전반에 대해 유의미한 질문이나 답변을 던지고 있는지는 가늠하기 힘들었다. 말하자면 문맥이 부족했다.

　김기태와 문지혁의 소설을 중심으로 '리얼리즘'의 다른 용법에 대해 탐구한 글 '개인적 리얼리즘'도 흥미로웠다. 전형이나 총체성 같은 전통적 '사실주의'의 기율이 아니라 고립적이고 비관적인 현실을 나름대로 리얼하게 살아가는 주인공들로부터 새로운 리얼리즘의 등장을 발견하려는 시도가 엿보였다. 다만 그 분석이 '개인적 리얼리즘'이라는 명칭을 부여받았으되, 얼마나 새로운 결과로 이어졌는지는 미지수다.

고심 끝에 당선작은 'Frame? Flame! – 김민정, 이소호, 권박의 첫 시집을 중심으로'로 결정했다. 이 글 또한 완전히 만족스러운 글이라고는 할 수 없다. 우선은 왜 하필 '세' 시인의 '첫' 시집인지 그 이유가 납득할 만큼 명확하지 않았다. 그리고 쉽사리 프레임 바깥을 꿈꾸고 선언하는 것보다 '프레임 안에서 외치기'가 때로 더 전복적이라는 전언 역시 낯설 만큼 새로운 주장은 아니다. 그러나 이 글의 최대 장점은 시야의 넓음에 있다. 20년 전의 미래파 시인과 최근의 젊은 시인을 '프레임'이라는 키워드 중심으로 매끄럽게 묶어내는 능력, 그리고 지금 제기된 우리 사회의 젠더 이슈에 어떻게든 비평적으로 개입하려는 정치적 감각을 두루 갖춘 글이었다. 당선자에게 축하의 말을 전한다.

2025 부산일보 신춘문예 문학평론

이 채 원

1999년 광명 출생
서울예술대학교 문예창작학과 2학년 재학
2025년 〈부산일보〉 신춘문예 평론부문 당선
lemxtin@naver.com

죽은 것도 산 것도 아닌, 우리는 모두 한 사람의 이야기

황병승, 『여장남자 시코쿠』(랜덤하우스코리아, 2005),

『육체쇼와 전집』(문학과지성사, 2013)

이 채 원

나의 진짜는 뒤통순가 봐요

당신은 나의 뒤에서보다 진실해지죠

당신을 더 많이 알고 싶은 나는

얼굴을 맨바닥에 갈아버리고

뒤로 걸을까 봐요

－「커밍아웃」[1] 부분

전래의 서정으로부터 탈주적 시쓰기

'서랍 속에서'[2] 새롭고 낯선 혼종들이 튀어나온다. 여장 남자 시코쿠와 매독을 앓는 키티, 트렌스젠더 대야미의 소녀와 밍따오 엑

---

1) 황병승, 『여장남자 시코쿠』, 문학과지성사, 2005
2) 황병승, 『여장남자 시코쿠』, 문학과지성사, 2005, 31p

스프레스 C코스 밴드를 결성한 밍따오들. 2003년, 황병승 시인에 의해 탄생한 주체들은 현실과 환상의 경계를 횡단하며 문학사의 계보 안에서 비주류로 취급되었던 소수의 자리를 전면으로 획득하고 있다. "사라지려는 힘과 드러내려는 힘의 긴장 속에서"(『밍따오 엑스프레스 C코스 밴드의 변』) 분열증적인 주체의 목소리로 "인격의 성장이나 혹은 변태적인 행위에의 몰입과는 또 다른"(『밍따오 엑스프레스 C코스 밴드의 변』) 본능의 파동을 '커밍아웃' 하고 있는 것이다.

황병승의 첫 시집, 『여장남자 시코쿠』가 발간된 이후, 일부 독자들과 비평가들은 당시 이데올로기로 통용되던 서정의 권위로부터 완전히 이탈해 버린 그의 시에 대해 '정체성 없이 불온하기만 한 시적 주체'라고 평하며 낯섦에 대한 반감을 드러냈다. 이때 이들이 느낀 불온함에 대해 간단히 설명하자면, 불온성은 "위대함과 탁월함의 찬양자들, 자신의 고상함과 고매함을 자랑삼는 자들, 자신이 세상의 주인이며 세상을 지배한다고 믿는 자들, 바로 그런 자들이 어떤 당혹스런 만남 앞에서 느끼는 감정이다."[3] 즉, 황병승이 이들에게 불러일으킨 반감은 정확히 기성의 가치를 부정하는 차원에서 비롯되는 것이다. 이러한 차원에 대한 논거는 김수영의 산문 「실험적인 문학과 정치적 자유」(1968)에서도 찾아볼 수 있다. 김수영은 "모든 진정한 새로운 문학은 그것이 내향적이 될 때에는 - 즉 내적 자유를 추구하는 경우에는 - 기존의 문화형식에 대한 위

---

3) 이진경, 『불온한 것들의 존재론』, 휴머니스트, 2011, 21p.

협이 되고, 외향적인 것이 될 때는 기성 사회의 질서에 대한 불가피한 위험이 된다는, 문학과 예술의 영원한 철칙"(「실험적인 문학과 정치적 자유」)을 전제하며 "모든 전위문학은 불온하다"고 말한 바 있다. 문학사적인 관점에서 보자면, 이는 미래파 담론이 부상한 맥락을 뒷받침하는 논리로도 작용할 수 있다. 2000년대에 들어 황병승 외 미래파라고 불렸던 시인들은 '미래'라는 이름으로 당대 주류였던 서정시를 겨냥[4]하며 암묵적으로 고정되어 있던 시 쓰기의 틀을 타파하고 새로운 기호로 시단을 확대해 나갔다. 해당 시인들은 "이 세계가 부여하는 기성의 '얼굴'을 갖기를 거부"하며 "주체와 언어를 미분(微粉/未分)하고 탈각하고 재구성해 새로운 시적 시공간을 창출하고자 [⋯] 고정된 주체나 목적을 갖지 않는 주체"를 등장시켜 "대상에 대해 다른/다양한 시차(視差/時差/詩差)를 발휘"[5]함으로써 기존의 서정시와는 다른 시를 생성한 것이다. 이를 뒷받침하듯 신형철 평론가는 『여장남자 시코쿠』를 비롯한 그의 작품을 두고 "황병승 시에는 황병승이 없다"[6]고 말한 바 있다. 주체 중심의 발로인 서정에 대한 완벽한 해체이다. 이처럼 '미래파 시'의 파괴적이고 불온한 상상력은 90년대 시단에서 강조되었던 서정성과 리얼리즘으로부터 벗어난 시도로서 거대 담론을 의도적으로 비틀며 거침

---

4) 조동범, 김민정, 고봉준, 박현수, 황인찬,「기획좌담-2000년대의 시적 변모와 전망」, 『시인동네』2012년도 겨울호, 2012, 99p.
5) 김수이,「시, 서정이 진화하는 현장」,『문예중앙』2006년도 여름호, 2006, 13-14p
6) 신형철,「문제는 서정이 아니다」,『몰락의 에티카』, 문학동네, 2008, 191p.

없이 입지를 다져나갔다고 할 수 있다.

그렇기에 오늘날 황병승의 시가 한국 시사에서 차지하는 좌표를 살펴보았을 때, 분명 새로운 시적 경향의 동력으로 작용했다는 점에서 의의가 있다. 그러나, 한편으로는 황병승의 시적 주체들은 낯선 기법으로 대개 정체성이 다층적이거나 파편화되어 있는 까닭에, 난해한 지점을 형성하고 있어 당시 일부 독자들이 느꼈던 이질감과 당혹감 또한 분명 이해가 된다. 그런데 그의 시에는 새로운 발성으로 발화되는 난해함의 어법만으로는 환원될 수 없는 어떤 실질적인 특이성이 존재한다. 요컨대 핵심은 황병승의 주체들이 '뒤통수'로 하여금 드러내고자 하는 반향의 특이성이 무엇인지에 대해 규명하는 데 있다. 그리고 그 본질을 통해 작금 문학이, 그리고 시가 무엇인지 심층적으로 재질문해야 하는 것이며, 이러한 시도를 통해 또 다른 시의 가능성을 제고할 수 있을지도 모를 일이다. 하여, 본고에서는 황병승의 작품 안에서 분열증적 주체가 드러나는 방식과 그 의미를 중점으로 첫 시집 『여장남자 시코쿠』을 다룰 것이며, 이를 기반으로 세 번째 시집 『육체쇼와 전집』과 비교하며 그의 전위적인 시 세계가 변화해 온 궤적을 파악해 보고자 한다.

『여장남자 시코쿠』 : 시코쿠의 이름으로, 자기 동일성에서 탈출하라.

황병승의 첫 시집 『여장남자 시코쿠』 속에는 분열된 주체의 목소리가 종종 눈에 띈다. "백 년 전에 죽은 할아버지도 됐다가 고

모할머니도 됐다가"(「커밍아웃」) 혹은 "여섯 시에 병들고 아홉 시에 죽고 열두 시에 다시 태어나는"(「원 볼 낫싱」) 다성적인 존재의 출연은 내가 "하나뿐이라는 사실을 받아들이지 않"(「Cheshire Cat's Psycho Boots_7th sauce」)으려는 시도로 읽히기도 한다. 여기서 흥미로운 점은 황병승이 "당신이라는 가죽 주머니"(「Cheshire Cat's Psycho Boots_8th sauce」)를 사방에서 꺼내 "나의 진짜"(「커밍아웃」)를 증명하려는 시도는 끊임없이 자기 해체와 분열을 통한 생성을 반복한다는 맥락과 연결된다는 것이다.

한편, 시집 초반에는 이러한 존재의 분열적 운동이 발생하기 전에 '나'의 단면, 즉 고정적인 자기 동일성을 부정하는 징후가 드러난다. 이를테면 다음과 같은 작품들이다.

입이 하나뿐인 나는 그만 부끄럽고 창피해서 차라리 입을 지워버리고 싶었다.

－「주치의 h」[7] 부분

호주머니를 잃어서 오늘 밤은 모두 슬프다 […] 나는 나의 아름다운 두 귀를 어디에 두었나 […] 나는 나의 뾰족한 두 눈을 어디에 두었나 […] 나는 나의 질긴 자궁을 어디에 두었나 […] 꼭 맞는 호주머니를 잃어서 오늘 밤은 모두 슬프다

---

7) 황병승, 앞의 책, 11p.

- 「검은 바지의 밤」[8] 부분

　'나'의 생(生)이 영화라면 단일한 자기 정체성에 예속된 "나는 그
만 장면 속에서 제외"(「니노셋게르미타바샤 제르니고코티카」)된 것처럼 절
망하던 시인은 텅 빈 지하실에서 홀로 소외된 '나'를 인식한다. 이
러한 인식은 "진짜 장면은 너의 안에 있"(「니노셋게르미타바샤 제르니고코
티카」)다는 수신으로 이어진다. 그리고 그는 비로소 「커밍아웃」[9]을
한다. 설령 어떠한 장면을 엉망진창으로 묘사할지언정 다시금 "바
지 주머니를 뒤져 새 종이를 꺼내"(「서랍」)겠다는 방식을 채택한 것
이다. 커밍아웃을 앞둔 시인은 앞선 아쉬움에 분개하듯 "입술을 뜯
어버"릴뿐만 아니라 잃어버렸던 "호주머니 속에 서랍 깊숙이" 위
치한 자아의 깊은 심연으로 들어가 '나'를 분화하는 데 이르게 된
다. "얼굴을 맨바닥에 갈아버리고", "손목을 끊었다 붙였다" 하며
"나의 진짜"인 "당신"을 발설("당신은 나의 뒤에서 보다 진실해지죠")한다. 이
토록 강렬한 발설에는 "당신을 더 많이 알고"자 하는 무의식적 욕
망이 있고, 그러한 욕망에는 '나'를 끊임없이 해체하고 생산하려는
동력으로써 작용한다. 요컨대 이는 위계화되고 구조화된 사회로부
터 소각되지 않고 주체를 탈주시키는 투쟁과도 같다고 볼 수 있다.

---

8) 황병승, 앞의 책, 15p.
9) 황병승, 위의 책, 18-19p.

붉은 스타킹을 뒤집어쓴 남자는 밤새 뒤척거리다…… 아령을 먹
고 부고(訃告)를 쓴다
한 번도 만난 적 없는

안녕 검은 염소야

너는 걷고 나는 달리지 너는 눕지만 나는 춤춘다 너는 차갑고 틀
렸어 그러난 나는 옳고 뜨겁다 어쩔 텐가 진짜 장면은 어디에도 존
재하지 않는 걸 사라진 나라 사라진 이름 네가 보낸 엽서는 당분가
내가 간직할게 울지 마 끝났어 컷! 컷!
　　　　　　　　　－「니노셋게르미타바샤 제르니고코티카」[10] 부분

　물론 이 시집에 나오는 "진짜 장면은 어디에도 존재하지 않"는
다. 이토록 뒤죽박죽하고 괴랄한 풍경 같은 건 실제로 일어날 수
없는 일에 불과하다. 그러니 '진짜 장면'은 어디까지나 '너'("진짜 장
면은 너의 안에 있어"), 바로 '황병승' 안에서만 벌어질 수 있다. 이러한
분열증적 경험은 '나'를 인식하는 순간을 발생하는 균열의 현상이
고, 독자적이면서 무수한 정체성(다양체)으로서 존재하게끔 하는
과정이라고 말한다. 가령 "나는 남성을 찢고 나온 위대한 여성"("여
장남자 시코쿠」)이라 말하는 장면은 공통감각이나 상식으로는 인식할

---

10) 황병승, 위의 책, 25p.

수 없는 주체만의 '실재적 경험'이며, 무엇보다도 이성적이고 의식적인 영역의 반대편에서 발생할 수밖에 없다. 하여, 관념적으로만 구성될 수 있는 일들은 세계에서 규정 불가능한 성격을 갖게 되고 만다. 그렇기에 황병승은 '시코쿠'라는 규정되지 않은 기표를 꺼내 세계를 향해 이렇게 질문을 던진다. "세계를 이해한다는 건 애초부터 그른 일. 사로잡히다.라는 건 무슨 뜻일까요"(「시코쿠」). 온갖 것들을 규정지어 근본적으로 한계를 띨 수밖에 없는 이 사회는 자율성을 갖고 이해하는 게 아니라 코드화되는 것과 다름없으므로. 그렇기에 황병승은 "모든 것을 선언한 뒤 알 수 없는 사람이 되고 말겠"다는 방도를 마련한다. 처음부터 세계에 존재하지 않는 방식이기에 규정할 수 없어 엉망이 되어가거나 반드시 엉망진창일 수밖에 없는 풍경들, 그 누구도 쉽게 알 수 없는 장면을 꺼내 쓰는 것이다.

「똥색 혹은 쥐색」[11]에는 기표 안에 규정된 기의를 자신의 분열된 감각으로 모두 비틀어버리는 신호가 열렬히 드러난다. 사전적 의미에 따르면 '구름'은 공기 중의 수분이 엉기어서 미세한 물방울이나 얼음 결정의 덩어리가 되어 공중에 떠 있는 것이다. 그러나 시인은 구름을 "불거진 문장(文章), 한판 굿을 마치고 벗어 던진 겹버선"으로 감각하고 있다. 그것은 "이제 비유 없이는 한 발짝도 전진할 수 없는 계절"(「에로틱파괴어린빌리지의 겨울」) 앞에서 세상 모든 풍

---

11) 황병승, 앞의 책, 56p.

경을 시의 언어로 목격하는 방식으로, 세계에 속박되지 않는 발화를 통해 상상의 가능태(Potentiality)를 탄생시키는 것이라 할 수 있다. 이는 존재 방식을 동일하게 고정하게 하려는 통치의 논리에 저항[12]하고자 '환상으로의 폐쇄적인 구조화와 이념 파괴'로 해석할 수도 있겠다.

> 나는 (당신)을 가지고 있어요 댁들처럼 (당신)이라는 가죽 주머니를 나도 가지고 있지요 처음 그대가 나에게 왔을 때 나는 그대를 (당신), 하고 불러봤겠죠 행복했겠죠 내가 (당신)(당신) 부르면 그대도 즐겁게 안녕, 하고 답했으니까요 수십 번 아니 수백 번 불렀을 거예요 (당신)(당신) 가죽 주머니 가득한 소리들 그대는 머리가 아팠겠죠 왜 안 아팠겠어요 그대 떠나고 공처럼 부풀었던 가죽 주머니가 삼 백 예순 날 (당신)(당신)을 연신 노래하는데 눈앞이 다 캄캄했었지요
>
> — 「Cheshire Cat's Psycho Boots_8th sauce」[13] 부분

그런데 이 시에서는 (당신) 혹은 그대는 분명 '나'가 가지고 있는 대상임에도 불구하고 기묘하게도 그들은 주체가 굳이 추측을 행하게 만든다는 점("그대는 머리가 아팠겠죠")에서 주체와의 차이를 지

12) 김명주, 「질 들뢰즈의 "소수자" 개념의 현대 철학적 의미-'비인격적 주체성'과 관련하여」, 『서강인문논총』no.49, 서강대학교 인문과학연구소, 2017, 2p.
13) 황병승, 위의 책, 74p.

니는 대상으로 처리된다. (당신) 혹은 그대는 '나'와는 다른 존재, 즉 타자로써 그려지는 것이다. 이토록 몰아치는 혼란함 속에서 시인은 어떠한 새로운 의미도 부여하지 않는다. (당신)과 그대는 단지 하나의 기표로만 모습을 드러낼 뿐이다. 그렇다면 이렇게 황병승 작품 속 무분별하게 개인화 되어있는 화자들은 정말 황병승 그 자체라고 단언할 수 있는가? 이즈음에서 위에서 언급한 "탈주체화를 통한 무수한 정체성의 탄생"과 신형철 평론("황병승 시에는 황병승이 없다") 사이로 벌어지는 간극에 대해 의문이 생길 수도 있을 듯싶다. 황병승의 시 속에는 투사물이나 대상들이 여럿 등장하는 상황임에도 불구하고, 객관적 의미나 어떠한 가치를 부여하는 대목을 찾아보기 어렵다. 들뢰즈의 생성론에 따르면, 황병승의 시적 기법처럼 각 양태 간의 가치 구분이 존재하지 않는다는 차원에서 존재 개체는 다수가 될 수 없다는 관점을 지닌다. 각 양태가 표현하는 것은 하나이거나 다수라고도 말할 수 없는 어떤 것, 흐름 자체, 변화 자체, 되기 그 자체로서 존재하기 때문이다.[14] 이 논의의 틀을 잠시 빌려 다시 작품을 이어 읽어보자.

---

14) 홍준기, 「분열분석(들뢰즈), 정신분석 그리고 헤겔 철학에 관한 비교 연구 Ⅲ - 들뢰즈의 안티 오이디푸스와 천 개의 고원에 대한 정신분석적, 헤겔철학적 관점에서의 비판적 고찰」, 『현대정신분석』 제25호 제1호, 한국현대정신분석학회, 2023, 204P.

나는 두번째 죄의 계절을 맞았습니다

더 이상 태어나기 싫어 집 밖으로 나가지 않았지만

(주근깨 여자는 어디로 간 걸까 지난밤 태내의 쌍둥이처럼 친밀했던)

나는 사방에서 자꾸만 태어났습니다

내부가 훤히 들여다보이는 차창의 불빛 환한 밤 기차처럼

이렇듯 나는 너무 빤하고 선언은 늘 부끄러운 것입니다

그러나 나는 선언의 천재

모든 것을 선언한 뒤 알 수 없는 사람이 되고 말겠습니다

……결국 빛이 빛을 찾아 헤매는 슬픈 시간입니다

[…]

여기는 잡탕찌개야 온갖 것들이 끓는군

지구의 한쪽 그리고 도시 한구석의 허름한 술집

H의 말대로 온갖 것들이 끓는 잡탕찌개

나는 그 온갖 것들이

부글거리는, 마지막으로 한 번 더 끓고 싶은

가랑잎 범벅으로 보였습니다

삼 년째 암울한 H 누가 그를 나무랄 수 있겠습니까

사 년째 암울한 자가?

- 「사성장군협주곡(四星將軍協奏曲)」¹⁵⁾ 부분

시에서 벌어지는 사건은 첫째, 화자가 "주근깨 여자"의 행방을 궁금해하기. 두 번째, "모든 것을 선언한 뒤 알 수 없는 사람이 되고 말겠"다고 선언하기. 세 번째, "여기는 잡탕찌개"라고 말하는 H의 말에 동조하기. 그리고 그 풍경에 대해 다시 한번 자기 감각으로 호응하는 일이 전부다. 다시 말해, 그는 '주근깨 여자'나 'H'의 존재, 혹은 자신의 '선언' 자체에 대해 부연하기보다 이미 "나의 실패담"이 혼재하는 "잡탕찌개" 같은 세계에서 "마지막으로 한 번 더 끓"어 올라 그 속에서 진정한 '나'를 구별 짓고 싶다는 욕망을 드러낼 뿐이다. 이는 시인이 「밍따오 엑스프레스 C코스 밴드의 변」에서도 말했듯, "이미 경험해 버린 우스스한 감정들"보다 "더 이상의 것"을 요구하는 것이며, "인격의 성장이나 혹은 변태적인 행위에의 몰입과는 또 다른 어떤 것"이라고 할 수 있겠다. 그렇다면 "또 다른 어떤 것"은 무엇을 나타내는가. 들뢰즈의 관점에서 욕망은 어떤 제도적인 속박이나 한계에 의해 제한되지 않는 흐름(과 단절, 재접속) 그 자체임을 고려한다면, 이에 대한 답을 어느 정도 감지할 수 있다. 이러한 맥락에서 욕망하는 주체는 '결여'에 근거한 욕망이 아니라, 충만하고 생산적인 욕망을 토대로 또 다른 판도를 생산한다. 따라

---

15) 황병승, 앞의 책, 41-45p.

서 시인은 자기 동일성을 탈피하고자 하는 욕망을 토대로 자기 안에 가두어 놓고 있는, 완전히 다른 본성을 가졌을 다양체들을 찾기 위한 '탈출'을 도모하는 것이며, 여장남자 시코쿠나 앨리스 부인, 아홉소ihopeso 씨, 변덕쟁이 소녀 등 혼종의 주체를 통해 수많은 규정과의 단절지으며 세계에 재접속하는 '생산의 생산'을 이뤄내고 있는 셈이다. 혼란을 야기하는 독백 텍스트 속에서 유기적으로 작동하는 황병승의 시적 언어가 전해오는 선언은 이것이다. "뭉쳤다 흩어지고 다시 뭉쳤다 흩어지"(『판타스틱 로맨틱 구름』)며 "어딘가에 있을 당신"을 "정확하게 짚어내고자 한다는 것"(『비의 조지아』). 바로, '새로운 주체의 탄생'이다.

하여, 황병승의 시 세계는 주체의 탄생으로 이루어진 장면을 시적 언어로 환치해 내는 과정에 가깝다고 할 수 있다. "온갖 것들이 끓는" 세계에서 자기 정체성을 하나씩 해체해 나가며 '나의 진짜는 누구인가?', '하는 물음 속에서 주체들이 끝없이 "사방에서 자꾸만 태어"나는 흐름, 그것이 황병승이 지닌 불가항력적 시적 에너지다. 황병승의 시에서 주목해야 하는 것은 모종의 이데올로기나 정치적 신념, 관습화된 언어, 화자가 감지하는 사건의 진위나 인과 같은 것이 아니라 바로 이런 점이다. 이성을 구속하는 주된 이념들을 뒤집어 차이를 만들어내는 혼종의 목소리는 생성적 차원에서 나아가는 일종의 탈주체화 과정이라는 것. 그렇기에 『여장남자 시코쿠』는 결국 시인이 '과연 이 세상에서 나는 주체로서 존재할 수 있는가?'하고 스스로 되묻는 "빛이 빛을 찾아 헤매는 슬픈 시간", 그 자체가 될 수밖에 없지 않을까.

다음으로는 위와 같은 원론이 다음 시집 『육체쇼와 전집』에서는 어떤 식으로 작용하고 있는지 살펴볼 것이며, 『여장남자 시코쿠』에서 드러난 방향성와 달리 황병승의 시 세계에 어떠한 변화가 생겨났는지에 대해 분석해보고자 한다.

『육체쇼와 전집』: 끝없이 이어지는 질문과 대답으로부터[16]

황병승의 세 번째 시집 『육체쇼와 전집』은 앞선 시집에 비해 상대적으로 'B급 하위문화 코드'가 보이지 않는다. 이 시집에는 절멸하는 세계에서 화자의 일상을 조탁하고, 그 속에서 "끝없이 이어지는 질문과 대답"(「Cul de Sac」)을 길어올린다. 『여장남자 시코쿠』에서는 자기 안에 웅크리고 있던 목소리에 이름을 붙이고 존재를 호명했다면, 『육체쇼와 전집』에 이르러 자기로부터 떠오르는 무수한 존재들이 수렴하고 있는 '나'를 탐색한다. 내부에서 외부로 뻗어나가던 에너지가 다시 존재의 근원으로 모이는 모양새라고 할 수 있겠다. 그러한 와중에도 두 시집에서 발견되는 공통된 감각은 바로 불가항력적인 에너지일 것이다. 전자는 '나'로부터 진동하는 존재의 진폭을, 그리고 후자는 부조리한 세계로부터 속박되어 이름을 잃어버리는 문제를 불가항력적으로 느끼고 있다. 그러나, 『여장남자 시코쿠』에서 터져 나왔던 주체에 대한 욕망은 이제 없다. 「육체

---

16) 황병승, 『육체쇼와 전집』, 문학과지성사, 2013, 39쪽.

쇼와 전집」[17]을 보면, 이곳에선 "악착같이 꿈꾸면서 악착같이 전진하면 악착같은 현실이 기다리"고 있을 것이란 예측만이 오로지 유효해 보인다. 그렇기에 화자는 이렇게 말한다. "자 저는 누워 있습니다 보란 듯이".

그렇다면 시인은 왜 이렇게 무력한 태도를 취하고 있는지 의문을 갖기 전에 그를 둘러싼 세계에서 화자가 감각하는 것이 과연 무엇인지에 대해 먼저 읽어보자.

> 저는 누구입니까 이 육체와 전집은 누구의 것입니까
> 저는 근육이 없습니다 톱니가 없어요
> 잠잘 때 코에서 죽은 사슴 냄새가 나는 여자의 아들입니다
> 뭐가, 뭐가 잘못된 것일까요 중얼거리다, 라는 말에 문제가 있습니까
> (…)
> 저는 구두가 없어요 구두가 있다면 내 두 발을 끊어 가도 좋아, 농담입니다
> 저는 생각이 없어요 전집이 없습니다 누구의 자식인지 모를 골방의 아이들은
>
> ─「육체쇼와 전집」[18] 부분

위 시편에는 "뭐가 들이닥친 것"인지, "뭐가 잘못된 것"인지 아무

17) 황병승, 위의 책, 2013, 50-54쪽.
18) 황병승, 앞의 책, 2013, 50-51쪽.

것도 알 수 없어 무엇도 저항할 수 없는 풍경들이 반복해서 나타난다. 나에게는 똑바로 설 수 있게 하는 근육이나 구두가 없고, 옳고 그름을 판단하는 생각조차 없다. 다시 말해, 화자를 둘러싼 세계는 굴복 앞에서 저항할 수 있는 가능성이 소거된 곳에 불과하다. '나'는 평생 누구인지 알 수 없는 상황에 처할 수밖에 없고, 그렇기에 '나'라는 존재를 가리어 모은 전집은 존재할 수 없다. 그 순간 'B급 하위문화 코드'로 특별함을 부여받았던 주체의 위치는 보다 일상적인 층위로 끌어내려지는 듯하다. 그렇기에 화자는 "나는 당신들이 생각하는 파올라도/호세도, 로베르토도 아니야/차라리 나를 옛날에 살던 집, 지하 방 애라고 불러줘"(「솜브레로의 잠벌레」)라고 말한다. 더군다나 "사랑을 모르면서 사랑한다고 말하고/이별을 모르면서 이별했다고 말하고/살아 있으면서 지난 새벽에 죽었다고 말하는" 세태가 넘쳐나는 세상, 기표 안에 규정된 기의처럼 짜여진 세상에서 그는 삶을 이어가는 자신의 방식에 대해 "한 번도 내가 틀렸다고 생각한 적이 없어"(「솜브레로의 잠벌레」)라고 한다. 한편으로 이 목소리는 자기 의지나 선택, 판단의 몫까지 세상에 저당 잡힌 처지를 운명과 같이 "어쩔 수 없다고 생각"(「모터와 사이클」)하는 듯싶다. "내 맘대로 움직일 수 없는 시간"(「쥐가 있던 피크닉 자리」)이 흐르는 탓에 일상 곳곳에는 "절박과 침체, 파멸과 혼돈"(「Cul de Sac」)이 몰아치고, 화자가 낼 수 있는 목소리에는 "슬픔과 분노와 공포"(「Cul de Sac」)가 서려 있을 수밖에 없다.

그렇다면, 화자가 실존적 갈망에 대한 의지를 표출할 수 있는 방법은 무엇인가? 화자가 구조화된 논리가 작동하는 세상 앞에서 시도하는 것은 바로 '통찰'("통찰해봅시다"(「Cul de Sac」))이다. 그런데 이러한 상황에서 "멸치처럼 마르고 황달 걸린 노인네의 모습"으로 "숨을 헐떡거리며" 죽어가는 육체는 나와 세상을 통찰하는 데 있어 방해되는 요소이다. 늙음은 "앞날에 대한 경각"(「티셔츠 속의 젖을 쓰다 듬다가」)조차 갖지 못하게 만든다. 하여, 화자는 실존을 위협해 오는 세계 앞에서 방해물에 불과한 육체를 '쇼'를 구성하는 대상의 층위로 분리한다. "마치 몸속의 또 다른 생명체가 육체 밖으로 빠져나가기 위해 기를 쓰고 있는 것처럼"(「Cul de Sac」) 육체와 정신을 분리함으로써 "나는 다만 껍데기에 불과"(「신scene과 함께 여기까지 왔다」)한 상태였음을 비로소 알게 된 것이다. 이때, '쇼'는 사회가 요구하는 이미지를 바탕하여 보기(seeing)의 대상으로 구성된 일종의 무대이다. 이미 사회에 의해 대본처럼 짜여진 운명은 "우리를 지구상에서 가장 못나고 어리석고 형편없는 인간으로 만든다는 사실"(「모터와 사이클」)을 알고 있기에 화자는 "제가 보여줄 수 있는 육체의 쇼는 무엇입니까"라며 '육체'를 정신과 달리 수동적인 위치에 둔다. 이때부터 자발적이고 능동적인 개인의 의지가 중요해진다. 그리고 이 능동성은 '무엇을 수행하는 능동성이 아니다' 오히려 적극적으로 아무것도 하지 않음을 택한("칠일 낮밤을 누워 있습니다 죽은 듯이") 것은 무엇을 하든 딜레마에 빠질 수밖에 없는 세상에 유일하게 남은 선택이자, 능동성이 보장된 행위라고 할 수 있겠다. 그러니 화자에게 주어진 일은 육체적으로는 무엇도 하지 않는 대신 "생각"(「벌거벗은 포도송이」)을 바탕으로 '나'를 파악해 나가는 일인 것이다.

이러한 시도는 여러 시편을 통해 읽어낼 수 있다. 「강은아와 은반지」[19]에서 '너'라고 지칭되는 은반지의 주인은 "강은아를 향해 강은아가 누구니 강은아가 누구였어 강은아를 너는 본 적이 있니"라고 묻는다. 이 반복되는 물음은 '강은아'라는 고정된 의미를 비틀며 생기는 틈새로 실재의 본질을 향해 사유를 증폭시키도록 유도한다. 물론 실재의 공백을 만들어 내는 세상 앞에서 본질에 관한 답을 찾을 수 있을 것이란 확증은 어디에도 없다. 되려 "어느 누구도 자신의 깊은 마음"(「호두 없는 다람쥐처럼」)을 모르고, "너 역시 그렇게 읽고 싶어 했지만/단 한 순간도 붙잡을 수 없었"(「호두 없는 다람쥐처럼」)다고 말하는 시인의 목소리에는 현실을 전복할 수 없을 것이라는 회의감이 느껴지기도 한다. 그러나, 시인은 "당신의 믿음이 당신을 배신할 수 있"(「부식철판」)다는 전제 앞에서도 "그것을 뛰어넘으려"(「부식철판」)고 시도할 따름이다.

특히, 시집 속엔 존재를 감각하는 장면이 전개될 때마다 '꿈'이 심심치 않게 등장하는데, 몇 편의 시에 등장한 대목을 표로 정리해 보면 다음과 같다.

---

19) 황병승, 앞의 책, 2013, 56쪽..

꿈속에서 제 손을 잡아주던 늙은 여인의 다정한 모습이 아직도 생생하군요 (…) 저는 꿈속에서 착한 녀석이었습니다 없는 아내와 아이들을 걱정하고 아침 식탁의 즐거운 소동과 휴일과 가족 여행을 떠올리는 저는 누구입니까 이 육체와 전집은 누구의 것입니까	「육체쇼와 전집」[20]
―우린 온몸에 수십 개의 밸브를 달고 있었지, 밸브 끝에는 가느다란 고무호스가 치렁치렁 매달려 있었어, 우리 모두 죽을 때까지 몸속의 뜨거운 액체를 어딘가로 흘려보내야 하는 운명이로구나 (…) 꿈에서 깨었을 때도 그 감정은 고스란히 남아있었고	「보람 없는 날들」[21]
그날 밤 꿈속에서 나는 거나하게 취해 친구들과 소풍에서 돌아오는 길이었지. 마을이 가까웠을 즈음, 언덕 위에 웬 당나귀 한 마리가 주인도 없이 홀로 서있질 않겠나. (…) 나는 내가 죽었다는 사실을 깨닫기 위해 이승에서의 마지막 꿈에서 깨어나야 했네. (…) 그 속엔 당나귀 대신 늙은 아내의 토막난 시체가 남겨 있었다네,	「당나귀와 아내」[22]

'꿈'은 그 자체로 다양한 해석이 가능하겠지만, 화자가 직면한 세상과 꿈이 상반된 논리를 지녔다는 점에 따라 꿈이 반복해서 등장하는 이유를 짐작해 볼 수 있다. '무의식'을 기반한 꿈을 바탕으로 시인은 탈-의식화의 실현을 이뤄내는 셈이다. 인과적 논리나 시공간적 구조에 따라 판단하고 추론하는 것은 결국 대본의 일부

---

20) 황병승, 위의 책, 2013, 50쪽.

21) 황병승, 위의 책, 2013, 24쪽.

22) 황병승, 위의 책, 2013, 122-124쪽.

를 뜯어내 정해진 값을 도출하는 것밖에 되지 않기에, 화자에게 세상에 작용하는 보편적 원리를 파헤치는 독법 자체가 모순일 수밖에 없다. 그렇기에 시인은 의식이 기반된 경험들을 논리적으로 조직하는 것이 아니라 "불현듯 백년 전의 일들"과 "잊었던 백년전의 목소리"처럼 무의식 속에서 존재의 '진실'을 포착하기를 시도한다.

> 받아들일 수 없기 때문에 이곳의 창문은 밤도 낮도 보여주질 않습니다. 받아들여지지 않기 때문에 나의 발자국 소리는 나를 놀라게 하고, 나의 목소리는 나를 괴롭게 하지요.
>
> —「목마른말로(末路)1」[23] 부분

그러나, 시인의 고투가 만들어내는 본질의 형상은 세상으로부터 잘 받아들여지지 않는 듯하다. '나'의 바깥으로 뻗어나가지 못하는 목소리는 수신자가 없어 독백으로 뒤엉킨다. 가령 시집 곳곳에 남발하는 수십 개의 질문이나 "그런데 나는 누구에게 말하는 거지?"(「카덴차에 이은 긴 트릴」)와 같은 물음이 이를 뒷받침한다. 그러므로 이 세상에 속한 '나'의 위치는 결코 사적일 수 없기에("나는 사적이지 않다", 「신scene과 함께 여기까지 왔다」) 황병승의 세계는 오롯한 '나'의 세계가 아닌 "내가 만든 세계"(「자수정」)로써 존재한다. 그리고 그가 만든 세계에서도 세계를 실존하는 개별인간과 무관하게 존립하는 어떤

---

23) 황병승, 앞의 책, 2013, 132쪽.

보편적인 — 다시 말해 존재자적이면서도 존재론적인[24] '신'이 등장한다. 그런데 이곳에 등장하는 "나의 위대한 신"(「신scene과 함께 여기까지 왔다」)은 근원적이라거나 보편적인 실체로 그려져 있지 않다. 「신scene과 함께 여기까지 왔다」[25]에서 시인은 신에 대해 다음과 같이 말한다. "나는 초에 불을 붙이고 기도라는 것도 해보았네/나라는 작은 신을 향해/나라는 거대한 신을 향해". 다시 말해, 신은 '나'를 빗대는 메타포인 동시에 제목에 덧붙여 있는 수식어, Scene을 통해 신은 곧 장면을 나타내는 의미로 확장된다. 해당 시편에 등장하는 신을 '장면'으로 겹쳐 읽을 때, '기도'가 향하는 곳은 나의 작고 거대한 장면이었다는 사실이 포착된다. 기도의 내용이 명료하게 드러나진 않으나 여기서 주목해 볼 수 있는 것은 신이 나를 삼켰다는 서술과("신이 나를 삼켰듯 (⋯) 신은 위대할수록 처참한 맛이 나지/잿더미를 무슨 수로 삼킨단 말인가") "내가 쓴 책"(「塵塵塵」)에 대해 "기어이 나를 짓밟고 올라서는 책"이라고 표현한 맥락이다. 이는 미래파 논쟁의 중심에 서 있던 황병승이 그의 작품에 대한 가치 평가가 신랄하게 이뤄졌던 현실과 충돌하며 송출된 지점일 수도 있겠다. '나'를 옥죄는 현실을 전복하기 위해 『여장남자 시코쿠』에서 혼종적 목소리를 토대로 '새로운 주체의 탄생'을 이뤄내려던 시도는 '황병승적 시 쓰기의 재생산'을 불러일으키며 황병승의 시가 더 이상 황병승적

---

24) 신상희, 「하이데거의 사방세계와 신.」, 한국철학회, 『철학』 제84집, 2005, 65쪽. 재인용.
25) 황병승, 위의 책, 2013, 142-149쪽.

인 것으로 국한되지 못하게 하는 데에 이르게 했다. 다시 말해, '황병승'이라는 아이콘을 의도적으로 확대 재생산 및 대량복제[26]하는 시단의 전반적 경향에 따라 황병승의 시작법에 의한 폐쇄된 시학을 만들어내며, 그는 또다시 '황병승'이라는 이름 아래 무기력하게 정의되고 만 것이다.

그렇기에 시인은 독자들에게 이전의 모든 발화가 여지없이 실패로 드러난 현실에서 "결국 실패를 보여주는데 실패"(「내일은 프로」)했다고 고백한다. 이는 실패를 실패하는 방식(「내일은 프로」)으로 "내가 쓴 시"(「塵塵塵」)에서 실현되지 못한 잠재적 가능성들을 다시 꺼내보려는 셈이다. 다소 역설적으로 읽히는 이 실패에 대한 고백이야말로 황병승의 시가 여전히 지니고 있는 가능성의 암시이며, 시-쓰기 작업을 지속해서 이행하게 하는 동력이다.

실패의 시인, 실패한 자

어이 이봐, 왜 그러고 있어. 내 글이 그렇게 감동적인가, 세상이 잠깐 다르게 보이겠지. 하지만 이봐, 잠깐뿐이라고, 아마도 너는 죽을 때까지 텅 빈 페이지들을 넘겨야 할 거다. 방구석에 처박혀 똥구멍이나 긁고 있는 자식아, 네 자신이 누구인지는 알고 있는 거

---

26) 하상일, 「황병승 현상과 미래파의 미래」, 오늘의 문예비평, 『오늘의 문예비평』 통권 64호, 2007, 86쪽, 재인용.

야?!

- 「보람 없는 날들」²⁷⁾ 부분

지난 90년대 이후 기법의 혁신, 주제의 변주, 이미지의 조합, 사물의 대체, 주변부의 주류화, 상징적 언술 체계[28] 등 수많은 변화의 양상들은 새로움을 추구하고자 하는 결과였다고 할 수 있다. 그러나, 새로움은 "잠깐"일 뿐, 또 다시 새로움에 대한 갈망을 계속 불러오기 마련이다. 새로움은 시간이 지남에 의해 빠르게 상실된다는 점에서 새로움에 한정된 미학은 "텅 빈 페이지"와 같은 허상일 뿐이다. 그렇기에 황병승은 미학적 텍스트 형식이나 서술 방식에만 초점을 맞추고 읽을 것이 아니라 작품의 궁극적인 목적인 "저는 누구입니까"(「육체쇼와 전집」)와 같은 물음에 주목할 것을 요청한다. 그런 의미에서 "시는 견딜 수 없는 세계 내 존재로서의 자신의 정체성을 벗어나려는, 어쩌면 초월해 가려는 몸짓이다"[29]라는 선언처럼 시인이 자신을 "실패한 자"(「내일은 프로」)로 여기는 것은 세상으로부터, 시단으로부터, '황병승'이라는 프레임으로부터, 간극을 형성하기 위함인 것이다.

미래파가 출현한 지 20년이 되어가는 지금, 미래파의 시적 문법

---

27) 황병승, 앞의 책, 2013, 29쪽.
28) 하상일, 위 논문, 91쪽.
29) 김혜순, 『여성, 시하다』, 문학과지성사, 2017, 137쪽.

은 여전히 '낯섦'의 문법 그 자체로 인식되고 있다. 이미 익숙해진 시적 발화 앞에서 우리는 낯섦이라는 테두리 안에 담긴 진실을 감지해야 한다. 낯섦의 미학에 의해 가려진 황병승의 시 세계는 구조화된 논리에 속박되지 않은 시적 언어로 구축한 장면들에 가깝다. '나'를 은폐하는 세상으로부터 자기 동일성을 해체하는 시도를 환기했던 『여장남자 시코쿠』는 『육체쇼와 전집』에 이르러 다시 한번 어떤 사회적 억압들에 사로잡혀 있음을 확인하는 단계로 확장된다. 즉, "나의 진짜"(「커밍아웃」)를 증명하려는 시도는 여전히 미해결 과제로 남아 '실패'와 맞닿아있음을 시사하는 것이다. 이에, 황병승은 『육체쇼와 전집』의 마지막 수록작인 「내일은 프로」[30]에 이르러 궁극적인 목적에 대한 실패의 선언을 한다.

자기 동일성의 취약성은 다름 아닌 확신이기에, 시인은 쉽게 답변을 도출하지 않는다. 그러므로, 황병승이 끊임없는 질문을 통해 전해오는 목소리는 "끊어져도 꿈틀거리고, 죽어서도 꿈틀거리는 위대한"(「톱 연주를 듣는 밤」) 시인이 되겠다는 선언이다.

---

30) 황병승, 위의 책, 2013, 164-179쪽.

타자기 앞으로 나를 이끌었던 허연 시인의 시를 생각한다. 많은 문장을 뒤로하고 달아나고 싶은 충동을 느낄 때면 목요일을 떠올린다. 나의 문장이 누구에게도 수신될 수 없을 거라는 허무가 밀려올 때마다 고양이의 앞발을 만져본다. 장 자끄 베넥스의 영화, '베티 블루 37.2'의 결말을 곱씹는다. 붉은 수프를 얼굴에 끼얹던 조르그를 생각하며, 사랑의 잉여로부터 비롯되는 내밀한 기록과 문장을 적어본다. 나는 여전히 베티와 조르그를 아우르는 게 사랑인지, 몰락인지 모르겠다. 그건 아득한 미래에도 알 수 없을 것이다. "사랑을 모르면서 사랑한다고 말하고 이별을 모르면서 이별했다고 말하고 살아 있으면서 지난 새벽에 죽었다고 말하는"(《육체쇼와 전집》) 존재이기에 늘 겁이 난다. 그런 순간마다 이해하지 못한 채로 스쳐 지나갔던 무수한 언어들을 생각한다. 다시 한번 문학에 대해 생각한다. 질문 너머에 질문하는 방식으로, 내가 가닿지 못한 언어에 가닿을 수 있도록. 이 모든 순간 덕분에 실패의 선언을 함으로써, 물음에 끝없이 호응할 수 있던 건 아무래도 나였던 듯싶다.

그리하여, 오늘날 나에게 닿은 다정한 이름들을 말할 수 있어 기쁘다. 먼저 부족한 제 글에서 가능성을 발견해 주신 송종원 선생님께 감사드립니다. 문학을 열렬히 사랑할 수 있도록 좋은 방향으로 이끌어주신 전승민 선생님, 김유인 선생님, 나의 문장으로부터 비겁하게 도망치지 않고 견디는 법을 가르쳐주신 김경후 선생님께 감사드립니다. 제가 계속 쓰는 사람이 될 수 있도록 기회를 주신 부산일보 심사위원분들께도 깊이 감사드립니다.

　그리고 함께한다는 게 얼마나 힘이 되는지 알게 해준 나의 오랜 친구 K와 예엘 문우들. 나는 지금도 서로의 이름을 백지 위에 적는 미래를 그리며, 너희와 애정을 주고받던 밤을 떠올릴 수 있어서 크나큰 행복을 느껴. 여기 담지 못한 모든 이들과 아직도 얼떨떨하기만 한 당선 소식을 듣고 떠올렸던 수많은 이름, 영원을 실현하기 위해 함께 삶을 분투하는 당신에게도 감사를 전한다. 끝으로, 나의 수신어를 늘 포착하고 지지해 주는 가족들과 밤낮없이 곁을 지켜주는 고양이들에게 사랑을 말하고 싶다. 나의 일부는 오로지 문학에 불과하다는 결론에 이르기 위해 끊임없이 쓰겠다.

시인의 본질 꿰뚫어 맥락 바로 세워

주관적인 감상문이나 논문에 가까운 글을 먼저 배제하였다. 이론을 증명하기 위하여 텍스트를 징발하는 방식도 마찬가지. 무엇보다 텍스트의 분석과 해석이 제대로 되어야 하는 게 평론의 기본이라는 생각이다. 이런 기준으로 남겨진 글이 '재현 불가능성의 경계를 넘어갈 수 있을까?', '시간의 틈, 일상의 기록: 왕빙의 카메라가 드러내는 신체의 해방', '실패의 윤리와 불완전함의 미학: '존 오브 인터레스트'의 비극적 감각', '오노마토페, '흰'', '주프락시코프', '죽은 것도 산 것도 아닌, 우리는 모두 한 사람의 이야기' 등이다. 앞의 셋이 영화 텍스트를 대상으로 하였다면 뒤의 셋은 문학 텍스트를 대상으로 하였다.

'오노마토페, '흰''과 '주프락시코프'는 텍스트의 결을 살려 그 신체에 육박하려는 글쓰기의 파격을 보였으나 실험적인 운용이나 인용의 과잉이 안심을 주지 않았다. 다소 이론 검증에 기운 '재현 불가능성의 경계를 넘어설 수 있을까?'와 달리 '시간의 틈, 일상의 기록'과 '실패의 윤리와 불완전함의 미학'은 영화 텍스트의 내부와 외부에 교차하는 시차(視差)를 매우 세심하게 분석하면서 여러 선후의 텍스트를 비교하며 읽는 방법을 통하여 수준 높은 글쓰기를 보여주었다.

  '죽은 것도 산 것도 아닌, 우리는 모두 한 사람의 이야기'는 가까운 한국 현대시사에서 독창적인 모험으로 떠올랐다 미래파라는 하나의 유파로 휩쓸려 가버린 황병승의 시를 되묻고 바로 세우려 한 글로, 난해의 장벽을 넘어서 해석하고 시인의 시적 본질과 변모를 제대로 설명하여 그 맥락을 바로 세워 주었는데, 신인다운 패기를 더하여 이를 수상작으로 선정하였다.

2025 서울신문 신춘문예 문학평론

신은조

본명 신나연.
2001년 의정부 출생
중앙대학교 문예창작과 졸업 예정
2025년 〈서울신문〉 신춘문예 평론 부문 당선
nweunzo@gmail.com

포르노그래픽 디오라마
– 김언희론[1]

신 은 조

벌거벗은 여자들

사카모토 신이치의 만화 『이노센트』에서 등장인물 마리 조셉 상
송은 조소한다. "정치는 남자들끼리 독점하고 있으면서 기요틴 앞
에서는 여자와 애들도 평등하다 이거로군." 물론 처벌은 누구에게
나 평등해야 한다. 그러나 그 처벌을 가능케 하는 법령이 평등하지
않았다면 이야기는 달라질 것이다. 법을 준수하지 않은 인간이 처
벌받는 이유는 법이 인간을 보호할 수단이기 때문이지, 법 자체가
고귀한 것이라서가 아니다. 만약 어떤 법이 오직 법을 수호하기 위
해 이행된다면 그것은 차별이라고 해야 옳을 것이다. 그래서 마리

---

1) 이 글에서는 김언희의 시집 『트렁크』(세계사, 1995), 『말라죽은 앵두나무 아래 잠자
   는 저 여자』(민음사, 2000), 『GG』(현대문학, 2020)를 중점적으로 다룬다. 위의 시집
   에서 시를 인용할 경우 해당하는 제목만 표시하며, 맥락상 구분이 필요한 경우나 다
   른 시집에서 인용된 시의 경우 시집명이나 쪽수도 함께 명기하도록 한다.

조셉 상송의 조소는 푸념이 아니라 통찰이다. 여성과 아이, 소수자의 목소리를 듣지 않는 원칙주의의 모순을 꼬집는 대사인 것이다.

그러므로 일본의 만화가가 프랑스 대혁명 시대 여성의 입을 빌려 내뱉은 이 대사가 현 한국 사회를 향한 진단으로 읽힌다면, 그것은 우리 사회가 원칙주의의 모순에 매몰되었음을 부정할 수 없기 때문이다. 강남역 살인사건과 페미니즘 리부트를 통과하며 우리는 대부분의 사회 규범이 가부장적 시선을 기반으로 결정되어 있다는 사실을 깨달았고, 여성을 착취하는 방식으로 작동하는 권력 구조의 단면을 거듭 확인할 수 있었다. 페미니즘이란 이와 같은 구조와 규범에 대항하기 위해 고안된 이론 틀이기에 여성 혐오에 대한 여성들의 항의가 젠더 갈등, 갈라치기라는 이름으로 폄하되기 일쑤인 근래의 정황에서 스스로를 페미니스트라고 일컫는 일은 이와 같은 압제에 대한 저항의 표현 그 자체일 것이다. 그러나 스스로 페미니스트임을 부정하는 여성들이 나타나는 것은 어떻게 독해해야 할까. 이에 대해 논하기 위해서는 먼저 여성을 처형하는 칼날의 집행 주체가 비단 남성이나 가부장적 시스템뿐만이 아니라는 사실을 밝혀야 하겠다.

걸 밴드 QWER은 데뷔와 동시에 국내 음원 차트 상위권을 석권하고, 펜타포트 페스티벌 라인업에 이름을 올리는 등 신인이라고는 믿을 수 없는 수준의 쾌거를 이루었다. 하지만 일부 멤버가 노출도 높은 의상을 입고 선정적인 춤이나 언행을 통해 남성 시청자들의 유료 후원을 유도하는 방송, 이른바 "벗방" BJ 출신이라는 사실이

대두된 이래 그녀들을 향한 비판이 제기되기 시작했다. 그 선두에 서 있는 것은 페미니스트를 자처하는 인물들이다. 그들은 QWER의 메인스트림 데뷔가 여성 인권의 하락을 촉진하는 사건이라고 정의한다. 여성의 몸을 재화로 좌지우지할 수 있다는 인식이 "벗방"의 본질이고, 그것이 아니더라도 연예인을 꿈꾸는 어린 여성들이 "벗방"으로 흘러 들어갈 위험이 있다고 말이다.

그래서 QWER을 둘러싼 갑론을박은 각각 "그녀들이 진행한 방송은 유명 스트리밍 사이트의 규제를 위반하지 않았으므로 벗방이라고 볼 수 없다"는 의견과, "옷을 벗는 방식으로 자신을 성적으로 대상화하여 금전을 취했으므로 벗방, 더 나아가 성매매 종사자와 다를 바 없다"는 의견이 부딪치며 격화되고 있다[2]. 물론 QWER을 향한 비판이 전부 그녀들의 과거 행적 때문이라고 이야기할 수는 없겠다. 그녀들이 페미니즘에 대해 부적절한 발언을 이어가고 있다는 것은 명백한 사실이고, 이 지점만을 지적하는 이들도 분명 존재하기 때문이다. 그러나 "벗방 BJ의 양지 진출"이 토론의 주된 쟁점인 이상 해당 토론은 여성이 스스로 여성의 몸을 "전시"하는 행동 그 자체에 대한 논의를 놓칠 수밖에 없다. 그렇다. 우리가 가야 할 길이 "페미니즘"이라는 이론의 보존이 아닌 "여성 인권"인 이상 진정 고민해야 하는 것은 벌거벗은, 음란한, 자신을 대상화하는 그 여성

2) 이정수 기자, 「'음지'에서 '양지'로 올라온 여캠 BJ들… "벗방이랑 뭐가 달라" 시끌」, 〈서울신문〉, 2024. 08. 12, https://v.daum.net/v/20240812113303539

들의 존재를 삭제하지 않은 채 여성을 혐오하지 않는 방법이다. 이 시점에서 우리는 따사로운 빛이 포괄하지 못하는 "음지의 여자"들에게 줄곧 주목해 왔던 시인의 이름을 떠올릴 수 있다.

임산부나 노약자, 심장이 약한 사람과 과민 체질, 알레르기가 있는 사람은 자신의 시집을 읽을 수 없으며, 시집을 읽고 난 후 온갖 부작용이 일어날 수도 있다고 경고한 시인. 김언희의 시에는 난도질당한 여성 육체의 단면이 가감 없이 삽입되어 있으며, 음부와 성기, 성교와 폭력의 장면이 빈번히 등장한다. 이와 같은 태도는 시집 전체의 맥락에 영향을 미쳐 마치 시인이 사용하고 있는 모든 시어와 심상 너머에 외설적인 함의가 담겨 있는 것처럼 읽히도록 만든다. 이것만으로도 섬뜩한 문구를 적어 둘 근거로는 충분하리라. 기실 임산부나 노약자가 아니더라도 "아버지의 처녀막을 찢어"드리겠다 엄포 놓는 목소리를 듣고 아연실색하지 않을 독자란 그리 많지 않겠지만 말이다(「가족극장, 이리 와요 아버지」).

그래서일까. 지금껏 수많은 비평가와 연구자들이 김언희의 시에 달아 둔 각주들은 크게 두 가지의 갈래로 분류할 수 있다. 김언희 시에서 그로테스크한 여성 이미지[3]를 발굴한 이해운이나, 김언희 시의 여성을 서발턴[4]으로 정의하는 장서란은 김언희의 시를 남성

---

3) 이해운, 「현대시에서의 그로테스크」, 『한국문학과 예술 9』, 숭실대학교 한국문예연구소, 2012.

4) 장서란, 「김언희 시의 서발터니티 연구 –'말하는-죽음'과 '여성-괴물-되기'를 중심으로–」, 『한국현대문학연구』.

중심적 현실을 전복할 에너지로 대우한다. 반면에 임지연은 김언희 시가 남성적 시선을 내면화하고 남성/여성이라는 근대적 시스템을 보존함으로써 기존 문제틀에 갇힌다[5]는 의견을 제기한다. 두 시점의 맹렬한 대립은 김정란과 남진우 사이에서 벌어졌던 설전을 펼쳐볼 때 가장 선명하게 드러난다. 일찍이 김정란은 김언희 시가 "여성에 의해서 여성 육체에 가해지는 성폭행"이라고 말했다. 이 발언은 김정란이 엄격한 페미니즘에 근거하여 김언희 시의 벌거벗은 몸들을 체제의 프로파간다로 독해하고 있음을 짐작할 수 있게 한다[6]. 하지만 남진우는 그에 대해 김언희의 시선은 "남성들의 시각적 쾌락에 봉사하는 남근적 응시가 아니라, 거기 붙들린 사람을 삶과 죽음, 현실과 환상의 경계인 혼돈으로 초대하는 메두사적 응시"라고 반박했다. 그녀의 시가 "메두사의 시선을 통해 포착한 자아/세계의 추악한 실체를 메두사의 형상으로 재현해 놓은 것"이기 때문에 이 시인의 시를 읽는 사람은 마치 메두사의 얼굴을 앞에 두고 그러하듯이 "시 앞에서 분노하거나 외면하고 싶은 충동을 느끼게 된다"는 설명을 덧붙이면서 말이다[7]. 두 의견은 일정 부분 타당하고, 그래서 여태까지도 그 시비를 팽팽히 겨루고 있다. 하지만 이 시점에서 점검해 보아야 할 것이 있다. 정말 이 여성들이 정말 성폭행범이나

5) 임지연, 「1990년대 여성시의 이상화된 판타지와 역설적 근대 주체 비판」, 『한국시학연구』, 53, 한국시학회, 2018.
6) 김정란, 남진우, 이희중, 「특별좌담/올해의 시를 말한다」, 월간 『현대시』 1997년 12월호.
7) 남진우, 「메두사의 시-김언희의 시세계」, 계간 『문학동네』 25호, 2000.

메두사에게 필적할 권력을 갖고 있는 것일까.

"날 때부터 고기"였다는 그녀들의 고백으로부터 알 수 있듯이, 그들은 난도질당하고 있다. "육회와 수육/ 창창한/ 육절기(肉切機)의 세월"이 그녀들을 기다리고 있다(「태어나보니」). "시인" 또한 사정은 매한가지인데, 그것은 "여자가 시인이 된다는 것"은 "개가 뒷다리로 서서 걷는 것과 같"다는 독백으로부터 드러난다(「Eleven Kinds of Loneliness」). 다시 말하자면, 그녀들이 비명 지르는 것은 그것밖에 할 수 있는 것이 없기 때문이다. 이처럼 무력한 화자들의 비명을 듣고 있노라면, 전성기의 메두사보다는 차라리 사후의 메두사가 더 떠오른다. 눈을 마주쳤다면 누구라도 돌로 만들어버리는 능력으로 수많은 영웅을 쓰러뜨렸던 메두사는 영웅 페르세우스에 의해 목을 잘린 후 방패의 장식이 되었다. 이 과정에서 메두사의 이야기는 전승되지 않는다. 이렇듯 단죄의 칼날은 누구에게나 평등하다. 여성과 아이들의 목도 평등하게 잘라 버리는 기요틴처럼 말이다. 조금 과장하자면, 일견 세계를 파괴할 힘을 가진 것처럼 보였던 메두사도 영웅의 칼날 앞에서는 단순한 고깃덩어리에 불과한 것이다.

앞선 연구들이 전부 터무니없는 오독이라거나, 김언희의 작업에 아무런 의미가 없다고 말하려는 것이 아니다. 김언희의 작업을 절대 방어하려는 의도 또한 아니다. 단지 이 여성들의 "육체 전시"가 가능하기 위해서 어떤 숭고한 의미가 뒷받침되어 있어야만 하는 것인지 질문해 보고자 하는 것이다. 물론 문학비평이라 하는 장르가 언제나 작품에서 문학적 의미를 창출하는 작업이고, 김언희 시의 위계-모독이 여성의 몸을 중핵으로 삼아 작동하고 있는 이상 페미니즘적 읽기는 불가피한 일이리라. 하지만 이 여성들에게 엄격한 문학적·사상적 잣대를 들이밀기 이전에 이들이 호소하고 있는 고통의 정체를 규명하고, 이 시점에서 그것을 어떻게 받아들일 수 있을지에 대한 논의가 먼저 이루어져야 하는 것은 아닐까?

그러므로 여러 가지 담론들이 여성의 몸을 횡단하고 있는 이 시대에 김언희를 읽는다는 것은, "음지"에서 뒤척이는 몸과 그에 잇따르는 감각을 시의 최종 심급으로 두고 있는 이 시인에게 여성이란 무엇인지 자문을 구하는 일과도 같다. 여성의 삶은 어디까지 다양하고, 어떻게 여성은 삭제되는가. 물론 대화 없는 공감은 언제까지고 모독에 그칠 것이다. 그러나 우리가 시도하는 이 독해가 모독이라는 사실을 주지한다면 김언희의 화자가 실감 나게 들려주는 증언을 통하여 여성이 스스로 몸을 전시하는 일이 무슨 의미일 수 있는지 알아차릴 수도 있지 않을까? 그러므로 이것은 오독이다. 여성이 여성의 몸을 전시하는 것이 단순한 욕망 전시에 그치지 않도록 하기 위한 모독이다. 그 모독적 오독은, 이렇게 시작한다.

이렇게 질겨빠진, 이렇게 팅팅 불은, 이렇게 무거운

김언희의 첫 시집 〈트렁크〉는 "가죽 트렁크"를 묘사하며 시작한다. "이렇게 질겨빠진/ 이렇게 팅팅 불은/ 이렇게 무거운" 가죽 트렁크. 그것에 담겨 있는 것은 "토막난 추억"이다. 짧은 진술을 통해 이 트렁크를 둘러싼 진실들을 포착하기란 쉽지 않다. 누가 어디로 보낸 것인지, 트렁크를 둘러싸고 무슨 일들이 벌어지고 있는지, 심지어는 "토막난 추억"이라고 일컬어지는 내용물이 정확히 무엇인지조차 기입되어 있지 않기 때문이다. 하지만 이 트렁크가 수취를 거부당한 이유만큼은 짐작할 수 있다. 아마 그것이 너무나도 흉측하기 때문일 것이다. 본디 가야 할 곳으로부터 거절당한 후 갈 곳을 잃은 가죽 트렁크. 이것의 이미지를 김언희의 시와 같이 놓는 것은 그렇게 어려운 일이 아니다. 시인의 말에 적혀 있듯, 김언희는 시가 고통뿐인 세상에서 아름다움을 검출하는 작업이라고 여겨지는 보편적 인식을 정면으로 "배반"하고 있기 때문이다. 그러한 관점에서 "트렁크"를 시인의 작업물 그 자체에 대한 은유로 읽는 것도 무리는 아닐 것이다.

　실로 김언희의 시는 "토막"난 것들을 그러모으고 있다. 이때 토막나는 대상은 다양하다. "고기", "개구리", "당신" 등 수많은 생명이 시에서 도륙되지만, 가장 빈번히 유린당하는 것은 바로 화자 자신이다. 무형의 관념인 "고요"마저도 도살하고 도살당하기를 반복하는 이 "백정의 나라"에서 김언희는 참수도를 다만 휘두르는 것이 아니라, 정면에서 받아내고 있다(「고요의 나라 1」).

　　의자였는데
　　내가앉으니도마였다
　　베개였는데

내가베니작두였다

사람이었는데내가안으니

내가안으니포장육

손톱발톱이길어나는포장육

막다른데가따로없었다

꽃한송이꽃절벽

사람하나사람절벽

여기이절벽에서저기저

절벽으로내입에서내어놓은

거미줄에매달려간댕

간댕건너간다끊어

질듯끊어질듯

－「의자였는데」

　　안락하고 편안한 사물이어야 할 "의자"와 "베개"도 내가 베기만
하면 "도마"와 "작두"가 되어 버리는 정황은 김언희의 화자가 탑재
하고 있는 세계관을 단적으로 드러낸다. 그럼에도 불구하고 다소
난해한 정황을 이해하기 위해서는, "날 때부터 고기"였다는 다른 시
의 진술을 경유해야만 하겠다(「태어나보니」). 나를 낳은 "엉덩짝"이 갈
고리에 걸려 있고, 심지어는 그 엉덩짝의 정체조차 알 수 없는 "지
하 식품부"의 "냉장고 속"으로부터 비롯된 고백을 참조해 보자. 이
세계가 나에게 적대적인 이유가 비로소 명료해지지 않는가. 코에

걸면 코걸이고, 귀에 걸면 귀걸이라는 말처럼 비체는 언제나 주체의 의도에 귀속된다. 인간이 도마 위에 앉으면 도마는 의자처럼 기능하게 될 것이다.

　일련의 심상들은 화자 자신의 의지와는 무관하다는 점에서 폭력적이다. 나를 둘러싼 모든 사물이 나를 공격하고 재단하는 상황을 "막다른 데"라고 일컫는 것은 매우 상식적인 언술 행동이겠지만, 나에게서 뽑혀 나온 "거미줄"에 의존해 위태롭게 이곳저곳을 오가야 하는 상황까지 읽어내고 나면 이 화자가 처해 있는 상황이 보다 더 극단적이라는 것을 체감할 수 있게 된다. 이러한 극단의 상황에서 김언희가 채택하는 방법은 다름아닌 그 세계의 작동 방법에 적극적으로 찬동하는 것이다.

　　막차를 놓치고
　　저녁을 때우는 역 앞 반점
　　들기만 하면 하염없이 길어나는 젓가락을 들고
　　벌건 짬뽕국물 속에서 건져내는 홍합들…… 불어터진
　　음부뿐이면서 생은, 왜
　　외설조차 하지 않을까
　　골수까지 우려준 국물 속에서
　　끝이 자꾸만 떨리는 젓가락으로 건져올리는
　　허불허불한 내 시의
　　회음들, 짜장이

더글더글 말라붙어 있는 탁자 위에서
일회용 젓가락으로 지그시
빌려보는, 이
상처의

모독의

시, 시, 시, 시울들………

　　　　　　　　　　　　　　　　　　　　-「허불허불한」

　"벌건 짬뽕국물 속에서 건져내는 홍합"이라는 먹음직스러운 음식
은 직후 "불어터진 음부"로 변환된다. 이 회음은 "시"의 것으로, 시
가 전적으로 화자에 의한 발화라는 것을 견지한다면 직후 들어오
는, 왜 세상은 "외설조차 하지 않"느냐는 탄식은 자신에게 주어진
발화 방식도 충분히 이용하지 않는 "세상"에 대한 비판임과 동시에
외설밖에는 할 수 없는 화자 자신에 대한 통렬한 메타인지이기도
하다. 그렇다. 김언희에게 있어 세계란 외설하지 않으면 견딜 수 없
는, 아니 외설밖에는 할 수 없는 침묵과 고요의 공동이다. "골수까
지 우려준" 국물이 그렇듯 이 세계는 인간의 몸을 극한까지 착취하
면서 성립하는 세계다. 달콤한 복숭아의 "향기"에 "전신이 가려워"
지는 방식으로 세계와 몸이 불화하는 상황이라면, 아름다움을 거
부하는 몸의 시 쓰기는 모독과 외설, 배설과 동일시될 수밖에 없다.

더 나아가 나의 몸에서 복숭아의 일각을 발견하는 상황에서 고통이 창작을 추동한다는 오래된 격언 또한 폐기를 피할 수 없다(「복숭아」).

이렇듯 김언희에게 몸과 세계는 서로 공명한다. 지독한 자기도취로도 보이는 이 세계 인식이 쾌락적 나르시시즘으로 연결되지 않는 이유는 아무래도 그 공명이 상처와 고통을 통해 이루어지고 있기 때문일 것이다. 물론 김언희의 시가 성감을 전면에 내세워 시를 창작하고 있다는 점은 문제적으로 읽힐 수 있는 지점이지만, 앞선 표현을 참조한다면 그것은 어떠한 금기 내지는 윤리를 깨뜨리기 위해 성감만을 강조하고 있다기보다는 몸과 감각에 대한 탐구에 치중하면서 그와 맞닿아 있는 가장 일차적인 감각의 일환으로 성감을 이용하고 있는 것에 더 가깝다고 보아야 한다. 그리하여 시 쓰기와 배설이 살아남기 위한 외설의 표현으로 동등한 위치를 획득할 때, "봉합되지 않는" 인생으로부터 타액처럼 시가 흘러나오며 김언희의 세계-자기 인식은 완성된다(「……?」).

장바구니를 들고 오늘은 또 무엇을
똥으로 만들어줄까
미나리 상추 쑥갓
바지락 피조개
펄펄 뛰는 저 도다리란 놈을 똥으로
만들어버려……?
항문을 쩝쩝 다시며 지나가는

과일전 좌판 위에

황도 백도 천도 복숭아들

등천하는 저 향기를 구린내로

저 신선한 과육들을

똥으로 만들어버리는 무서운

분뇨의 회로 나를

거치면 모든 것은 왜

심지어 당신, 심지어

하느님까지, 내게서

나오는 것은

왜 모조리

— 「왜 모조리」

　먹음직스러운 음식을 보고 "항문을 쩝쩝 다시"는 행위는, 앞서 언급했던 몸과 세계의 미적 판단 기준이 불화하기 때문에 일어나는 감각의 교란으로 이해된다. 더 나아가, 생명력 넘치는 도다리까지 모두 화자의 몸을 통과하며 똥으로 변모하는 상황으로부터 김언희의 화자가 갖추고 있는 소화 능력은 무시무시한 파괴력을 함축한다는 결론 또한 도출할 수 있다. 김언희의 몸을 통해 세계는 모독의 대상이 되어, 역겹고 끔찍한 형상으로 변환 출력된다. 그러므로 배설은, 시 쓰기는 무서운 일이다. 대상이 미륵이건 나발이건 고려하지 않고 제 식대로 씹어 삼키는 방식은 그 원리의 측면에서 세계가 화자를 착취해 온 방식과 동일하다. 하지만 누군가가 칼날을 휘두른다면, 그것은 그 칼날이 휘두르는 자에게도 유효하다는 뜻이 되지 않겠는가. 미륵과 하느님. 언젠가 재림하여 세계를 구원할 것이라고 믿어지는 선지자와 절대자 그 자체. 또는 규범의 화신. 그들을 욕보이는 행위가 화자의 자긍심으로 기능하는 것은 화자 스스로 그 행위에 혁명이나 대항, 자기표현으로서의 의미를 부여하고 있음이다.

만약 그렇다고 한다면, 여기서 하나의 질문을 해 볼 수 있겠다. 김언희의 화자가 외설과 배설밖에 할 수 없는 이유는 이 화자들이 흉측하기 때문이다. "늙은 창녀", "주검", "미친년"과 같은 멸칭으로 묘사되는 화자들은 모두가 그 자체로 금기시되는 존재로, 이와 같은 꺼림직한 감각은 김언희의 화자뿐만 아니라 그녀가 사용하는 시어와 제시하는 정황들이 공통적으로 주장하는 사항이다. 트렁크는 수취 반송되었고, 고기는 잘려서 매달렸다. 이들이 스스로 발화하는 것을 통해 권위에 상처 입는 당사자는 누구인가. 누가 그녀들을 가공하고, 왜 그녀들을 향해 폭력을 행사하는가. "아버지", "하느님", "당신"으로 호명되는 착취의 수혜자들. 그들의 정체가 밝혀진다.

저 여자가 죽지 않는다

나는 한 구멍을 사랑했네. 물푸레나무 한 잎 같은 쬐그만 구멍,
그 한 잎의 구멍을 사랑했네. 그 구멍의 솜털, 그 구멍의 맑음, 그

구멍의 영혼, 그 구멍의 눈물, 그리고 바람이 불면 보일 듯 보일 듯
한 그 구멍의 순결과 자유를 사랑했네.

정말로 나는 한 구멍을 사랑했네. 구멍만을 가진 구멍, 구멍 아
닌 것은 아무것도 안 가진 구멍, 구멍 아니면 아무것도 아닌 구멍,
눈물 같은 구멍, 슬픔 같은 구멍, 병신 같은 구멍, 시집 같은 구멍,
그러나 누구나 가질 수는 없는 구멍

영원히 나 혼자만 가지는 구멍, 나밖에 아무도 가질 수 없는 구
멍, 물푸레나무 그림자 같은 가혹한 구멍

－「한 잎의 구멍」

오규원의 「한 잎의 여자」는 김언희에 의해 다시 쓰이는 과정에
서 "구멍"으로 치환된다. 이때 기묘한 것은 오규원의 시에서 "여자"
가 화자와 철저히 구분되는 타자로 등장하는 것과는 달리, 김언희
에 의해 다시 쓰인 시의 "구멍"은 화자 자신이자 동시에 사랑하는
대상으로 변모한다는 점이다. 이것을 단순히 김언희가 여성 시인이
기 때문에 벌어지는 현상이라고 치부하기에는, 여성의 대명사로서
기용되는 구멍은 다분히 여성의 성기처럼 읽힌다는 지점에서 앞선
독해에서 줄곧 발견해 왔던 "모독에 의한 모독"의 힘이 강력하게 작
용하고 있음을 무시할 수 없을 것 같다. 김언희는 이 "덮어씀"을 통
해 기존 남성 권력이 선사하는 여성에의 사랑을 비웃음과 동시에

자신-여성마저도 비웃고 있다. "누가 내 시에 마요네즈를 발랐"고, "내 시에 대고 수음을 했느"냐며 범인을 색출하려는 행동은 그래서 이해될 수 있다(「누가 내 시에 마요네즈를 발랐지?」). 그렇게 할 수밖에 없어 채택했던 수단인 모독이 효과적인 이상, 상대를 색출해야만 모독이 가능해지기 때문이다. 이때 가장 대표적으로 불려 나올 수 있는 존재가 "아버지"다.

> 거울 속의
> 아버지, 새빨간
> 페티큐어를 하고, 아이,
> 꽃만 보면 소름이 져요, 허리를
> 꼬는 아버지, 과부가
> 된 아버지, 생리중인 아버지,
> 시뻘건 아버지의 음부, 아버지의
> 질, 하룻밤에 여든여덟 체위로
> 내 남자와
> 하는,
>
> 빗자루 손잡이와 그짓을 하고, 자동차 뒷자리에서 스무 켤레의
> 구두와 하고, 유리상자 속에서 왕과 동거를 하는,
>
> 아버지이, 아버지의 목청으로 부르르 나를

부르는 아버지

　　　　　　－「가족극장, 과부가 된 아버지」

　아버지는 어떤 존재인가. "걸려 있는 어머니"에게서 자신을 "들고 가는" 존재다. 다시 말해, 세계 규범의 화신과 같은 존재이다. 시집의 한 부 전체가 "가족 극장"이라는 이름으로 가족 내부에서 일어나는 위계 관계를 뒤집고, 기제를 모독하는 것으로 메워져 있는 것은 그렇게 이해될 수 있다. 시인은 주님, 아버지, 오빠 등 남성적 주체들에게 여성의 음부와 행위를 오려 붙임으로써 그것의 권위를 훼손한다. 이와 같은 시적 전략은 『보고 싶은 오빠』를 비롯한 이후 시집에서도 두드러지게 활용된다. 하지만 이 모든 상황이 "거울" 속에서 벌어지고 있다는 사실을 주지해야 하겠다. 거울이란 세계를 비추는 시선임과 동시에 내가 나를 자각할 수 있는 가장 객관적인 이미지다. 이러한 관점에서 시를 다시 읽어 보면, 거울 속의 "아버지"는 여성의 신체를 하고 내 남자와 하고 있다는 점에서 오히려 "나" 같다. 다시 말해, 김언희의 화자들은 아버지를 훼손하면서 동시에 자신에게 내재되어 있는 남근중심주의적 관점을 자각하고 있다는 것이다.

　이 시점에서 모독이 가질 수 있었던 승리의 감각은 피로스의 승리로 격하된다. 내 얼굴로부터 매 순간 아버지의 얼굴을 맞닥뜨리기 때문이다. 세상이 그녀를 고기와 구멍으로 다루었기 때문에 외설할 수밖에 없었던 시인의 시 쓰기는 이 시점에서 오독을 발생시킬 수밖에 없다. 다시 말하면, "상가"로 가도 "카바레"가 나오고, "꽃

집"으로 가도 "족발집"이 나오며, 발걸음한 "예식장"은 "도축장"으로 변모하는 상황을 비판하기 위해 세웠던 모독의 바리케이드가 되려 여성 자신을 음란함에 가두게 된다는 모순이다(「피치카토」).

이 책이 소리를 전부 빨아먹는다

이 책이 비명을 전부 빨아먹는다

이 책이 피를 전부 빨아먹는다

육절기로 썰어 넘기는

책장 한 장 한 장이 혓바닥이다

흠씬 피를 빨아먹은 페이지

페이지, 면도날로 밑줄을 친

붉은 밑줄들이 줄줄 흘러내리는

이, 책이

－「이 책」

김언희는 시에 발린 "마요네즈", 즉 "아버지를 내포하는 몸"을 경멸한다. 그래서 김언희의 시는 재생산이나 자신만만한 자의식의 표출이 아니다. 오히려 소화이며, 소비다. 먹어서 없애야 하는, 똥으로 만들어 버려야 하는 무엇이다. "아버지에게서 아버지를 파내드릴게"라고 이야기하는 김언희. 내 몸을 끊임없이 소비하는 것은 "아버지의 좆대가리"에서 자신을 "벗겨내 달라"는 요청의 수행적 표현임과 동시에 화자를 포박하는 사상과 논리로부터 탈각하고자 하는 몸부림이다(「벗겨내주소서」). "말라죽은 앵두나무 아래 잠자는 저 여자가 아직도 죽지 않"은 이유는 이 탈각이 모독으로써는 정복될 수 없는 무인도이기 때문이다(「말라죽은 앵두나무 아래 잠자는 저 여자」). "난자당한 살점들이 에워싸고 있는 그 섬"에 닿을 때까지 그녀들은 죽을 수 없다(「그 섬에 가고 싶다」). 성공할 수 없는 전략을 고수하면서 삶의 결말을 유보하고 있는 이 화자들의 태도는 의미 없는 감각과 침탈을 반복하면서 이중의 모순을 안은 채 언제까지고 지속될 것만 같다.

그렇다면 폭로를 위해 오독을 감수해야만 하는, 살을 취하기 위해 뼈를 줄 수밖에 없는 지지부진한 상황에서 이 여성들은 무엇을 해야만 하는가. 아니, 질문을 바꾸어 보자. "음부"밖에는 없는 세상에서 "외설"로만 발화할 수 있는 여성들의 이와 같은 몸부림을 다만 윤리적 잣대로 처벌할 수 있겠는가? 쉽게 답변을 내릴 수 없는 질문, 그에 대한 사유의 약진이 김언희의 근작에서 드러나고 있다.

여자가 시인이 된다는 것

-인격이라는 건 온도와 습도에 따라 변하는 거야 고환처럼

-I은 홈리스II는 섹스리스III는 홈리스에 섹스리스너에게는 좆밖에 없고 나에겐 그마저 없고

-니체고 시체고 나랑 맞바꾼개는 잘커? 네터럭이 목구멍에 엉겨 죽을 뻔한 그개?

- 죽여준다 정말 죽여줘 新옥보단3D로 보니 온세상 이 肉蒲團之極樂寶鑑이네

-30년 동안 카데바 노릇을 하고 있어 6개 국어로 거짓말하는 카데바 그게 나라고

-저개하지도 못하고 짖지도 못하는 저개엋 저녁에 광견병 접종을 하고 온 저개 이제는 미칠 수도 없게된 저개

-난 죽은년 조차 아냐 시체조차도 없어 난 내눈에도 안보여

-정색은 질색이야 난잠을 자면서도 하품을 해잠을 자면서도 존

167

다고 가래침이야말로 내인생의 토핑이지

　-모든것을 포기하고 미쳐버리면 시간이 절약되지 않을까

　-나무젓가락같은 잣대로 젓대로 나좀 들쑤시지마 지뢰를 밟고
선자만이 경멸할 수가 있는거야 똥밟은 자를

　-개가 뒷다리로 일어서서 걷는것과 같소…… 여자가 시인이 된
다는 것은

　-내주여 저는 알알이 익었나이다 새까만 악의의 포도송이로 나
의 모든 사랑을 다해 나의 모오든 화냥을 다해
　　　　　　　　　　　　　　- 「Eleven Kinds of Loneliness」

　"까마귀에게 있어서 까마귀 자신만큼 불길"한 것이 또 없듯이, 여
성의 몸은 그것이 여성의 몸이기 때문에 한 번의 오독을 거치고 있
다(「미얀마」). "죽은 년 조차도 아니고, 시체조차도 보이지 않는" 상황
이나, "개하지도 못하고 짖지도 못하는 개"라는 호명은 그것이 비
체화되고 있음의 표상이다. 기실 세상만사가 각각 결핍을 갖는 방
식으로 성립하는 법이라지만, 남성 성기를 가진 "너"에게 "나에게
는 그마저도 없"다는 화자의 토로는 화자 본인이 너보다 더 다중적
인 압제 밑에 억눌려 있다는 방증이기도 하다. 이렇듯 발화다운 발

화를 할 수 없는, 내가 나로 살 수 없는 이러한 치욕과 모멸의 세상에서 화자가 할 수 있는 것은 자기학대에 가까운 성교, 폭력뿐이다. 이 화자가 "사랑"과 "화냥"을 병치하면서, "새까만 악의 포도송이"만을 기를 수 있는 것은 날 때부터 고기로 다루어졌던 사람들이, 자신에게서 아버지를 발견하는 여자들에게 걸려 있는 저주들이 말소가 불가능하기 때문이다.

구태여 여성에게 씌워져 있는 성적 필터를 생각하지 않더라도, 우리는 작가의 작품이 작가 자신의 성분을 근거로 성기게 맥락화되는 상황을 여럿 마주쳐 왔다. 말이 말로만 판단될 수 없는 이 연좌제의 굴레 속에서 여성이 더욱 취약할 것임은 당연하다. 다시, 이 지점에서 김언희 화자의 발화가 일차적인 몸의 감각으로 소급되는 양상에 대한 재논의가 가능할 것 같다. 그것은 김언희의 무력한 화자에게 주어진 유일한 발화 방식이기도 하지만, 그 이전에 여성의 발화가 받아들여지던 방식이다. 오로지 자궁의 병 탓으로 여겨졌던 여성의 히스테리처럼, 멸시가 멸시를 낳고 오독이 오독을 낳는 굴레에서 벗어날 수 없는 여성을 어떻게 "정확히" 읽을 수 있을지 도무지 갈피가 잡히지 않는다.

나의 의지와는 무관하게 촘촘히 짜인 의미망으로 기능하는 몸. 구멍과 음부와 외설로 대변되는 여성의 몸. 그러한 관점에서 의도가 없고, 말이 없고, 생각이 없는 "시체"는 역설적으로 여성 화자가 갈망해야 하는 종착점임에 틀림없다. 여성이라는 몸은 그야말로 죽어야만 해방되는 저주이기 때문이다. 이러한 사실은 "섹스와 끼니",

"모욕과 배신", "지저분한 농담"과 "어처구니없는 삶"과 "죽음"에서 해방되기 위해 제시되는 방안이 죽음임에서 여실히 드러난다(「여느 날, 여느 아침을」). 김언희의 화자는 지속적으로 "6개국어로 거짓말하는 카데바", 자라면서 뇌를 버리는 "멍게"의 이미지를 제시하면서 죽음에의 달성을 꿈꾼다(「Endless jazz 19」)

    I
혓바닥에 검은 털이 빡빡이 돋아나고 있어

입속의 검은
구두 솔

구두거나 귀두거나 모조리
光내줄 수 있어

막창에서
밑창까지

    II
엉겁결에,

만인의 연인이 되고 말다니

만인의 黃狗가

영원히 삭제 불가능한 리벤지 포르노의 주인공이

1초도 혼자 있을 수가 없어
1초도 혼자 있을 데라고는 없어

아무도 날 잊어주지 않아
단 1초도

더 이상 혀를 못 놀리게 된 자만이 진짜 죽은 자라고

발화의 욕구는 성욕보다
백배는
강해

귀를 대주라고, 언니, 뒤를
대주듯이

III
세 번이나 하고도 한 기억이 전혀 없어

이제 난 어제 한 거짓말도
기억이 안 나

난 매 순간 나에게서 빠져나가야 살아 말매미처럼

내 손으로 내 등짝을
가르고

-「황색 칼립소」

「황색 칼립소」에서 "입"은 "구두 솔"의 이미지를 경유하여 여성기와 동등하게 취급된다. 그것이 "구두"와 "귀두"를 광내는 도구로 취급된다는 지점에서 여성 몸의 현주소를 선고한다. "엉겁결에" 만인의 연인이 되어 평생 그 낙인에서 벗어날 수 없는 비체의 끝이다. 내가 나로 있기 위해서 나이기를 포기해야 한다는 역설이 당연시되는 이 세상에서 내 발화들이 전부 "거짓말"이 되는 것은 불가피한 일일 것이다. 그럼에도 불구하고 김언희의 화자는 "발화의 욕구"가 "성욕보다/ 백 배는/ 강"하다는 말을 통해 스스로가 이러한 무용한 반복을 지속할 수밖에 없는 이유를 타진한다.

하지만 언제나 "귀를 대주"는 것보다 "뒤를 대주는 것"이 더욱 수월하다. 여성의 몸이 그렇게 설정되어 있기 때문이다. "언니"도 여성이고 화자도 여성인 이상 자신의 발화를 순수한 자신의 발화로 전달할 수 없는 상황에서 그녀들의 대화가 대화로써 성립하기란 어려워 보인다. 이 사실을 알고 있는 것처럼, 김언희의 시는 이 시집이야말로 "엽색"과 "치정의 끝"이라는 발화를 통해 모독이 모독당할 수밖에 없고, 오독이 오독당할 수밖에 없다는 사실을 슬프게 폭로한다(「격에게」, 96p).

이 시집은 모리스 블랑쇼의 "오늘 밤 나를 죽여주지 않으면 당신은 살인자요"라는 책망으로 끝을 맺는다. 모리스 블랑쇼는 여러 격언을 남겼지만, 이 시점에서 들여오기에 적합할 만한 다른 말이 있다. "작가는 작품으로부터 쫓겨난다." 작가가 의도하지 않은 작품의 가능성을 타진하는 말이었던 앞선 발언은 김언희와 맞닿았을 때 나의 의도와는 전혀 다른 방식으로 빗나가 버리는 오독의 광경을 시사하는 발언으로 읽히게 된다. 이조차도 원 의미를 왜곡하는 오독이지만, 김언희의 화자가 오독과 적극적으로 싸우는 방식으로 오독당해왔다는 사실을 감안하면 시인의 시 세계가 작동하는 방식과 모리스 블랑쇼의 말이 해석 과정에서 변질되는 것은 그 불가역성을 여실히 드러내는 지점일 수 있다.

나의 의지와는 무관하게 이미 완결되어 있는 내 몸의 의미. 하나의 의미망을 형성하고 있는 몸이 자꾸만 그곳에서 벗어나려고 함과 동시에 탄생하는 시. 타자에의 침탈에 맞서는 이 힘 있는 비명이 어떻게 시가 아니겠는가? 그래서 김언희에게 폭력에 대한 감상은 세계에 대한 단상이다. 만약 지금까지의 독해가 옳다고 가정한다면, "내가 벗어던져야 하는 마지막 실오라기"가 어디에 있냐는 질문과 "매 순간 나에게서 빠져나가야" 살 수 있다는 진술이 서로 호응하는 것처럼 읽히는 것은 결코 착각이 아닐 것이다(『쌍십절 2』, 『보고 싶은 오빠』).

내 몸은 포르노가 아니다

그리스의 남성 영웅 카이네우스는 본디 카이니스라는 이름의 아름다운 여성이었다고 전해진다. 그(녀)가 여성이기를 포기하게 된 이유에 대해서는 여러 설이 있지만, 개중에서도 가장 유력한 것이 그녀가 포세이돈에 의해 강간당했다는 설이다. 그녀는 자신을 차지하고자 했던 포세이돈에게 강간당한 이후 어떤 저항도 하지 못했다는 무력감을 견디지 못해 분노에 떨었다. 이윽고 그녀는 자신에게 닥쳐온 모든 불행이 여성이기 때문에 벌어졌다는 결론에 도달한다. 자신이 여성이기 때문에 강간당했으며, 여성이기 때문에 저항할 수 없었고, 여성이기 때문에 남성 욕구의 표적이 되었다는 것이다. 결국 그녀는 자신을 달래지 못해 안절부절못하던 포세이돈에게 남성이 되기를 청했고, 그렇게 카이네우스가 되어 신화에 이름을 새긴다.

우리가 카이니스와 카이네우스의 신화를 통해 알아낼 수 있는 사실이 있다면, 신체적-정신적 특성을 폭력의 원인으로 지목해서는 안 된다는 자각이며 폭력에서 벗어나기 위한 몸부림을 비윤리적이라고 일갈할 수 없으리라는 예감일 테다. 어떤 폭력이 여성이기 때문에 벌어지는 것이라면, 어떤 여성들이 그 폭력에서 벗어나기 위해 "여성 아님"을 소망하는 것을 비난할 수는 없다. 폭력 자체를 근절하는 것보다 그 자신이 여성 아니게 되는 것이 폭력의 위협에서 벗어날 방법으로 더 직관적이기 때문이다. 이것은 반대로 "여성"이라는 범주가 그 위신을 공고히 할수록, 오히려 그 집단이 갖고 있는 힘이 허약해진다는 것과도 동일하게 읽을 수 있다. 기실 이것은 김언희 시에서도 "종이 고환"을 단 "여류 시인"의 이미지와(「어지자지」), "몸만 여자지 음탕한 남자 아닐까" 되묻는 자조로 드러나고 있지 않은가(「……아닐까」).

주디스 버틀러는 여성 범주를 부정하며 여성 없는 페미니즘을 주장한다. 여성이라는 동일 정체성이 존재하지 않더라도 페미니즘은 가능하며, 되려 여성만이 페미니즘을 허락받을 때 이론은 허약해진다는 것이다. 이때 가장 강조되는 것이 "수행 뒤에 수행자는 없다"는 명제다. 바꾸어 말하자면, 젠더와 성 정체성 등의 "범주"는 나를 설명하기 위한 하나의 수단일 뿐이지, 결코 자아의 본질이나 골자에 도달할 수는 없다. 그것은 정체성이 여러 가지 속성들이 화합하고 상충하면서 교차적으로 성립하는 것이거니와, 나의 유일무이한 정체성이 될 수 없기 때문이기도 하다. 그는 동시에 자신의 의견이 미국 동부 해안의 레즈비언/게이 커뮤니티에서 비롯되었음을 부정하지 않는다. 그곳에서 현재까지도 투쟁하고 있는 젠더퀴어들에게 감응하고, 그것이 페미니즘과 맞닿지 않을 수 없었다고 이야기하는 것이다[8].

---

8) 젠더 트러블의 개정판 서문 (1999)에서 주디스 버틀러는 이와 같은 착안점을 털어놓으며 자신이 학계라는 서로 만난 적 없는 문화지평의 수렴 가능성을 타진하기 위한 작업을 이어가고 있다고 밝혔다. 주디스 버틀러, 『젠더 트러블』, 문학동네, 2006, 58-61p 참고.

연거푸 강조하지만, BJ의 노출과 김언희의 비명을 동일시하려는 것이 아니다. 그것은 동일시될 수도 없거니와, 동일시되어서도 안 될 것이다. 다만 어떤 폭력이 페미니스트이기에 가해지고 있고, 자신의 주변이 그러한 폭력을 기꺼이 휘두를 자들로 가득하다면, 페미니스트임을 부정하고 적극적으로 사회에 복종하는 방식이 가장 안전할 것임은 두말할 것도 없으리라. 물론 이 사실을 주지하고서라도 자신을 "반페미"라고 지칭하며 몸의 이미지를 판매했던 QWER 일부 멤버들의 행동을 완전히 윤리적이라고 할 수는 없을 것이다. 이 글 또한 순수히 그녀들을 방어하기 위해 쓰인 글이 아님을 밝힌다. 그러나 페미니즘이란 결국 여성 해방을 위해 고안된 이론 틀이기에, 만약 페미니즘이 여성의 삶, 또는 한 여성이 인간으로서 살아가기 위해 선택한 성질 그 자체를 부정하게 된다면 잠시 이야기를 멈추고 점검의 시간을 가져야 한다는 요청이다. "여자의 완성이 얼굴"인 나라에서(『르 흘레 드 랑트르꼬뜨』, 『보고 싶은 오빠』) 페미니즘마저 여성을 불순하고 음란하다는 이유로 거절한다면, 그 여성들의 사활을 건 투쟁도 포르노로 전락하게 되지 않겠는가. 아니, 설령 그것을 포르노라고 일컫는다고 하더라도 그에 대한 참작이 진행되어야 하지 않겠는가. 침투를 불허하고 "음지"에 잠재우는 것은 "보기 편안한 세상"을 만들 수 있는 한 가지의 방법일 수는 있겠으나 그와 동시에 무엇을, 어떻게 보아야만 하는지에 대한 해답을 찾을 기회 또한 그녀들과 함께 영영 잠들게 하는 일일 것이다.

폭력은 다른 것이 아니다. 해석의 여지가 불가능하도록 맥락을 거세하는 것이 폭력이며, 알몸과 외설만을 보는 것이 포르노다. 그래서 포르노는 만들어지는 동시에 해석된다. 이것이 도발적이고, 충격적이고, 외설적이라고 할지언정, 그 너머에 무엇이 없다고 말하는 것이 그것을 실로 포르노로 만든다. 여성의 알몸과 성교를 그저 "외설적"이라고 말하면 그것들은 모두 외설로 남는다. 여성의 목소리를 그저 비명이라고 말하면 그것은 단지 비명에 머무른다. 그러나 여성의 알몸이 어떤 의미일 수 있는지 해석하는 순간 그것은 외설적인 알몸을 넘어 저항의 표현이 된다. 기실 비평은 언제나 이러한 해석의 가능성을 증명하는 작업이었고 약자에게 견고한 법령에 틈입하는 몸짓이지 않았던가. 그렇다면 김언희의 시 세계를 톺으며 오독한 우리가 해야 할 일은 명확하다. 저 죽은 것도 아니고, 사는 것도 아닌 모호의 세계에 잠자는 여자를 깨우는 것이다. 그 후로는 이야기를 들어보자. 성감을 위해 태어나지 않은 음부로, 분뇨의 입구로 태어나지 않은 입으로.

늘 화가 나 있었습니다. 어린 눈에 사람들은 나빴고, 세상은 기울어
져 있었습니다. 하지만 저에게는 아무 힘이 없었습니다. 그리하여 저
를 가장 화나게 하는 것은 언제나 저의 무력함이란 사실을 문득 깨달
았던 날, 책을 펼쳤습니다.

그건 아무래도 가공의 세계로 달아나려는 몸부림이었을 겁니다. 하
지만 가짜 사람 너머에서 분투하는 진짜 사람의 표정을 발견한 순간
알았습니다. 세상은 문학이 아니지만, 문학은 세상이라고. 뭐든 할 수
있을 것 같아졌던 그때 당선 전화를 받았습니다. 이상한 일입니다.

비평의 길로 인도해 주신 정은경 선생님, 정홍수 선생님과 중앙대
문예창작과 교수님들께 감사드립니다. 이수명 선생님, 김근 선생님,
선우은실 선생님. 세 분께 시와 비평을 사랑하는 법을 배웠습니다.
감사합니다. 응원하고 지지해 준 가족들에게 사랑을, 믿음직스러운
동료들에게 인사를 건넵니다. 부모님 사랑해요. 내 손 붙들어 준 재
범, 준하, 재영, 해솔과 민아. 언제까지고 유사해질 다현, 소민, 주현.
내가 만난 이들 중 가장 상냥한 예진과 다빈. 대학 생활의 전부인 작
인. 마지막으로 내 하나뿐인 전우 인환에게. 나 꼭 이기는 사람이 될

게. 함께해 줘.

　…라고 말했지만, 사실 승패는 그리 중요하지 않겠습니다. 완전한 제압이 없고, 미진한 낙담이 없어 끝나지 않는 대화, 그런 경합 자체가 제가 믿는 아름다움이기 때문입니다. 그러니 오늘 이 부름은 계속 투쟁하라는 전언으로 듣겠습니다. 호명해 주신 유성호, 이광호 선생님께. 제 글을 읽고 또 읽어주실 모든 분들께 약속드립니다. 오직 시와 이야기 앞에서만 고개 숙이겠습니다. 지켜봐 주십시오.

시 저류에 흐르는 미학적 속성을
제대로 읽어낸 비평

2025 서울신문 신춘문예 문학평론 부문에는, 한강 작가의 노벨 문학상 수상 영향 때문인지 예년에 비해 많은 응모작이 접수되었다. 한강 관련 비평이 제법 있었고 다양한 시인, 현상, 경향 등을 저마다의 시선과 필치로 탐구하여 비평적 논의의 수준을 끌어올린 사례들이 많았다. 심사위원들은 특정 이론으로 기울어간 현학적 비평이나 평범한 작가론, 작품론에 그친 비평보다는 자신만의 의제 설정 능력을 바탕으로 작품 분석의 안목을 보여준 평문들을 호의적으로 읽어나갔다. 그 결과, 스스로의 해석 언어에 오랜 정성을 쏟은 신은조씨의 평론 '포르노그래픽 다오라마-김언희론'을 당선작으로 선정하였다.

이 글은 한 시인의 시 세계를 정치하게 분석한 결과로서, 김언희 시의 독특한 페미니즘적 개성을 예리하게 파악함으로써 비평의 개성적 차원을 보여주었다. 시인이 여성의 몸을 통해 주류적 폭력에 저항하는 과정을 규명한 의미 있는 해석이라고 할 수 있다. 김언희 시의 저류에 흐르는 미학적 속성을 제대로 읽어낸 탁월한 비평이라고 생각된다. 필력을 더욱 가다듬어 창의적 해석의 역량을 크게 가다듬어가기를 기대해 마지않는다. 함께 경쟁한 '비-인간 전환 시대의 불규칙이라는 타자'는 두 시인을 통해 최근 한국 시의 담론적 가능성을 읽어내는 역량을 보여주었다. 최근 강력하게 떠오르는 담론들에 대한 서술이 많아 글에 긴장감이 떨어진다는 지적이 따랐다. '포스트 로맨스: 변화의 시대, 사랑의 새로운 지평을 위하여'는 문제 소설들을 통해 사랑의 새로운 감수성을 논의해본 의욕적인 글이다. 다만 텍스트들을 최근 떠오르는 담론에 귀속시키는 흐름이 강하여 작품 개개에 대한 해명이 더 드러났어야 한다는 아쉬움이 지적되었다.

이번에 당선하지는 못했으나 문제의식을 두루 갖춘 사례들이 꽤 많았다는 점을 말씀드리고자 한다. 다음 기회에 더 빛나는 성과를 얻기를 바라면서, 투고자 여러분의 정진을 당부드린다.

2025 세계일보 신춘문예 문학평론

이 지 연

1990년 서울 출생
이화여자대학교 국어국문학과 졸업
동 대학원 국어국문학과 박사 수료
2025년 《세계일보》 신춘문예 평론 부문 당선
kawazoe244@gmail.com

죽음(들)을 건너는 '견딤'의 윤리
: 한강의 『작별하지 않는다』 읽기

이 지 연

1. 눈빛과 눈(雪)빛 사이

기록(記錄) 불가능한 상실이 있다. 처음부터 존재했던 적이 없는 것들의 상실. '살아 있음'이 인정되지 않는 삶의 죽음은 공적인 발화의 범위 안에 놓이지 않으며, 따라서 기록될 수 없고, 애도할 수도 없다. 주디스 버틀러는 폭력과 애도의 관계를 고찰하며 이렇게 썼다. "애도가능성은 삶의 출현과 유지의 조건이다."[1] 여기서 말하는 '삶'이란 공적 사회를 구성하는 규범적 틀에 따라 살아 있는 것으로 간주되는 삶이다. 흔히 우리가 누군가를 애도하고 추모한다고 할 때, 그의 삶은 반드시 '살았던 것'으로서 이제는 끝난 것이어야 한다. 즉 애도 불가능한 삶이란 권력의 프레임 속에서 '살아 있지 않은' 것으로 분류된 삶을 말한다. 살아 있으나 산 것이 아닌 삶. 오

---

[1] 주디스 버틀러, 『전쟁의 프레임들』, 한정라 옮김, 2024, 한울아카데미, 30쪽.

랫동안 문학은 이들의 상실을 애도하는 작업을 수행하면서, 규범의 폭력을 사유하고 윤리적 가능성을 보여주는 시도를 계속해 왔다.

그러한 궤에서 한강의 『작별하지 않는다』(2021)[2]를 역사적 비극에 대한 기억, 희생자들을 향한 끈질긴 애도와 추모에 관한 이야기라고 읽는 것은 얼마간 적절할지도 모른다. 제주 4·3 사건과 보도연맹 학살, 경산 코발트광산 학살 등 국가 폭력에 희생된 이들의 고통스러운 증언을 세심하게 살피며 '기록'의 차원으로 불러내는 소설이라고 말이다. 특히 바로 전에 출간된 장편 소설이 『소년이 온다』(2014)라는 점을 떠올리다 보면 그 점은 더욱 선명하게 느껴진다. 1980년 5월 18일, 광주에 있었던 이들의 혼(魂)으로부터 들리지 않는 목소리를 들려주려 했던 한강은 『작별하지 않는다』에 이르러 초점을 제주로 옮겨 간다. 그리고 광주보다 더 오랜 시간, 애도는 물론이고 기억조차 금지되었던 이들을 애도한다. 소설의 서두에 『소년이 온다』를 집필한 뒤 작가 자신이 직접 겪었던 고통을 배치하고 그것을 확장하여, 망자(亡者)와 유족들의 아픔에 가 닿고 있는 것이다.

사정이 이러할진대, 현대사의 굵직한 사건들을 대하고 있는 두 작품은 애도와 (문학적) 재현의 윤리, 그리고 그 방식이라는 측면에서 다양하게 논의되었다. 『작별하지 않는다』를 둘러싸고 제출된 비평적 반응 또한 그 연장선상에 놓여 있다. 재현의 윤리 그 자

---

2) 한강, 『작별하지 않는다』, 문학동네, 2021. 이후 본문의 인용은 괄호 속 쪽수로 표기한다.

체에 천착하는 작가 자신의 고통이 사건에 대한 재현보다 앞선 "오차"[3]라는 평, 그에 반해 일반적인 애도의 윤리 '바깥'에서 "다른 방식"[4]으로 재현을 시도한 결과라는 평과, 어머니-딸로 이어지는 '안티고네 연속체'의 애도 작업이 다소 "수동적·비의적"[5]으로 보인다는 최근의 비판적 고찰이 이에 속한다. 이들은 공통적으로『작별하지 않는다』에 담긴 소설적 진정성과 정치적 효과를 가리키며 서로 다른 각도에서 윤리의 문제를 심문한다. 문학은 기록되지 않은 것들을 기록해 낼 수 있는가. 재현 불가능한 것들을 어떻게 재현할 것인가. 소설이 시도한 작업은 문학이 할 수 있는 일을 충분히 해내고 있는가.『소년이 온다』를 쓰면서 한강은 스스로 이러한 질문들에 부딪혔음을 고백한 바 있다. 그에 대한 작가의 대답은 다음과 같이 요약된다.

그러니까 같이 고통을 느끼는 것, 초를 밝히는 것, 그 두 가지만 하자고 생각했어요.[6]

---

3) 황정아, 「'문학의 정치'를 다시 생각한다」, 『창작과비평』 49(4), 창작과비평사, 2021, 26쪽.
4) 김예령, 「아니, 아니라는 사랑의 수행」, 『문학동네』 29(1), 문학동네, 2022, 90쪽.
5) 오혜진, 「한강의 독자들은 애도의 (반)정치에 참여할 수 있을까」, 『여성신문』, 2024.11.30. https://www.womennews.co.kr/news/articleView.html?idxno=255056 (2024.12.3.)
6) 김연수·한강, 「사랑이 아닌 다른 말로는 설명할 수 없는―한강과의 대화」, 『창작과 비평』 42(3), 창작과비평사, 2014, 322쪽.

애도할 수 없는 이들의 상실을 애도하면서, 결코 완전히 재현할 수 없을 그들의 고통을 다만 함께 느껴보는 것. 그리고 스러진 존재들의 앞에 촛불을 켜는 것. 『소년이 온다』의 마지막 장에서 서술자 '나'는 어느 새벽 소년들의 무덤을 찾아가 그 앞에 초를 밝히고, 타오르는 불꽃을 가만히 들여다본다. 그런데 이 대목에서 눈에 띄는 것은 "젖은 양말 속 살갗으로 눈은 천천히 스며들어왔다"(『소년이 온다』, 215쪽)라는 서술이다. 눈더미에 파묻힌 발목으로 선득하게 느껴지는 찬기와 초를 태우는 주황빛 불꽃은 '애도'와 '재현'의 불가능성을 과감히 열어젖히는 이 소설의 마지막 장면에 어째서 나란히 놓여야만 했을까. 피부에 끼쳐 오는 차가움의 감각, 기도도 묵념도 아닌 그것이 '불꽃'과 함께 소설의 마지막에 자리해야 한다면, 작가가 고백한 소설 쓰기의 윤리는 기실 이 두 개의 간극에서 출몰하는 것이 아닐까. 눈(雪)의 냉기와 촛불의 뜨거움, 겨울철 새벽의 어둠함과 희미하게 파닥이는 불빛은 기실 한 쪽에서 다른 한 쪽으로 이행함으로써 어떠한 목적을 달성하는 것이 아니라 서로가 서로에 대한 강력한 전제조건으로 존재하지 않는가.

무엇에 대한 조건인가. 아마 찢어지고 깨지고 파괴되는, 위태롭고 연약하면서도 끝내 인간인, 서로의 고통에 몸 기울임으로써 "더 귀하고 존엄한 존재"[7]가 되는 '인간'의 조건이리라. 『소년이 온다』가 남긴 후유증의 고백으로부터 『작별하지 않는다』가 시작된다면,

---

7) 위의 글, 323쪽.

홀로 남은 앵무새를 구하기 위해 고통을 무릅쓰고 '인선'의 집으로 향하는 '나'의 여정이 한 치 앞도 보이지 않는 어둠과 폭설로 뒤덮여 있다는 점은 흥미롭다. 죽음의 공포에 사로잡힌 채 끝내 집에 도착한 '나'가 마주하는 것은 아주 작은 촛불, 그리고 죽은 새와 서울에 있을 인선의 환영이기 때문이다. 밤새 내린 눈이 모든 온기와 소리를 차단한 어둠 속에서 '나'는 비로소 촛불의 빛에 의지해 학살의 피해자들이 남긴 기록과 증언에 다가가게 된다. 소설의 2부에 해당하는 이 부분에서야 '애도'와 '재현'의 작업은 본격적으로 수행된다고 할 수 있다.

그리하여 『작별하지 않는다』에서 '재현의 윤리' 또는 '애도의 진정성'을 문제 삼는 논의들은 '나'가 눈과 어둠과 추위와 공포, 극심한 고통을 뚫고 목적지에 도착한 다음의 이야기에 주목한다. 이러한 접근은 『소년이 온다』의 '나'가 켠 초의 불꽃과 『작별하지 않는다』의 서술자가 바라보는 촛불의 일렁임을 구분하지 않는 듯 보인다. 두 개의 촛불은 애도 불가능한 상실에 대한 애도와 기록, '존엄한' 인간성의 희구와 윤리라는 측면에서 같은 방향을 가리키지만, 그 의미와 무게는 사뭇 다르다. 『작별하지 않는다』가 다만 역사적 비극의 희생자들에 대한 추모 또는 애도에 관한 소설이라든가, 학살의 문학적 재현을 다룬 소설이라고 단언할 수 없는 이유가 여기에 있다. 이 글은 바로 그 점을 조금 더 확대하여 들여다보면서 『작별하지 않는다』가 소설적 주체를 만들어가는 과정을, 나아가 한강이 지금까지 그려 온 소설 세계의 윤곽을 덧그리는 작품으로서 자리매김하는 양상을 확인하고자 한다.

　서두가 다소 길어졌다. 그러나 한강의 소설 가운데『작별하지 않는다』를 일별해 내기 위해 하나의 작품을 더 언급하고 넘어가야 할 것이다. 그가 첫 번째로 출간한 장편 소설『검은 사슴』(1998)이 그것인데, 이 작품에서 전설 속 동물인 '검은 사슴'은 임박한 죽음을 암시하는 형형한 눈을 가지고 있다. 행방불명된 '의선'의 흔적을 찾아 천신만고 끝에 설산 골짜기에 도착한 '나'는 그곳에서 사슴의 눈을 보고 소스라친다. 환영인지 실재인지, 꿈인지 현실인지, 살았는지 죽었는지 알 수 없는 그것은 기실 '나'와 '명윤'이 찾아 헤매는 대상인 의선의 대응물이다. 깊숙한 산골에서 광부의 딸로 태어난 의선은 출생 신고조차 되지 않은 존재, 즉 규범의 프레임 바깥에서 '살아 있으나 산 것이 아닌' 삶이었기 때문이다. 다시, 기록 불가능한 상실.

『검은 사슴』에서 한강은 삶과 죽음이 그토록 가까워 거의 구분할 수 없는 경계 불분명한 상태에 놓인 존재들을 끈질기게 기록한다. 그 '상태'를 확인하는 여정의 고통스러움은 애도 불가능한 상실을 애도함에서 더 나아가, 그럼에도 불구하고 삶을 지속시키는 '견딤'의 조건이 된다. 끝내 의선을 찾지 못한 '나'는 의선의 사진을 보고 그와 닮은 누군가를 떠올리는 '장'에게 묻는다. 그 사람과 잘 아는 사이냐고. '장'은 의선의 아버지인 광부 '임'과 한때 무너진 갱도에 갇혀 죽음의 위기를 넘긴 탄광 사진작가로, 임으로부터 검은 사슴의 이야기를 들은 적이 있다. 그의 대답은 이렇다. "……견디는 법을 나한테 가르쳐준 사람이오."(『검은 사슴』, 432쪽) 검은 사슴의 빛나는 눈(眼)과 죽음에 가까운 고통을 안겨주는 눈(雪)의 흰 빛은 서로가 나란히 놓임으로써 기묘하게도 삶의 지속됨을 향한다. 이 글에서는 그것을 '견딤'의 윤리라고 부르고 싶다. 그리고, 이 '견딤'의 진실을 한강은 『작별하지 않는다』에서 다시금 소환하고 있다. 눈빛과 눈(雪)빛 사이에서.

2. 마비되지 않는 몸

한강의 소설이 인물의 '고통'에 대한 핍진한 묘사에 집중하고 있다는 세간의 평은 과언이 아닐 것이다. 대표작으로 여겨지는 『채식주의자』(2007)나 『소년이 온다』는 물론이고 『바람이 분다, 가라』(2010)나 단편 소설인 「눈 한 송이가 녹는 동안」(2015)에서도 그는 고통을 겪는 인물들에게 끈질기게 천착한다. 말하자면 한강 소설에 등장하는 인물들은 저마다의 '고통스러움'을 고백하며 그러한 고통의 근원을 끊임없이 사유하고 질문해 온 셈이다. 도대체 무엇이 나 또는 그/들을 이토록 고통스럽게 하는가. 이 질문에 선행되어야 할 답변은 외부 세계의 규범적, 혹은 실제적인 폭력에 대한 고발이며, 한강 소설에서 '고통'의 담론 역시 그것을 전제로 수행된다. 고통스러워하는 이들에게 가해지는 억압과 폭력을 직시하지 않고서 고통에 대해 말하는 것은 불가능한 일이기 때문이다. 그렇다면 오로지 그것이 목적일까? '역사의 비극'이나 '사회의 폭력', '시대적 상처'

를 수면 위로 끌어올려 기록하고 남김으로써 권력의 잔혹함을 고발하는 것만이?

곧바로 그렇다고 대답하기에는 석연찮은 지점이 있다. 『소년이 온다』에 담긴 작가의 의도를 다시금 참고하자. 광주라는 거대한 집단적 트라우마와 상흔을 다루면서도 "타인의 고통 때문에 생기는 개인적 고통, 그 지극히 감각적인 고통에 대해서"[8] 쓰고 싶었다는 그의 고백은 『작별하지 않는다』 전반부에 할애된 '나'의 고통에 대한 장황한 서술을 일견 이해하게 해준다. 『작별하지 않는다』의 구성은 총 3부로 이루어져 있는데, '나'가 폭설을 뚫고 제주에 있는 인선의 집을 찾아가는 과정을 그린 1부의 길이가 가장 길다. 앞서 언급하였듯 이 소설은 제주 4·3을 다루면서도 사건의 내부와 실상에 접근하는 시점을 계속해서 미루고 있다. '나'는 1부가 끝난 뒤 2부의 중간 부분이 되어서야 피해자들의 증언 기록과 인선의 기억을 통해 학살의 진상을 전해 듣게 된다. 즉, (실제 작가를 연상시키는 서술자) '나'가 그날의 진실에 다가가기 위해서는 지난한 준비 과정이 필요하며, 소설은 그것을 꽤나 공들여 제시하고 있는 것이다.

1부의 대략적인 내용은 이렇다. '나'는 "그 도시의 학살에 대한 책"(11쪽)을 낸 채 악몽과 두통에 시달리면서 고통스러운 나날을 보내고 있다. 그때 오래된 동료이자 친구인 인선의 연락을 받는다. 다큐멘터리 영화 감독이었던 인선은 현재 제주에서 목공방을 운영

---

8) 위의 글, 322쪽.

하며 혼자 살고 있는데, 손가락이 잘려 나가는 사고를 당해 병원에 입원해 있다. 병원으로 달려간 '나'에게 인선은 제주의 집에 홀로 남아 있다는 앵무새 '아마'를 구해 달라는 부탁을 한다. 새를 죽게 내버려두지 않기 위해서는 오늘 당장 제주로 향해야 하고, 제주에는 엄청난 양의 눈이 내리는 상태다. '나'는 인선의 부탁을 거절하지 못하고 비행기에 몸을 싣는다. 해가 지고 어두워지자 인선의 집이 있는 중산간 마을로 가는 길은 눈에 뒤덮여 위치와 방향을 가늠할 수 없다. 길을 잘못 들어 눈 속에 고립된 '나'는 극심한 추위와 공포 속에서 차츰 정신이 흐릿해지는 것을 느낀다. 그때,

하지만 새가 있어.

손끝을 건드리는 감각이 있다.
가느다란 맥박처럼 두드리는 게 있다.
끊어질 듯 말 듯 손가락 끝으로 흘러드는 전류가 있다.(138쪽)

거의 죽음에 이르렀던 '나'가 의식을 되찾고 몸을 일으킨 것은 불현듯 손끝으로 느낀 이 "감각" 때문이다. 아무것도 볼 수 없고, 들을 수 없고, 움직일 수도 없는 상황에서 그가 지각할 수 있는 것은 언젠가 새가 손가락 끝에 남긴 감촉의 기억뿐이다. 아주 약하고 가냘프지만, 생명이 있었음을 암시하는 그것. 의식을 회복해 쓰러졌던 곳을 벗어나 집으로 가는 길을 되돌아오면서, '나'는 좀 전에 느꼈

던 감각이 점차 또렷해짐을 깨닫는다. 심지어 손끝을 넘어 손바닥으로도 생생하게 느껴지는 감각이 있다. 그것은 아마의 따뜻한 목덜미를 쓸어주었을 때, 마치 더 만져 달라는 듯 깊게 목을 수그리던 새의 기억과 연결된다. 인선이 웃으면서 했던 말까지도. *"더 만져달라는 거야. … 더, 계속 쓰다듬어달라는 거야."*(141쪽)

만짐, 또는 접촉의 경험은 피부로 '느껴지는' 감각을 불러온다. 신체와 신체가 맞닿았던 기억, 생명을 가진 몸이 다른 몸과 연결되는 감각은 나와 타자의 살아 있음을 증명하는 통로다. 달리 말하면 가장 극심한 고통을 겪고 있는 인간에게, 임박한 죽음 앞에 내몰린 인간에게 '살아 있음'을 가장 강렬하게 증명하는 것은 역설적이게도 몸 그 자체라고 할 수 있다. 몸을 가진 인간은 바로 그 몸에 가해진 고통으로 괴로워하며 또 그 몸으로 인해 스스로의 살아 있음을, 삶이라는 것이 그토록 연약하고 가냘프다는 사실을 경험하게 된다. "유리문 밖으로 지나가는 모든 사람들의 육체가 깨어질 듯 연약해 보였다. 생명이 얼마나 약한 것인지 그때 실감했다. 저 살과 장기와 뼈와 목숨들이 얼마나 쉽게 부서지고 끊어져 버릴 가능성을 품고 있는지."(15쪽)

버틀러의 표현을 빌리자면 "몸은 삶의 유한성, 취약성, 행위주체성을 암시한다."[9] 그토록 쉽게 깨어지고 부서질 수 있는 몸은 그 자체로 우리의 삶이 유한하며, 타인의 세계에 우리의 의지와는 관

---

9) 주디스 버틀러, 『위태로운 삶』, 윤조원 옮김, 필로소픽, 2018, 55쪽.

계없이 노출되어 있음을 말해준다. 달리 말하면 인간의 삶은 처음부터 타자에게 노출되고, 연루되어 있다는 점에서 지극히 취약하고 위태로운 것이다. 그러나 소설은 이러한 취약함으로부터, 인간이 가장 취약해지는 순간으로부터 윤리적 민감성을 위한 자리가 마련된다는 것을 알고 있는 듯하다. 눈 속에 고립된 '나'가 극한의 육체적 고통 속에서 살아 있는 새와 피부를 맞대었던 감각을 떠올리듯이, 그리하여 그 새의 목숨을 구하기 위해 멈추었던 여정을 다시 시작할 수 있었던 것처럼. '나'는 얼굴에 쏟아지는 눈을 닦으며 그것의 오랜 순환에 대하여 생각한다. 인선이 전해 준 어머니의 기억 속 학교 운동장에 누워 있던 시신들의 얼굴에 쌓이던 눈과 자신이 손에 묻은 눈이, "같은 것이 아니란 법이 없다."(133쪽) 오래전 학살당한 이들과 지금의 내가, 순환하는 바람과 해류에 의해 같은 눈을 느낀 것일지도 모르겠다는 상상. 나는 그들과 어떤 방식으로든 연루되어 있으며 그것은 삶의 취약성이 이토록 적나라하게 확인되는 순간 가능한 사유라는 것을, 소설은 말해준다.

그리하여 이제 고통은 인간의 본질적인 취약성, 그로 인해 서로가 근본적으로 연루되어 있음을 확인하는 전제조건이 된다. 즉, 나를 구성하는 것이 나 자신이 아니라 타자의 존재라는 것을 깨닫기 위해서는, 마비되지 않은 몸이 필요하다. 산발적이거나 임의적인 것이 아니라 항시적으로 유지되는 '지극히 감각적인 고통'을 늘 감수할 수 있는 몸. 신경이 죽지 않도록 3분마다 한 번씩 바늘이 꽂히는 인선의 잘린 손가락, 굳지도 썩지도 않은 새 피가 멈추지 않고 흘러나오는 환부처럼 말이다. 그렇지 않고서는 인간의 죽음과 고통에 대한 무감각함, "상실의 탈실재화"[10]를 피할 수 없을 테니까. 눈 속에 파묻혀 죽음을 기다리던 '나'가 비로소 인선의 집에 들어설 자격을 부여받는 것은 그 지난한 감각의 고통을 겪고 나서다. 마비되지 않았음을 증명해 보인 뒤에야, 감히 재현 불가능한 고통의 증언과 학살의 기록 틈으로 그는 걸어들어갈 수 있었던 것이다. 그날의 진실과 가장 가까운 곳으로.

3. 잠겨드는 '꿈'의 말걸기

눈보라를 뚫고 도착한 인선의 집. 금방이라도 단전과 단수로 완벽하게 고립될 그 집에서, 앵무새 '아마'는 이미 죽어 있다. 손끝과 손바닥으로 전해지던 가냘프고 따뜻한 감각은 차갑게 놓인 새의 죽은 몸 앞에서 허탈해진다. 언젠가 인선은 그런 말을 한 적이 있다. 새들은 아무리 아파도 죽기 직전까지 횃대에 멀쩡한 모습으로 앉아 있다고. 포식자들의 표적이 되지 않기 위해, 끝까지 견디는 거라고. 그러니 새들의 삶은 죽음과 지나치게 밀접해 있어, 켜져 있던 불이 잠시 꺼지듯 순식간에 져버리는 것이다. '나'는 아마를 인선의 집 마당 한가운데, 마치 사람의 팔처럼 가지를 흔드는 종려나무 아래에 묻는다. 죽은 새를 묻고 돌아오자 집 전체에 들어오던 물과

---

10) 위의 책, 211쪽.

전기가 끊긴다. 완전히 고립된 그곳에 버려지듯 누워 '나'는 생각한다. 죽으러 왔구나.

열에 들떠 나는 생각한다.
죽으려고 이곳에 왔어.

베어지고 구멍 뚫리려고, 목을 졸리고 불에 타려고 왔다.
불꽃을 뿜으며 무너져 앉을 이 집으로.
조각난 거인의 몸처럼 겹겹이 포개져 누운 나무들 곁으로.(172쪽)

『작별하지 않는다』의 2부는 고열에 시달리며 혼미한 의식 속에 있는 '나'가 환영을 보는 장면들로 채워져 있다. 스스로 '죽으려고 이곳에 왔다'는 침통한 고백 끝에 죽은 새와 서울의 병원에 있어야 할 인선의 환상을 보는 것이다. 하지만 소설은 이 부분에서 무엇이 환상이고 실재인지, 꿈과 현실의 경계가 어디인지, 누가 살고 누가 죽었는지를 의도적으로 흐트러뜨린다. 어디까지가 환각이고 어디서부터가 진짜인지 아무도 알 수 없다. '아마'가 죽은 것, 인선이 '나'를 제주 중산간의 집으로 혼자 보낸 것, 내가 눈보라 속에서 길을 잃고 쓰러졌던 것, 이중 실제로 일어난 일은 무엇인가? 만약 그 모든 일이 처음부터 고통에 시달리던 '나'가 꾼 꿈속의 일이라면?
　이러한 혐의를 등에 업은 채 소설은 진전한다. 분명한 것은 '나'와 환영들이 만나고 주고받는 대화, 서로의 존재를 인식하며 함께 앉아 있는 그 공간 곳곳에 죽음이 자리하고 있다는 사실이다. 멀쩡한 듯 버티다가도 순식간에 빠져나가는 새의 가볍고 연약한 생명처럼. 어쩌면 살아 있는 것이 느낄 수 있는 고통의 정점, 삶과 죽음이 지나치게 가까워져 빈틈없이 맞물린 채 서로의 영역으로 분리할 수 없을 만큼 번져나가는 그 환상적인 순간에 이르러서야 비로소, '나'는 알게 된다. 자신을 그토록 괴롭히던 악몽의 근원이 무엇이었는지를.

꿈이란 건 무서운 거야.

소리를 낮춰 나는 말한다.

아니, 수치스러운 거야. 자신도 모르게 모든 것을 폭로하니까.

이상한 밤이라고 나는 생각한다. 누구에게도 하지 않았을 이야기를 고백하고 있다.

밤마다 악몽이 내 생명을 도굴해간 걸 말이야. 살아 있는 누구도 더 이상 곁에 남지 않은 걸 말이야.

아닌데, 하고 인선이 내 말을 끊고 들어온다.

아무도 남지 않은 게 아니야, 너한테 지금.

그녀의 어조가 단호해서 마치 화가 난 것 같았는데, 물기 어린 눈이 돌연히 번쩍이며 내 눈을 꿰뚫는다.

……내가 있잖아.(237-238쪽)

4년 전, K시에서 일어난 학살에 대한 책을 펴냈던 그해 여름, '나'

는 벌판에 눈을 맞으며 서 있는 검은 나무들의 꿈을 꾼다. 이름 모를 봉분들의 묘비인 그것들을 향해 바닷물이 밀려 들어오고, 나는 봉분들이 잠기지 않게 하기 위해 힘껏 뛰어 보지만 끝내 아무것도 하지 못한 채 깨어난다. '나'는 이 꿈의 내용을 다큐멘터리로 만들어 보자고 인선에게 제안했다가 시간이 흐르는 동안 프로젝트를 포기하기로 마음먹는다. 그러나 이미 작업을 시작했다는 인선의 뜻은 확고하다. "우리 프로젝트 말고 다른 건 생각해본 적 없어, 지난 사 년 동안."(237쪽) 삶이 아니라 죽음의 방향으로, 아무도, 아무것도 곁에 남지 않은 폐허의 끄트머리로 자신을 끌어당기는 그 꿈의 무서운 힘을 '나'는 홀로 감당할 수 없었다. 스스로의 무력함과 비겁함에 대한 이 수치스러운 고백의 끝을, 환영으로 그를 찾아온 인선은 단호하게 끊어낸다. 손가락이 잘려 나가더라도 홀로 꿋꿋하게 백 그루가 넘는 통나무를 깎고 자르던 그 힘으로. *너는 혼자가 아니라고. 너에게는 내가 있다고.*

　너무나 무수한 죽음들, 포착될 수도 재현될 수도, 심지어 기록될 수도 없어 '검은' 채로 그저 솟아 있는 봉분들을 덮쳐 오는 바닷물로부터 건져내는 일은, 다만 감각이 마비되지 않아 고통을 속절없이 느끼는 '나'의 몸만으로는 불가능한 일이다. 어쩌면 마비되지 않은 몸이기에 그들의 한없는 고통을 엿보기조차 어려웠던 것이리라. 이는 『소년이 온다』에 이어 또다시 마주친 학살과 죽음(들)에 대해 말하는 증언 앞에서, 작가 한강이 느꼈을 글쓰기의 어려움이기도 하다. 『작별하지 않는다』는 그러한 어려움을 재현 방식의 새로운 시도-『소년이 온다』가 그랬던 것처럼 사건의 현장과 그 내부에 깊숙이 들어가 여러 초점화자들의 입을 통해 스스로 말하도록 하는 등의-로 돌파하려 하지 않는다. 그런 점에서 이 작품이 역사적 사건의 '문학적 재현'을 충실하게 해내고 있지 않다는 저간의 평가는 납득할 만하다. 그러나 문제는 이것이다. 앞서 던진 질문과 같이, 이 소설의 목적은 피해자들의 '고통'을 재현함으로써 살육의 무참함과 권력의 잔혹함을 고발하는 데 있는가? 오히려 스스로 고통스러운 자가 감히 다가갈 수 없는 거대한 고통의 물결 앞에서, 자신의 연약함과 그로 인해 글쓰기 자체가 실패하는 순간을 고스란히 보여주는 데 소설의 궁극적 의미가 있는 것은 아닌가?

그렇다. 실패다. 『작별하지 않는다』의 한강은, 아니 그 자신을 투영한 서술자 '나'는 실패한 자다. 검은 봉분들이 바닷물에 휩쓸려 가는데도 아무것도 하지 못하고 바라보기만 했던 수치스러운 실패자. 악몽에 시달리던 그는 죽음과도 같은 고통의 순간에 이르러서야, 자신의 임박한 죽음 앞에서야 그 일을 시도해 볼 방법이 있다는 것을 깨닫는다. 그것은 현실과 구분되지 않는 환상 속에서, 저 대신 그 죽음들을 감당하는 작업을 계속해 온 인선의 도움을 받는 것이다. 다시 말해 처참한 실패를 마주한 채 나에게 '말을 거는' 그녀의 존재를, 나와 연루된 타자를, 그 자신의 내부에서 확인하는 것이다. 레비나스가 말한 타자의 '얼굴'을 전유하고 있는 버틀러의 통찰을 잠시 빌리자. "이런 점에서 인간적인 것은 … 오히려 성공적으로 실천된 그 어떤 재현에도 한계로 작용하는 것이다. 얼굴은 재현의 이러한 실패로 인해 '지워지는' 것이 아니라 바로 그러한 가능성에서 구성된다."[11]

나는 취약한 신체라는 근본적인 요소로부터 타자와 연루되어 있고, 그러한 의존성은 비로소 어떤 가능성을 만들어낸다. 이때 타자의 존재는 나의 의지나 선택과는 관계없이 나를 찾아오고, 솟아올라 말을 거는 것이다. 인선의 환영은 '나'가 글쓰기에 끝내 실패했음을 토로하는 순간, '나'의 의지와 무관하게 내 앞에 나타나 나를 무참한 학살의 기록과 피해자들의 증언으로 이끈다. 4 · 3과 함께 당시 자행되었던 학살 사건들에 대한 기록들, 신문 기사, 인선이 직접 전해 준 유년의 기억, 어머니인 정심에게서 들은 이야기, 그녀가 직접 수집하고 선별한 폭력의 증거와 기록은 '나'에 의해서, 혹은 작가에 의해 가공되거나 어떠한 '방식'으로 재현될 수 없다. 그것은 그저 '자료'의 형태로 소설 속에 그저 '놓일' 뿐이다. 그것은 타자의 얼굴을 재현하는 데 실패함으로써 비로소 구성되는 인간적인 것, 그들을 마주한 '나'의 "수동성의 층위"[12]를 드러내는 하나의 방식이다.

재현 불가능한 것을 재현하려 노력하는 대신, 타자와의 관계 속에서 정초되는 나의 수동성을 통해 재현의 한계 자체를 드러내는 것. 『작별하지 않는다』는 그 한계로부터 어떠한 가능성이 시작되리

---

11) 위의 책, 207쪽.
12) 주디스 버틀러, 『윤리적 폭력 비판』, 양효실 옮김, 인간사랑, 2013, 155쪽.

라는 것을 믿고 있는 소설이다. 애도 불가능한 상실에 대한 애도를 완수하는 것이 아니라, 그 시작의 조건에 대하여 말하는 것이 때로는 글쓰기의 진실과 더 가까우므로.

4. '건넘'으로써 '견딤'을 지속하기

나의 취약함과 수동성을 끊임없이 확인하게 만드는 타자의 존재. 나의 의지와 상관없이 말을 걸어오는 '혼'들의 얼굴은, 내가 짊어져야 할 어떤 책임을 부과한다. 이때의 책임이란 타자가 놓인 상황을 해결하거나 스스로 떠받치겠다는 주체의 의지와는 무관하다. 그것은 "타자에 반응하게 되기 위한 자원으로 무의지적 민감성을 사용하는 문제"[13]이기 때문이다. 자기동일적인 나의 외부로서 타인을 지배하고 통제하는 것이 아니라, 불쑥 솟아오르는 타자의 얼굴에 대한 나의 반응, 어떠한 응답을 되돌려보내는 행위. '나'의 환상 속에서 인선은 담담하게 고백했었다. "누군가 더 있는 것 같을 때가 있"(208쪽)다고. 그리고 그 느낌은, 제주공항 활주로 아래에 매장되어 있던 유골들의 사진을 본 뒤로부터 시작되었다고. 처음 그는 그 유골에 대해 영화를 제작하려 했지만, 인터뷰를 준비하다 자신의 작업이 실패할 것임을 예감하게 된다. 그렇게 '희생자 유족'인 엄마와의 인터뷰 대신 인선은 자신이 카메라 앞에 앉아 생각지도 못했

---

13) 위의 책, 160쪽.

던 말을 늘어놓는다.

그것은 늘 자신을 데리고 동굴로 들어가 숨곤 했던 아버지와 관련된 기억들이다. 늘 핏기 없고 호리호리하고 숨을 잘 쉬지 못했던 아버지. 동굴 속에서 딸의 손을 꼭 잡고 "숨숨허라"(159쪽)라고 속삭였던 아버지 그리고 고문 피해자인 그를 거두어 평생을 지낸, 학살당한 가족의 유해를 찾아 전국을 돌아다닌 어머니에 대한 기억. '나'가 본 그 영화 속에서 "질문들은 편집되었거나 애초에 존재하지 않았"(158쪽)고, 카메라의 초점조차 말하는 인선 자신을 앵글의 가운데가 아닌 가장자리에 배치했으며, 화면의 대부분은 "인터뷰이가 방금 뱉은 말을 부인하며 내젓는 팔 같은"(157쪽) 그림자의 일렁임으로 채워져 있다. '나'가 실패한 글쓰기의 일부를 인선은, 그 역시 매끄러운 재현의 실패와 한계를 드러내는 방법으로, 기이하게 뒤틀린 '불협화음'을 통해 카메라 속에 펼쳐 놓고 있었던 것이다.

느껴져?

성대를 울리지 않고 입술을 달싹여 인선이 물었다.

뭐가, 하고 나는 되물었다.

지금 말이야. 따뜻해졌지 않아? 아주 조금.

그런가, 나는 스스로에게 물었다. 더 이상 한기에 숨이 떨리지 않나. 증류된 기체 같은 무엇이 번져 어른거리고 있나. 캄캄한 보리밭에서 막 눈을 뜬 아이. *인제 오빠 머리 안 이상합지.* 밑단이 오므려진 점퍼 속, 고슬고슬한 머리카락이 풀같이 돋은 아기.

대답 대신 나는 손을 뻗어 뼈들의 사진 위에 얹었다.

눈과 혀가 없는 사람들 위에.

장기와 근육이 썩어 사라진 사람들.

더 이상 인간이 아닌 것들.

아니, 아직 인간인 것들 위에.(301-302쪽)

그렇다면 그러한 응답은, 책임은, 메시지는, 어떻게 전달될 수 있는가. 다만 손바닥으로 사진을 어루만지고 카메라 속 화면에 불협화음을 새겨 넣는 저마다의 '실패'는 어떤 곳을 향해 나아갈 수 있을까. 『작별하지 않는다』의 전체 구성 중 가장 짧은 분량을 차지하는 3부에는 '불꽃'이라는 표제가 붙어 있다. 그날의 진실과 기록을 마주하게 된 '나'에게 인선은 묻는다. 이제는 조금 따뜻해지지 않았느냐고. '나'는 물음에 대답하는 대신, 갱도에 묻혀 있던 유골들의 사진 위에 손을 얹는다. 망가지고 부서진 육체, 훼손되고 파괴된 연약한 육체를 지녔기에 한없이 취약하지만 한편으로 그 취약함 때문에 한없이 '인간적인 것'인 그들과 나는, 어떤 방식으로든 연루되어 있음을 알게 되었기 때문이다. 그들이 겪었을 슬픔과 고통을 서사화하기보다 단지 손을 뻗어 그들의 사진을 만져보는 것으로 내가 응답-책임-을 대신할 때, "어떤 것도 발광하지 않는 해저면"(302쪽) 한가운데서 불꽃은 타오른다. 죽어 혼이 된 새의 날개처럼, 미약하면서도 끈질긴 몸짓으로.

검은 나무를 심는 작업을 위해 마련해 둔 땅을 보여주겠다는 인선의 말에 나는 그를 따라나선다. 두껍게 쌓인 눈에 인선이 남긴 발자국만을 밟으며, 이들이 도착한 곳은 4·3 당시 전부 불타 폐촌(廢村)이 되어버린 마을이 보이는 강기슭이다. 인선은 그곳에 서서 때로 강 건너를 바라보던 엄마의 이야기, 그리고 치매에 걸린 그녀와 함께 지내며 학살 사건의 자료를 모으기 시작했던 자신의 이야기를 들려준다. 말을 하는 인선의 얼굴이 촛불에 어슴푸레하게 비치는 광경을, 나는 지켜본다. 그의 말 속에서 인선은 기억을 잃어가는 엄마와 한 몸이 되었다가 다시 풀려나옴을 반복하며 엄마의 세계와 그 자신의 세계, 1948년의 제주와 70년도 더 지난 현재의 제주를 넘나들고 있다. 그것은 삶과 죽음, 환영과 실재, 악몽과 현실, 낮과 밤의 경계를 넘어 다니며 제 안에 존재하는 타자의 얼굴에 응답하기 위한 지난한 여정이었을 터이다. 그리하여, 기어코, 그들이 오고 마는 것이다. '절멸'을 목표로 학살당한, 유골의 형태로 어딘가에 묻혀 있었을 아이들이.

그들을 맞이하며 인선은 *"고통인지 황홀인지 모를 이상한 격정"*(318쪽)을, 그를 끈질기게 유혹하던 죽음의 한끝에 *"수혈처럼 생명이 흘러들어오는"*(318쪽) 것을 느꼈다고 고백한다. 강 너머 죽음의 마을이 되어버린 그곳이 한순간 예전의 모습처럼 생명의 기운을 띠는 것을 보았다는 어머니의 말처럼. 그것은 '이곳'의 기슭과 그 너머의 '저곳'을 수차례 건넘으로써 '견딤'을 지속해 온, 실패한 애도에 굴복하기보다 그 실패로부터 비로소 어떤 가능성이 시작된다는 것을 끈질기게 믿는 이들의 윤리이자 그 자체로 삶이기도 하다. 인간의 연약함으로부터 가장 거대한 폭력에 균열을 낼 '인간적인 것'을 발견하는 인간의 힘. 깊은 바닷속과 같은 무저갱의 어둠을, 일렁이는 초의 불꽃이 밝혀내듯 말이다.

5. 아직, 인간인 것들을 향해

결론에 이르러 이 글은, 처음으로 되돌아가 보고자 한다. 권력의 프레임 속에서 '살아 있지 않은' 것으로 분류된 삶들은 애도의 대상이 되지 못한다. 처음부터 없었던 것의 상실은 상실로 받아들여지지 않기 때문이다. 『작별하지 않는다』에 담긴 애도와 문학적 재현, 나아가 삶과 죽음, 고통에 대한 사유를 에둘러 우리가 물어야 할 것은 1948년의 제주나 1980년의 광주를 끌어안으며 동시에 그것을 넘어설 수 있는 질문이어야 한다. 우리가 발 딛고 살아가는 지금-여기 역시 특정한 삶과 죽음을 식별하는 프레임이 작동하고 있지 않은가. 그것이 산출하는 고통이 여전히 도처에 널려 있기에, 우리는 그러한 권력의 정당성을 끊임없이 되묻는 동시에 이 소설이 남긴 윤리의 잔여들에 주목할 필요가 있다. '살아 있지만 산 것이 아닌' 상태의 삶들은, 뒤집어 말하자면, "더 이상 인간이 아닌 것들 … 아니, 아직 인간인"(302쪽) 존재들이 아닌가? 우리는 타자의 재현에 언제나 실패한다. 중요한 것은 그러한 실패를 어떻게 사유할 것인지에 대한 논의다. 아니, 때때로 그보다 더 중요한 것은, 그 실패로부터 비로소 드러나는 진실을 어떻게 외면하지 않고 새로운 시작의 조건으로 삼을 수 있는가에 대한 통찰일지도 모른다.

『작별하지 않는다』는 그렇게, 다시금 시작하기 위해 '견디는' 사람들의 소설이다. 스스로의 실패에 굴복하거나 그것을 부끄러워하는 대신 새로운 '쓰기'의 세계를 확장해 나가는, 또는 고통의 분유(分有) 가능성을 열어 놓는 소설가 한강의 견딤이자, 무수한 죽음(들)을 건너며 애도와 기억을 놓치지 않으려 견뎌 온 경하와 인선, 정심의 이야기이기도 하다. 이 글이 부디 이들의 견딤에 대한 무례가되지 않기를. 나아가 한강의 소설 세계를 작게나마 더듬어 보려는 몸짓으로 이해되기를 바라며, 소설이 '불꽃'에 대해 말하는 마지막 문장을 인용하며 마친다. "부러진 데를 더듬어 쥐고 다시 긋자 불꽃이 솟았다. 심장처럼. 고동치는 꽃봉오리처럼. 세상에서 가장 작은 새가 날개를 퍼덕인 것처럼."(325쪽)

새벽만 되면 말들이 끓어오르곤 했다. 두서없이 쏟아지는 그것들을 담아낼 곳이 없어 방황했었다. 무뎌지고 싶지 않으나 무디지 않으면 세계의 가속(加速)을 따라잡을 수가 없었다. 버려진 말들과 함께 맨 뒤에 남아 언제나 황망했다.

한강의 소설은 그런 나에게, 무뎌지지 않은 말들이 어디로 향할 수 있는지를 알려주었다. 그의 책에 새겨진 끈질긴 '쓰기'의 사투가 나를 일깨웠다. 허무와 냉소로 침잠하다가도 불현듯 일렁이는 빛의 흔적에 정신을 차릴 수 있었다. 덕분에 고통으로부터 인간을 건져 올리는 문학의 힘을 나는 믿는다. 믿을 수 있게 되었다.

연남경 선생님께 감사드린다. 광대한 문학의 지반 위 비평의 세계가 얼마나 깊고 곧게 놓일 수 있는지 가르쳐주셨다. 선생님이 계셨기에 외롭거나 슬프지 않았다. 아낌없는 애정과 지도를 건네주신 이화의 선생님들께 존경과 감사의 인사를 드린다. 부족한 글에서 가능성을 보아주신 심사위원 김주연 선생님께, 그리고 세계일보사에도 감사의 말씀을 드리고 싶다.

생의 가장 큰 조각을 물려주신 엄마와 늘 그곳에서 묵묵히 기다려주신 아빠께 사랑한다는 말을 전한다. 동생 승헌에게도, 고맙다. 항상 옆에서 손잡아 준 대학원 선후배들에게도 무한히 고맙다. 서툰 나를 늘 같은 자리에서 믿고 기다려주는 소중한 친구들. 따뜻한 말과 포근한 위로를 전해 준 내 곁의 모든 이들에게, 깊게 묻어 둔 마음을 보낸다.

『검은 사슴』을 처음 읽던 날을 떠올린다. 짙게 깔린 어둠과 폐허와 죽음의 흔적으로부터 어쩐지 물컹한 온기를 느꼈다. 그것의 출처가 견디어내는 삶, 에 있었음을 그때는 몰랐다. 지금도 다는 알지 못한다. 다만 더듬으며 나아갈 뿐이다. 지독하게 잔혹한 세계와, 그럼에도 끝내 견딤으로써 가능해지는 어떤 삶-쓰기의 윤곽을.

그러니 새삼 속삭여 본다. 멀리까지 외치기에는 나의 음성이 너무나 볼품없는 탓이다. 멈추지 않겠노라고. 차갑게 가라앉는 대신 뜨겁게 견디며 쓰겠노라고.

유독 추웠던 근래의 밤이, 조금은 덜 추워지기를 바란다.

"세밀한 읽기 통한 의미 제시…
겸손한 문체 인상적"

한강을 다룬 3편의 응모작은 모두 당선권에서 각축을 다투었다. 선배 소설가 최윤을 함께 분석한 '부재하는 주체, 분화하는 화자-최윤, 한강의 여성적 글쓰기와 애도'(정서화)도 훌륭한 글이었지만, 한강 소설가 한 사람만을 집중적으로 다룬 2편의 평론 '화려한 숨결의 날갯짓-한강론'(한지우)과 '죽음(들)을 건너는 '견딤'의 윤리-한강의 '작별하지 않는다' 읽기'(이지연)는 비평이 소설 텍스트와의 공감대 위에서 펼쳐질 때, 확실한 설득력을 얻을 수 있다는 것을 보여준 수작들이라고 할 수 있다.

이 가운데 당선작으로 결정된 이지연씨의 평론은 장편 '작별하지 않는다'에 대한 세밀한 읽기를 통해서 그 의미를 차분하게 제시함으로써 소설이 주는 감동을 훼손하지 않고 추가한다.

소설이 남긴 "윤리의 잔여들에 주목할 필요가 있다"면서 "우리는 타자의 재현에 언제나 실패한다"고 적어놓고 이때 드러나는 진실을 새로운 시작의 조건으로 삼을 수 있기를 담담하게 제언한다. 겸손한 문체는 오히려 평론의 담대한 힘이 된다. 이씨에게 당선을 양보한 한씨의 작품도 감각적인 문체와 함께 단문으로 된 문장의 흐름이 한강 작가의 소설과도 어울리는 좋은 분위기를 만들고 있었으나, 뜻밖에도 비문(非文)이 적지 않았다.

전체적으로 여성주의라고 할 수 있는 현상은 크게 두 가지 면에서 관찰된다. 그 하나는 시, 소설, 평론 등 모든 분야에서 여성작가들의 대거 진출이다. 다음으로는 그들이 다루는 테마가 여성문제라고 할 수 있는데, 여기서 여성문제라는 것은, 관습과 윤리, 이념 등에서 소수자의 자리에 여성이 위치해 있다는, 즉 억압받는 자라는 문제의식의 전면적인 현실상징으로서 나타난다.

가령 이번 응모작들 가운데 집중적인 관심의 대상이 된 3편은 물론 '다시 낡은 것이 되기 전에: 여성의 결속과 분열 사이'(박다정), '우주의 음기, 무당이자 폴터가이스터로 존재하는 여성주의 시들'(정여진)은 이러한 문제들을 전반적으로 다루고 있어서 주목된다.

2025 조선일보 신춘문예 문학평론

김 웅 기

1995년 경주 출생
경희대학교 대학원 국문과 박사 졸업
2025년 《조선일보》 신춘문예 문학평론 부문 당선

다시-'몸(들)'으로서 위장하는 시간

: 이장욱 · 김승일 · 박참새의 시

김 웅 기

1. 코르푸스로서 생존하는 비범(非凡)들

지금 여기 시적 주체가 들고 있는 슬로건은 적당한 생존방식, 즉 '잘 살아남는 법'이다. 이들에게 주어진 것은 개인이 해결할 수 없는 공적 가난이자, 스스로 애정 주체가 될 수 없다고 단정 짓는 일종의 체념이다. 현실에서 잘 살아남는다는 것은 다름 아닌 '평범해지는 방법'과 동위를 이룬다는 사실을 시사한다. 이들은 사회 구조의 변화나 세대 갈등 해소와 같은 대의적 명분보다는 '평범한 일상'을 잘 영위하기 위한 자기 고투에 빠져 있는 것이라는 판단이 드는 것. 다시 말해 어쩔 수 없이 '비범'해진 그들에게 있어 '평범'은 자연스럽게 뒤따라오는 것이 아니라 쟁취해야 할 하나의 과제가 되어버린 셈이다. 따라서 이들의 삶에 대한 간절한 고민은 이렇게 시작된다. '어떻게 하면 되돌아갈 수 있지?'

이 질문은 다음의 질문으로 재론될 수 있다. 2000년대 이후 시에 나타난 산문성은 형식의 해체나 문학의 정치성을 강조하기 위해 만들어진 육성이 아니라 일상성에 대한 간절함에서 비롯되는 것은 아닐까? "변명을 시작하렴. 절단면으로. 생채기가 입이란다 말을 쏟으렴"(김승일, 「가장 좋은 목표」, 『지옥보다 더 아래』, 아침달, 2024)이라는 권유 속에 고백을 털어놓는 몸(들)은 자신에게 주어진 현실을 안정되고 고요한 풍경으로 위장하고 '나'의 역경을 '유년 신화' 혹은 '친구 신화'로 대체한다. 이렇게 전시된 산문성은 기존의 틀과는 다른 관점에서 해석되어야 할 것이다. 경우울증이나 고도적응형 알코올 중독과 같은 정신적 질환을 보편적인 것으로 취급하는 사회에서 그것이 '팔자'나 '운명'으로 위장되는 문학적 서사는 우리에게 슬픔이나 분노가 얼마큼 보편화된 감정인지를 역설적으로 보여준다. "집과 바깥을 왕복하며 나는 살아왔을 뿐"(이장욱, 「기도의 탄생」, 『음악집』, 문학과지성사, 2024)이지만 (비)일상적 현실("잠들고 일을 하고 아이를 낳고 또 / 살인을 저지르면서")에서 자라난 이들의 내력을 통해 펼쳐지는 보편적 슬픔은 마치 기도를 해야 할 신성한 대상으로 인식된다. 한 마디로 '기구한 삶'. 이 기구함이 보여주는 비일상적 일상의 아이러니가 오늘날 우리 세대가 거듭하고 있는 문제들을 아주 조금씩 수면 위로 드러낸다.

예컨대 시 텍스트 이면에서 시의 의미를 찾는 독법은 종종 배신당하기 일쑤다. 우리가 마주한 시는 종잇장 같은 얇은 언어의 뒷면을 들춰보아도 아무것도 없을 때 당황스러운 독자의 표정을 즐기듯 더욱 얇아지고 투명해지고 있기 때문이다. 이를 두고 혹자는

'의미 없는 중얼거림의 향연'이라 치부하고 말지만 시의 피부는 이처럼 얇은 막이 겹겹이 쌓여 있는 슬픔과 분노의 형상으로 감각되는 것이다. 그리고 그 이후에 오는 또 하나의 실재로서 자유에 종신하는 몸(들)으로 현현한다. '살아남음'으로써 쟁취하고자 하는 해방에의 욕망, 그것은 화자 뒤에 숨지 않아도 되는 디스토피아에서는 "당분간은 죽어서는 안 된다고" "23년짜리 연금보험을 들어 놨"다고 "그냥 먹고사는 인생이 될 거"라고 "신신당부"(박참새, 「수지」, 『정신머리』, 민음사, 2023)하는 장면들을 용인한다. 이처럼 시로써 몸짓하는 분노들은 해소를 위한 행위보다는 잔존을 위한 행위를 통해 지속되고 보전된다. 잔존된 분노는 전면에 나설 수 없지만 괄호 속에 묶여 있다. 그것은 또 다른 시간 위에 서서 시의 부름을 기다리고 있는 것이다. 다시 성체가 될 때까지 기다렸다가 때가 되면 "끔찍한 진실을 속삭인다, 일상에서는 감시받고 처벌받는 이 분노가 문학세계에서는 군주"(엘렌 식수)이기 때문이다.

이 같은 현실 세계에서 군주는 그러나 결코 스스로를 위시하는 형태로 드러나지 않는다. 분노는 오히려 침묵으로 일관하는 망명국가의 군주처럼 그 반대편에서 쏟아지는 소란을 마주하며 진정한 화해하기와 희망하기의 언어를 기다린다. 쉽게 슬퍼하지도 않고 쉽게 비명을 지르지도 않는다. 다만 뒤에 서 있는 괄호의 존재, 코르푸스(corpus)로서의 다시 몸(들)(상탈 자케)을 전면화할 뿐이다.

2. 만료된 몸(들) – 등 뒤의 트라우마, 그 침묵

"날씨는 화창하고 신경정신과에는 고객이 많았는데 나는 결국 나의 잘못인 것 같았다"는 이미 만료된 몸(들)의 고백을 우리는 어떻게 받아들여야 할까?

> 내 탓이오 내 탓이오 내 큰 탓이로소이다./를 외칠수록 나의 죄는/점점 더 깊어집니다만 /이곳에서 나가고 싶습니다만//모든 것을 역사적으로 바라보도록 하자./나의 불면과 나의 환각과 나의 약물 치료조차도 유신 시대를 기준으로/식민 지배의 산물로서/대한 제국을 거쳐 드디어 / 위화도 회군까지
>
> – 이장욱, 「신경정신과에서 살아남기」, 『음악집』 부분

정신병원에 갇힌 몸의 속죄가 깊어질수록 병동을 벗어날 수 있는 가능성은 희박해진다. 몸은 여죄를 찾다가 역사를 거슬러 최초의 '배신' 장면에 당도하게 된다. 여기가 트라우마의 첫 시작일까. 몸은 쉽게 내던져진다. 만석이 된 지하철을 타려고 사람들이 물밀 듯 밀고 열차 안으로 들어올 때 무표정으로 감각되는 트라우마. 이런 일상이 반복되는 가운데 몸은 감각의 하나이자 감각의 강도를 이해집산한 정동의 하나이다. 현실에 내던져진 몸이 사회적 진실을 감각할 때, 그리고 이에 대한 적절한 대안을 떠올릴 때 작동하는 것은 개개인의 '신'이다. 개개인의 '신'은 때로는 징크스이며 때

로는 오컬트이다.

그런데 이는 모두 자기에서 비롯된다는 점을 감안할 때, 몸(들)은 신의 종합이자 영매의 종합이 된다. 다시 말해 몸의 감각을 기계적으로 받아들이는 것이 아니라 자기를 스스로 신성시하게 되는 계기를 마련함으로써 몸을 생각하게 된다는 것이다. 2000년대 이후 시에서 몸의 권위는 이처럼 신이자 신을 받아들이는 영매의 자격으로서 무언가에 의한 이끌림의 타자가 되어 왔다. 그리고 그 이끌림을 통해 바라보게 된 세계로부터 새로운 의미를 부여받는 방식으로 제시되는 삶의 문면을 읽는 작업이었다.

> 나는 온힘을 다해 아주 오래된 멜로디를/떠올렸으나 네거리의
> 저 거대한 주유소/그리고 붉은 불빛의 편의점 앞에서/결국 뒤돌아
> 보게 되리라, 결국 뒤돌아/보는 그 순간 나는 어떤 눈빛을 지니게
> 될는지/두 손으로 두 귀를 막고 어떻게/소리 없는 비명을 지르는
> 지/다만 몇 개의 그림자, 그리고//등 뒤의 세계.
> 　　　　　　　　 - 이장욱, 「절규」, 『내 잠속의 모래산』(민음사, 2002) 부분

이장욱의 시에서 몸(들)은 오래전부터 "등 뒤의 세계"를 마련하고 있었다. 이는 더 이상 되돌아갈 수 없는 과거의 몸과 "주유소", "편의점"과 같은 새로운 기표를 무의미하게 바라보고 있는 현재의 몸 사이에 낀 전리품으로 이를 통해 시적 화자는 새로운 시대가 불러일으키는 무기력을 고백하고 있다. 여기서 중요한 점은 자신의 의

지대로 "뒤돌아/보는" 것이 아니라 무언가의 힘에 이끌려 뒤돌아보게 된다는 것이고, 또한 뒤돌아보는 행위에 대한 뚜렷한 목적성 없이 이 행위가 초래할 결과를 가늠하지도 못하는 최소화된 목소리를 들려준다. 이는 어떤 '이끌림'으로 인해 스스로 행할 수 없는 절대적인 감각을 무언가로부터 행하게 된다는 점에서 신비주의적 작용을 하게 되는 것인데, '나'는 그저 로봇처럼, 어쩌면 귀신에 씐 영매처럼 움직이고 있다는 점에서 주목된다.

몸은 결국 '몸의 사라짐'이 뚜렷해지고 그것과 매개되는 신성(The scared)이 존재하는 장소로 환원되는 것을 생각한다면 몸이 '이끌림'의 장소가 되는 일은 중요해 보인다. "아가씨와 맥주와 양념치킨과 모자를 눌러쓴 배달원 그리고/등 뒤에 감춘 것"으로 말미암아 "여기서 우리가 매우 밀접해지는 군요"(「승강기」, 『영원이 아니라서 가능한』, 문학과지성사, 2016)처럼 이 밀접한 이끌림은 친근감이 아닌 불안감에서 파생되는 감정이다. 일상생활에서 흔히 겪을 수 있는 상황 속에서 우리는 친절과 호의보다는 불안과 분노를 먼저 배우고 말았다는 것. 따라서 몸은 언제나 비명을 내장하고 "무한한 친구와 무한한 적이 동일"(「식물의 그림자처럼」, 『영원이 아니라서 가능한』)한 세상에서 잘 살아남기 위해 침묵한다.

그러나 이 침묵은 회피를 의미하는 것이 아니다. 이장욱의 시를 살펴보면 '그것'이라는 3인칭 단수의 지시대명사가 종종 등장한다. 그것의 정체는 무엇이며 우리는 그것에 대해 어떤 포즈를 취해야 하는 것일까. 무엇인가를 믿기 위해서는 믿음을 보여주어야 한다는 메커니즘. 이는 동서양을 막론하고 종교적 관점에서는 익숙한 풍경이다. 미지의 정체에 맞서는 인간의 나약함을 가감 없이 드러내면서도 개인에게 주어진 비극이 결코 사소한 사건으로 끝나는 것은 아니라는 메시지를 전달하는 것이다. '그것'과 인간의 대결을 관장하고 마치 숙명처럼 그 관계를 장악하고 있는 신적인 영역에 대해 인간은 유다가 될 수도 있고 메시아가 될 수도 있다. 이를 통해 우리는 신적인 영역을 결정적인 지형이라 생각하면서도 그 안에서 변수를 만들어낼 수 있는 유일한 존재가 인간이라는 사실에 수긍함으로써 일종의 희망을 가지게 된다. 예컨대 "나는 이 겨울을 조금만 하려고 한다. 그것이 움직이는 만큼만"(「아직 눈사람이 아닌」, 『영원이 아니라서 가능한』)에서 "그것"은 "당근으로 긴 코"를 만들고 "앞니를 뽑고 겨울이 오면 백설기 같은 내장을" 뽑아내고 "심장은 연탄"이며 "다리는 영영 만들어지지 않는" 불완전한 존재이다.

이는 단순히 보면 아직 완성되지 않은 눈사람을 형상화해놓은 것 같지만 실은 화자 자신의 모습을 오마주한 것이다. "빨간 피는 잘 감추어 두었다"는 고백을 통해 "꿈속에 있"는 "머리"와 분리되어 "굴러가기로" 한 "몸"이 보여주는 현실의 잔혹성은 다만 "소리 없이 쌓여야 하"는 눈을 통해 괄호화된다. 비명을 지르기보다는 잘 감추고 침묵함으로써 몸집을 키우는 것이다. 그리하여 "모든 것이 조금씩 태어나"(「퐁두」, 『음악집』)는 이상세계에서 몸은 "늙음"과 "젊음"을 진자하면서 "조금씩 잃어가는 시간들"을 "평생 책을 읽어서 드디어 책에 흥미를 잃은" 노인과 그것이 "장래희망"이라 말하는 청년을 통해 가능해지는 몸들의 화해를 목도하고 비로소 회복되는 삶을 희망할 수 있게 된다.

3. 존재감 없는 몸(들) – 관계의 바깥

자기 몸을 하나의 객관적인 존재로 인식함과 동시에 그것을 하나의 장소로 이해하는 것. 몸이라는 장소는 어떤 사건이 일어나는 공간, 혹은 어떤 감정을 상기시키는 공간으로 가능하다. 여기서 더 나아가 몸은 자연히 분열을 상상한다. 몸의 다원화는 여러 장소의 가능성을 제기하고, 그것은 비주체 또는 탈주체로 보이는 다주체로서의 언어로 재전유된다. 마침내 몸의 해체라는 방점에 도달하게 되면 모든 개념은 와해된다. 몸의 해체는 성(性)을 지향하지 않는 형태로, 살갗이나 뼈와 같은 개념적인 물성에 반항하는 형태로, 그 어디에나 있을 수 있으며 그 어떤 것도 함의할 수 있는 다차원의 형태로, 나아가면서 그 자체로 정치적인 형태로 수행된다. 이 과정에서 몸은 사이버 공간, 외계, 신비주의, 그리고 역사를 탐독한다. 몸은 더 이상 가시적인 장소가 아니다. 그것은 마치 홀로그램처럼 투명한 질감이다.

워프는 나를 앞으로 끌었다 그래서 나는 너무 앞에 있다 앞에
있어서 정원은 뒤에 있다/돌아가려고 정원을 앞에다가 두었다 워
프//워프는//철문이다 고풍스럽게 철문이 열고 싶게 생긴 바람

에 나는 계속 철문 여는 사람이었고/그래서 나는 오늘 너무//앞이
다//(…중략…)//너만 기다리고 있는 것이 아니야 나도 누굴 기다리
고 있는 중이야

       - 김승일, 「장미정원」, 『여기까지 인용하세요』

            (문학과지성사, 2019) 부분

 김승일의 시에 나타난 투명한 몸은 이장욱의 '만들어져 가는 몸'
과 다른 방면에서 잘 살아남는 법을 제시한다. 예컨대 「장미정원」
에서 보여주는 타임워프라는 SF적 요소는 시간의 생리를 어기고
과거와 미래로 통할 수 있는 능력을 통해 인간에게 갱생 혹은 미
지 탐험이라는 초월적 경험을 선사해준다. 이로써 인간은 상상이
아닌 '자기 시간' 위에서 현실과 과거, 미래를 비교할 수 있는 위치
를 점유하게 되고 현실의 중요성을 깨닫게 되는 인식론적 구조의
산물이 된다.

 김승일의 시 「장미정원」에서 타임워프는 "워프"로 호명되며 마
치 개나 고양이와 같은 반려동물의 형태로 묘사되고 있으나 그것
은 실상 이름 모를 장미정원에 설치되어 있는 "철문"이다. 그리고
"나는 계속 철문 여는 사람"으로서 "앞"이 될 뿐 되돌아갈 수 없는
비주체적 존재이다. 여기서 계속 앞이 된다는 사실은 우리가 살아
가는 현재가 미래 이전의 삶의 최초이자 최선이기 때문이다. 따라
서 「장미정원」에서 주목해야 할 장치는 SF적 요소인 워프가 아닌
'워프'로 인해 강제적으로 맨 앞이 되고 마는 존재인 '나'의 기구

한 숙명이다. 이 순리를 이해하고 있는 '나'는 "누굴 기다리고 있는 중"인데 그 누군가는 바로 스스로를 이끄는 신성시된 무기명의 존재인 것으로 보인다. 이 시에서도 결국 주체는 "워프"라는 대상에 의해 이끌려 다니는 존재에 불과하고 장미정원이라는 이 공간 속에서 벗어날 수 없으면서도 문을 열고 시간의 '맨 앞'이 될 수밖에 없는 운명을 인정하면서 '누군가'를 기다리고 있다.

'누군가'는 어쩌면 시인의 첫 시집 『에듀케이션』(문학과지성사, 2012)의 첫 번째 시 「조합원」을 통과하여 밀고 들어오는 과거의 "징그러움"은 아닐까. 시적 주체에게 "영원한 협력자"이며 한때 "비린내" 나는 "도롱뇽"이 되어 "어딘가 당도하려"했던 친구들은 아닐까. "삼총사라고 알려진 우리 네 명"(「같은 과 친구들」)처럼 부재가 아닌 투명한 몸으로 존재하는 시적 주체의 "유년시절"이 정원을 맴돌고 있는 것은 다만 몸의 투명성이 몸이 없는 경지에서 몸을 생각하는 것이 불가능하다는 전제를 위한 가설로만 마련된 것이 아니기 때문이다.

주지하듯 몸은 역사적 진실이다. 우리는 불온한 말과 불화의 말이 적층된 가장 몸적이었던 존재로부터 비몸적인 존재가 되기 위해 시인은 시간성을 탈피한다는 사실을 눈치챈다. 시간 바깥의 시간은 결코 비시간일 수 없는 과거나 미래이며 몸은 불온하지 않았던-불온이 재미가 되었던 곳으로 가기 위해 끊임없이 워프를 통과하는 실체일 뿐이다. 그러나 이 같은 몸이 시로 말하여질 때 시는 어느 순간부터 이미 우리 정신을 결정짓는 하나로 깊숙이 들어와 버린 심장이 된다. "지진계를 좋아해서 펜을 잡았다. 펜은 지진계의 바늘이니까. 펜은 자꾸 떨고 있다. 심장을 통해. 지진계는 여진도 적어두니까. 심장아, 이제 무엇을 쓸까."(「펜은 심장의 지진계」)처럼 시는 몸을 작동시키면서도 작동을 확인하는 타자가 된다. 시간을 거듭할수록 비일상적이며 비이성적인 언어로 된 슬픔과 분노가 축적된다. 그리고 이 같은 언어의 숲속에서는 "꽃을 말"해도 "꽃 대신 숲이 떠오르고 숲은 젖어 있다 비 맞고 죄 엎드려 있다"(「빗속의 식물」).

이 같은 슬픔의 "밀림"이나 "정원"을 헤매는 투명한 몸은 배제와 소외의 산물이다. 우울의 신자이자 슬픔의 메시아이다. 그 앞에서 우리는 다소 난처한 얼굴이 된다. 한 번도 본 적 없는 듯한 기이한 자세와 행색을 한 그 몸 앞에서 우리는 불편한 기시감을 느낀다. 그런데 비로소 무의식에 깊이 내장되어 있던 자기 슬픔의 역사가 선명해지는 기분이 든다. 우리는 '나는 현재 정상인가요?'라는 질문 앞에 자유로울 수 있는 사람이 되어야 한다는 강박에 이끌려 다시금 다락방 문을 열고 '그'를 유년과 함께 봉인해버리기로 다짐한다. 그러면서도 우리는 이제 조금 들춰낼 필요도 있다고 생각한다. 슬픔이 진정 우리에게 밥을 내어줄 거란 착각을 해도 좋다는 생각. 그 순간부터 우리가 스스로 해방시켜야 할 것은 사회가 아닌 우리 스스로 위장해버린 슬픔과 분노라는 사실을 깨닫는다. 슬픔과 분노의 보편성을 인정하고 나아가기 위해서는 특별한 신화가 필요하다는 것. 이것은 확실히 다른 차원이다. 어떤 행위를 반복한다는 것은 존재의 정체성을 탑 쌓듯 견고히 하는 것보다는 균열과 불안을 만들고 그 간극에서 벌어지는 시간성의 '차이'를 통해 인간을 전혀 새로운 세계로 인도하는 일이다. 김승일의 시는 바로 이처럼 슬픔이 일상이 된 디스토피아에 나타난 균열적 운명을 드러낸다. 겉으로는 존재감도 없고 중얼거리는 시적 화자로 비칠지 모르나 '그들'은 슬픔을 위장할 수 있는 기술을 가지고 있다. 우리는 본다. 대적할 수 있는 '한 개의 호명'이 필요했던 순간에서 그 적(敵)이 이미 스스로 오래 적을 두었던 비일상적 세계로 확장되며 슬픔을 공유하고 공감하고 악수를 건네는 장소가 마련되고 있다는 사실을 말이다. 그것이 조금씩 조금씩 만들어져 가는 장면을 묵묵히 지켜보며 몸을 일으키고 이리저리 몸을 비틀어보는 것을 말이다.

4. 히키코모리의 무릎 – 몸(들)의 리트윗

파도는 하나의 장치에 불과하지만, 그것이 없으면 바다는 정체성을 통째로 잃어버린다. 여기 스스로 무릎을 끌어안고 울고 있는 한 세대를 본다. 이들에게 인간이라는 형상을 결정짓는 것은 '뼈'다. 이것은 어떤 정신적 고양이나 정동과 같은 추상적 세계와는 달리 확실히 구체적이고 뚜렷하지만 가장 안쪽에 숨겨져 있는, 과학적 기술이 없었다면 살아 있는 내내 볼 수도 없는 것이다. 지금 이 순간 이것들의 작용이 어떻게 이뤄져 몸들을 움직이게 하는지 그 방법조차 알 수 없는 최초의 신성인 것이다. 그렇기에 우리가 통상

'몸'이라고 칭해왔던 물성은 어쩌면 '뼈'를 두고 하는 말일지도 모른다. 단단하고 하얗게 빛나는 뼈가 없으면 '몸'은 장소가 될 수 없다. 자기 스스로를 끌어안을 수 없는 것이다.

뼈는 벌써 30년도 더 된 시에서도 자신의 힘을 증명하고 있는데, 기형도의 「소리의 뼈」(『입 속의 검은 잎』, 문학과지성사, 1989)에서 "김교수님"은 소리에도 뼈가 있다는 "새로운 학설"을 발표한다. 이것은 속담을 인용한 언어유희이기 때문에 많은 교수들과 학생들이 비웃는다. 하지만 '김 교수'는 굴하지 않고 이 논의에 대한 강의를 개설한다. 학교의 규정으로 상징되는 "학장의 강력한 경고"에도 불구하고 '김 교수'는 그러한 일반적인 고정관념을 깨뜨리며 새로운 기준을 학생들에게 가르치려는 고집을 보여준다. 이는 학교 교육의 보편성을 충실히 따르는 기존의 교수들과는 이질적인 논리에서 출발하였으므로, 질문을 던짐과 동시에 질문을 발생시키는 이방인의 성격을 가진 것이라 할 수 있다. 하지만 학생들은 그 강의를 통해 "이군은 그것이 침묵일 거라고 말했다./박군은 그것을 숨은 의미라 보았다/또 누군가는 그것의 개념은 중요하지 않다고 했다./모든 고정관념에 대한 비판에 접근하기 위하여 채택된/방법론적 비유라는 것이었다"와 같이 적극적으로 자신의 생각을 펼친다. 그리고 결과적으로는 "우리들의 귀는 모든 소리들을 훨씬 더 잘 듣게 되었다"고 말한다.

「소리의 뼈」는 보편적 행동에서 벗어나는 비일상적 행동을 통해 고정관념이나 일상성에 대한 비판적 시각을 환기하면서도, '아이들', '학생들'과 같이 기성세대가 아닌 미래에 대한 희망을 걸 수 있는 세대로부터 정당성을 획득하고 있다는 본질적 관점에서 반복되는 비정상적 시간의 효용을 보여준다. 더불어 이 시에 내장된 뼈의 상징을 보여준다. 그것은 생명이 아니라 죽음에 가까운 것이다. "모든 소리들을 훨씬 더 잘 듣게 되었다"는 학생들의 소회가 보여주는 것은 현실세계에 위장되어 있는 수많은 죽음의 소음과 학생들이 주파수를 맞추는 데까지 '소리의 뼈'라는 불가해한 요소가 강력하게 작용한 것이다. 그리고 이 뼈의 힘은 2020년 이후 다시 새로운 형태로 발견된다.

눈먼 노인이 오래된 서점으로 들어온다//이곳에 완벽한 지하실이 있다고 들었는데 내 그곳에서/그림 한 점 그려도 되겠소/지상에서의 시야가 나를 너무나 괴롭히오 눈이 부셔서/그림을 그릴 수가 없소/내가 구겨지는 것만 같소//어둠에 어둠을 더한다고 해서 더 어두워지지 않는다/그러나 가끔/보이는 걸 더 본다고 해서 더 잘 보게 되지 않는다//눈 감고도 그릴 수 있다는 말/참 참인 말/나도 꿈같은 이야기를 쓰고 싶다/돌아누워도 선명한/뼛자국 같은/그런 이야기//틀어진 내 갈비뼈 만지는/미래에만 존재하는 나의 동물/말한다//하강하고 있구나//빛 새지 않는 아래/눈 감으면 들려오는/땅의 피부결/진동한다//종이를 떠나는 순간 내 손안의 펜 죽는다/멈추는 순간 내 마음의 이야기 마른다//조용히 그린다 요동치는 동공으로/끊이지 않는 사과 껍질처럼/완성되는 실루엣//우

리/눈 마주친다/잠에서 깬다

　　　　　– 박참새, 「이야기서점이야기」, 『정신머리』 전문

　박참새의 첫 시집 『정신머리』는 신체의 물질성과 추상성이 혼효된 현실세계가 다름 아닌 '혼란'과 밀접하게 결속되어 있다는 전을 잘 보여주는 제목이다. '정신머리를 어디에 두고 다니는 거냐?'와 같은 어른들의 꾸지람을 들으며 자라온 세대에게 '정신머리'란 가방처럼 잘 챙겨 다녀야 하는 것으로 취급된다. 그러나 또 그들의 또래들에게서는 정신머리를 놓아버리는 것이 일종의 트렌드처럼 여겨지는데, 이 두 개의 관습이 벌려놓은 격차 속에 시인은 "어둠에 어둠을 더한다고 해서 더 어두워지지 않는다"는 이성적인 교량을 마련해두고 있다.

　「이야기서점이야기」에서 시적 화자는 "눈먼 노인"의 고충을 이해하지 않는 듯 보이지만 그 내면에는 '더 잘 살아보려고 아등바등해도 나아지지 않는다'는 측은지심이 짙게 깔려 있는 것으로 보인다. "보이는 걸 더 본다고 해서 더 잘 보게 되지 않"는 경우도 있으니까 말이다. 마치 그림을 그리는 데 있어 시각은 중요한 게 아니라는 소리처럼 들린다. 그런 "참 참인 말" 다음으로 이야기서점의 주인장으로 보이는 이 시적 주체는 이렇게 이야기한다. "나도 꿈같은 이야기를 쓰고 싶다/돌아누워도 선명한/뼛자국 같은" 이야기를 말이다. 여기서 뼈는 시간이 지나도 선명한 영원성으로 환기되며 '나'의 "틀어진 갈비뼈"를 만지게 될 미래의 어느 "동물"을 위한 일종의 증거가 된다. 선사시대 이름도 얼굴도 모르는 인간의 뼈로부터 거대한 빙하를 추출해내는 것처럼 "멈추는 순간 내 마음의 이야기 마른다"는 언술은 결국 멈추지 않는 쓰기의 '반복'을 통해 자신의 뼈를 멀리 있는 미지의 세계에서 발견할 수 있도록 보존하는 일인 것이다. 그리고 "잠에서 깬다. "눈"을 마주치고 머쓱한 사이, 꿈을 꾼 것 같이 희미해져 버린 이 뉴프런티어에서 우리가 할 수 있는 것은 무엇일까?

곧잘 먹고, 곧잘 입고, 곧잘 살아야 한다는 말 한마디가 언제나 시의 효용보다 앞서는("그런데 괜찮아요/이렇게 쓰지 않아도//쓰지 않아도 된답니다"(「이렇게 쓰세요」)) 이 산문성의 세계가 조직해놓은 합리 속에 엄폐된 불리의 구조성을 우리는 곧잘 이해해야 한다. 불리의 구조성을 비유와 상징으로 전유하며 숙고의 영역을 줄곧 지켜왔던 시는 '곧잘' 생각나지 않는 듯하다. 정말 뉴프런티어에 온 것일까? 실로 우리의 책장엔 시집과 소설집만큼의 비중으로 산문집이 꽂혀 있다는 사실을 통해서도 알 수 있듯, 곧잘 이야기할 수 있는 형식이 중요해진 시대이다. 누군가가 이야기하고 그 이야기를 읽은 누군가'들'이 이야기를 전도하고, 그리하여 이야기로 물든 우리에게 중요해진 하나의 '물질-혹은 촉감'을 기억한 채 살아가는 이 과정 속에서 시는 마침내 없어진 것처럼 보인다. 그러나 시는 있다. 뼈처럼 말이다. 시인은 바로 이런 정체성을 반복하는 존재를 강조한다.

류와 영은 나의 친구다. 류는 사진을 찍고 영은 시를 쓴다. 우리는 약속하지 않고 자주 만나는 사이다 가끔 지나친다. 우리는 담배를 같이 피운다. (중략) 우리는 여름과 가을 사이의 햇빛 아래에서 서 있었다. 갑자기 앉는 류가//나는 지금 너희 둘을 올려다보고 있어//그래, 올려다보며 말하는 너의 얼굴이 얼마나 빛났는지 말해주고 싶다/햇빛이 수직으로 우리를 감싼다//(…중략…)//내가 제일무서운 건 가난도 아니고 공중화장실도 아니고 니네 얼마나 사랑했는지 다 못 말하고 죽을까 봐 그게 제일로 무섭다

ㄴ 이 트윗 너무 좋아요 대박임……

− 박참새, 「사랑의 신−등장인물에게」, 『정신머리』(민음사, 2023) 부분

자기 주체에 대한 집착에서 빚어진 탈주체로서의 몸은 집 안에 숨어 집이 없다고 부르짖는 위장으로써 삶을 모색한다. 잘 살아간다는 것에 생기를 주는 일도 '희망하지 않기'에서 비롯되는 것이라 말한다. 그들은 언제 어디서나 작당모의를 할 수 있는 이 세계에서 일어나는 수많은 일들이 '쓸모없을 것이라는 두려움'으로부터 자유롭지 않다는 사실을 안다. 어떤 일도 마찬가지로 처음엔 치열하고 의욕이 넘칠 수 있으나 일을 지속하도록 만드는 것은 타인의 관심과 자기의 뚝심이 균형을 이룰 때 가능한데 이 '균형'에 대해 내색하지 않는 어느 정도의 의연함을 터득한 자들만이 포기하지 않는 형국으로 넘어가고 있다. 내색하지 않기란 '얇은 가면을 쓰고

간판을 칠하는 일'이 아닌가. 이는 어쩌면 철면피를 쓰고 점차로 퉁명해지는 '요즘 것들'의 뉘앙스와도 연관이 있다.

이 같은 관점에서 「사랑의 신-등장인물에게」에 주목할 수밖에 없는 이유는 "내가 제일 무서운 건 가난도 아니"라면서 진술하는 사실적 고백에 "이 트윗 너무 좋아요 대박임"이라는 댓글이 가감 없이 달리는 데 있다. 지금까지의 일기 같았던 기록은 담화의 문면으로 올려지고 한 공간에서 다른 공간으로 자리를 바꾸는 텍스트의 물리력은 뼈의 위장술이다. "뼛자리만 보며/만지작"(「수면의 신-모래인간에게」)거리는 손으로 "모두를 /조금씩 만지느라/바쁜" "무언의 얼굴"을 통해 개인의 관계를 공동체의 관계로 돌려놓는 이면에 숱한 애도와 기도의 밤이 놓이듯 우리는 개인의 서사를 '리트윗'(SNS에서 다른 사람의 게시물을 공유하는 행위)하며 공동체로 건너가기 때문이다.

5. 빈 몸(들)의 위장하는 시간

너무 잘 알고 있다는 사실은 때로 아무것도 모르겠다는 근본기분으로 현현한다. 아무것도 모르겠다는 기분으로 인해 존재가 흔들리고 균열을 일으키는 미세한 작용들 가운데 습득하게 되는 의심은 역설적으로 삶의 원동력으로 작용한다. "아프니까 청춘"이라는 말을 건너 불안하니까 살아간다는 말은 슬픔과 분노 이후에 무엇이 올지 모르는 자리에 차라리 절망을 가져다 놓는 디스토피아적 세계관에서 도파민에 중독된 우리들의 일종의 '놓아버림'이 일시적인 안도(감)을 준다는 점에서 더 절망적이다. 이러한 상황 속에서 이장욱·김승일·박참새의 시세계가 보여준 자리는 항상 트라우마의 자리였다. 결코 채워지지 않는 몸(들), 그러나 선언과 진술이 사라진 자리에 마치 환청 같은 중얼거림으로 가득 메워진 시는 근본기분으로서의 잠식된 슬픔과 분노를 표상함으로써 운동이 일어난 뒤 괄호로 묶여 있는 부연으로서의 비어 있지 않은 존재-생명을 인식시킨다.

슬픔과 분노를 차라리 신기(神氣)라고 하자. 우리의 주위를 온통 틀어쥐고 앉은 채 우리를 괴롭히는 존재이기도 하고, 희한하게 이론이라고 할 수도 있을 만큼 질서정연하고 체계적인 몸짓으로 다가와 고분고분 말을 거는 애증의 존재이기도 하기 때문이다. 그러나 이 말은 어디까지나 이 감정들에 대한 해석에 덧붙이는 사변일 뿐, 우리가 메타적으로 이해하려 하고 방법의 차원에서 동원하려 들 때 이것들은 오히려 우리가 알아차릴 수 없는 것으로 위장해버린다. 일시 정지된 시간 속에서 낯설지만 어딘가 익숙한 그 몸들로 숨는다. 그러나 그럼으로써 몸은 간신히 현실 앞에 선다. 시를 쓰는 시인과 그 시를 묵독하는 독자 사이에 불청객처럼 엄습해 있는 무수한 괄호들은 이제 '시간' 혹은 '역사'라는 것을 상속하기 위해 사용해온 침묵의 기술이 아니다. 그것은 오히려 나의 슬픔과 분노를 숨겨주고 그 안에서 희망이 회복될 때까지 현실을 지연시키는 정당한 방법이다. 잘 살아남는 법이다.

시는 망막 끝에 맺힌 기호로 현현하는 듯하나, 평면이었던 기호를 소화체계에 맞추어 융용시킬수록 쓰디쓴 기분으로 우리를 이끈다. 현상이 아니라 형상으로 존재하는 시를 떠올린다면 우리는 어느새 사실보다는 기분에 먼저 도달해 있다는 것을 깨닫게 된다. 우리 앞에 얼굴을 들이밀고 당당하게 서 있는 이 근본기분으로서의 슬픔과 분노는 우리에게 무엇을 선사해주는가? 근육이라는 위장을 벗고 언제 무너질지 모를 위태로운 뼈처럼 서 있는 시. 그 앞에 마주 선 우리는 이제 무엇을 말할 수 있는가?

시는 오래도록 인간 지성이 만들어낸 굴지의 영역으로 이해되어 왔다. 텍스트 이면에 놓인 수많은 기의가 만들어낸 이데올로기와 지성사·철학사적 사유 체계는 인간의 생활 영역을 끊임없이 확장하고 탈영토화 했기 때문이다. 이 같은 시의 지정학적 텍스트성은 오늘날 범언어권 이미지 시대에 접어들면서 그 영역이 축소되는 듯했다. 다시 말해 인터넷이라는 장소가 만들어진 이후에 쏟아지는 '이미지'로 변환된 수많은 데이터는 텍스트의 이면을 지우고 직관적인 형태의 미학적 관점을 강조하고 있는 것이다. 이 같은 말초주의적 문화 환경 속에서 우리는 보다 훨씬 더 많은 도파민에 노출되고 시의 비유와 상징은 점점 희박해지고 서사만이 가득찬 텍스트 예술이 성행하고 있다. 이른바 스토리텔링을 위시한 여러 텍스트 형태의 예술은 이제 인간이 교묘하게 위장해놓은 세계를 고발하는 '쾌감'에 지나지 않게 된 것이다.

그런데 이러한 현실 속에서도 시는 여전히 실재한다. 다름 아닌 몸으로 말이다. 인간을 대체할 창작 주체로 인공지능이 등장하여

"현재는 미래에 간단히 요약되어 나열될 것입니다"(김승일, 「절단면」)라고 말할지라도 우리는 두려워하지 않는다. 만료되어 가고 소멸되어 가고 뼈밖에 남지 않은 몸(들)은 이제 자기 내면의 슬픔을 견디는 방법, 사회체계로부터 이방인을 자처한 족속으로 살아감으로써 잔존한 분노를 신성시하는 방법을 아는 까닭이다. 삼엄한 경계를 교란하고 훼손시켜 조그마한 자유라도 탈출시키는 방법을 아는 까닭이다. 우리의 몸(들)은 오래된 슬픔이 아닐 수 없고 분노의 위장하는 시간이 아닐 수 없다. 또한 우리는 이토록 중얼거리는 몸적 순간(들)을 안아주지 않을 수 없다.

회기동 반지하 방이 생각납니다. 그곳에서 글을 쓰고 공부를 하고 술을 마셨습니다. 참 많이도 그랬습니다. 어떤 날엔 술에 취해 문 앞에 덧니처럼 박혀 있는 전봇대를 끌어안고 잠들기도 했습니다. 무엇이 나를 이렇게 이끄는 것일까? 무엇 때문에 이렇게 생활하고 있는 것일까? 저에게 그 무엇은 문학이었습니다. 언어의 뒷문으로만 출입하는 문학은 우리가 살아가는 현실의 가늠자를 수정합니다. 견고한 질서 속에 질식하기 일보직전인 자유를 빼내어 줍니다. 그렇기에 앞만 바라보고 살아가야 하는 세상에 작더라도 하나의 뒷문을 마련하는 일. 그것이 제가 생각하는 문학이었습니다.

그리고 오늘 이렇게 글 쓰는 사람이 되었습니다. 그렇지만 새삼스럽다는 생각도 합니다. 늘 저를 쓰는 사람으로 벼리어 주시고 문학을 끌어안을 수 있는 체력을 만들어주신 박주택 선생님이 아니셨다면 오늘 이 시간은 불가능했습니다. 진심으로 감사드립니다. 언제나 함께인 경희대학교 프락시스 연구회와 금요세미나의 이근영 선생님, 이구용 선생님, 원경 누나, 연이 형, 성준 형, 수빈 누나, 태형 형, 수봉 누나, 진선, 창우 모든 선생님들 감사합니다. 동경하고 존경하는 경희대학교 교수님들과 선배님들께도 감사드립니다. 민호 형, 대성, 태훈, 규열 그리고 정원, 고맙습니다. 살아내는 내내 고마운 우리 가족과 저를 항상 믿어주었던 아내 이로운 씨 사랑합니다.

마지막으로 소중한 기회를 주신 우찬제 심사위원님께도 깊이 감사드립니다. 바른 눈으로 읽고 바른 손으로 쓰는 사람이 되겠습니다. 감사합니다.

예년보다 늘어난 응모작들은 비평적 관심이나 해석, 비판적 인식과 문학적 열정 등 여러 면에서 수준을 보였다. 문학비평을 통해 어떻게 문학적 삶을 살 수 있을지, 숙고한 흔적들이 역력했다. 최근 젊은 작가들을 대상으로 한 작가/작품론이 많았고, 동시대의 문학 지형을 가로지르는 주제 비평들도 있었다.

'원자핵, 아포칼립스, 사랑'은 2020년대 핵소설을 대상으로 아포칼립스의 상상력을 예리하게 주목했다. 예리한 문제의식에 걸맞게 작품 분석이 이어졌더라면 충분히 당선권에 육박했을 터이다. '부정의 수행과 죽음의 정치신학: 김혜순과 사도 바울'은 비평적 의지가 다부진 글이다. 사도 바울을 해석한 현대 사상가들의 맥락에서 김혜순의 시와 시론을 해석하려 한 시도가 돋보였다. 김혜순의 시적 특성을 새롭게 해명할 수 있는 맥락을 가져온 것은 좋지만 상대적으로 텍스트에 밀착하는 세심한 논의는 아쉬웠다. 큰 그물에 작지만 의미 있는 징후들이 빠져나갈 수도 있음을 숙고하게 했다.

‘몸(들)’의 생존방식으로서 ‘위장’의 방식들: 이장욱 · 김승일 · 박
참새의 시’는 텍스트들을 가로지르며 미시적 방식으로 비평을 향유
하며 동시대 문학의 특징을 길어내는 수완이 어지간한 글이다. 텍
스트의 몸을 횡단하기와 비평적 몸을 형성하기가 다르지 않다는 사
실을 인상적으로 증거한다. 이를 통해 뭇 생명의 몸과 문학의 몸을
공히 새롭게 탈주할 가능성을 탐문한다. 카오스에 가까운 비평 질
료들에 나름의 코스모스를 기획하는 카오스모스의 에너지도 미덥
다. 숨은 가능성까지 헤아리며 당선작으로 삼아 한국문학의 다른
미래를 부탁하기로 한다. 진심으로 축하한다.

2025 한국불교신문 신춘문예 문학평론

천 유 철

문학박사
시조시인 겸 문학연구자
성균관대학교 국문학 석사, 단국대학교 문예창작학 박사
강서대학교, 국립안동대학교, 중부대학교, 차의과학대학교, 청운대학교,
한국외국어대학교, 한국전통문화대학교 출강.
대표 저서로는 『오월의 문화정치』, 『창작과 비평사이』,
『화산도 소설어 사전』, 『자전적 글쓰기와 자서전』, 『융합적 사고와 표현』,
『글쓰기 교육과 실제』 등이 있다.
2025년《한국불교신문》신춘문예 문학평론 부문 당선

불교적 깨달음을 향한 시적 실천

: 김준태론

천 유 철

　문학과 종교는 인간의 내면적 경험을 탐구하여 '감정'과 '정신의 깊이'를 드러내는 속성을 지닌다. 대개 종교적 체험은 영적인 세계나 구원의 과정 혹은 깨달음에 의한 내적 변화를 문학적 형식으로 표현하고, 문학은 현실적 인물들의 심리적 갈등과 감정에 따른 내적 변화를 포착하여 인간 존재의 복합적인 면모를 형상화한다. 두 영역은 상상력을 발현하는 방식의 차이에도 불구하고, 내면적 경험을 고찰한다는 점에서 영향을 주고받으며 공통된 목표를 추구한다. 그에 따라 우리는 문학 작품 속에서 진행된 종교의식이나 작가의 의식이 종교적으로 발현된 양상을 살펴볼 수 있었다.

　문학과 종교의 관계, 그중 시와 불교의 연관성은 매우 깊고도 밀접하다. 시는 그 특성상 내면의 감정이나 세계에 대한 직관적 통찰을 표현하고, 불교는 인간의 고통과 번뇌를 살피며 궁극적으로 해탈에 이르는 직관적 이해를 강조한다. 이들이 만나는 지점은 언어로 설명할 수 없는 '깨달음'을 포착하는 순간에 닿아 있다. 이를 반영하듯, 현대문학사의 전통에서 불교적 세계관을 시에 반영한 시인들도 적지 않다. 예컨대, 한용운은 인간의 고통과 구속을 중심으로 불교적 해탈과 자아의 소멸을 제시했고, 조지훈은 일상의 소멸과 무상함을 통해 고통과 번뇌를 초월하는 관점을 다루었으며, 조병화는 '공'(空) 사상의 진리를 시에 담아 작품의 미학적 깊이를 더했다. 불교 신자이거나 승려였던 이들은 불교적 사유와 가르침을 작품에 수용하여 불교시의 전통을 이끌었다. 이러한 전통에 견주어 볼 때, 김준태가 불교적 상상력을 발현한 시는 상당히 독특한 지점을 차지한다. 그는 특정 종교를 신앙하는 유신론자도, 어떠한 종교도 신봉하지 않는 무신론자도 아니다. 그래서인지 전술한 시인들이 작품을 통해 개인적 신앙을 노래하거나 불교의 교리 속에서 실천을 묘사한 것과는 달리 김준태의 시는 종교적 신념에 얽매이지 않고, 불교적 사유가 지닌 보편적 진리를 발현하는 방향으로 전개되었다. 즉, 그의 불교적 접근은 종교의 교리나 신앙심을 표현하기 위함이 아닌 인간이 지닌 고통과 구원의 문제를 다루기 위한 문학적 실천에 가깝다.

시 창작과 불교의 수행은 참된 진리를 추구하고, 인간 존재의 본질을 탐구하는 여정과도 같다. 김준태는 "사라진다는 것 부서진다는 것/ 구멍이 뚫리거나 쭈그러진다는 것/ 그것은 단지 우리에게서/ 다른 모양으로 보일 뿐"(「이 세상에서 사라지는 것은 하나도 없다」 부분)이라며 물리적 실체의 변화와 소멸을 새로운 시각에서 바라보도록 이끈다. 이는 변화와 소멸이 고통이나 파괴의 결과가 아닌 끊임없이 재생되는 순환의 일부라는 불교의 '무상'(無常) 사상을 꿰뚫는 통찰이다.

일상에서 포착한 불교의 가르침

김준태의 시는 일상에서 포착한 '깨달음'을 직설적인 형태로 담아낸다. 그의 깨달음은 기술적인 수사학이나 현실을 미화하는 '표현적 겉치레'로 드러나지 않는다. 오히려 경험한 사실을 그대로 재현하여 현상의 본질을 조명하고, 그 속에서 사유를 풀어내는 방식으로 구현된다. 그 깨달음의 중심에는 불교의 '공'(空)과 '불이'(不二) 사상이 자리 잡고 있다. 여기서 공은 모든 존재가 상호 연관되어 독립적인 실체를 가지지 않으며 본질적으로 비어 있다는 진리요, 불이는 분별과 대립을 초월하여 '둘이 아님'을 깨닫는 경지이다. 두 사상은 모든 것이 상호의존적으로 연결되어 있다는 존재의 본질적 연관성을 인식하는 철학적 원리이다. 김준태의 시에서도 개별적인 존재들은 분리된 형태가 아닌 하나의 흐름 속에서 긴밀히 연결된 모습으로 그려진다.

그래, 내 고향 해남 가는 길에서였을 것이다/ 돌미륵이 두 귀를 길게 늘어뜨리고 서 있는/ 해남 대흥사 붉은 동백숲 극락교쯤일 것이다/ 초등학생 두 녀석이 뭔가를 놓고 다투었는데/ 여기에 녀석들의 말을 그대로 옮기면 이렇다/ 한 놈이 왈, "벽도 구멍을 뚫

으면 문이 된다"/ 또 한 놈 왈, "걸어 잠그면 문도 벽이지 뭐야"/ 다
람쥐가 그 소리를 듣더니 키득키득 웃었다/ 부처님 손바닥 안에선
벽이나 문은 똑같다는 것!

- 「대흥사 입구에서, 듣다!」 전문

　고향인 해남으로 가던 화자는 우연히 들은 아이들의 논쟁을 통
해 불교적 세계관이 지닌 진리를 깨닫는다. 작품에 등장하는 대흥
사 붉은 동백숲 극락교는 경관 묘사를 위한 배경에 그치지 않는다.
대흥사는 선종의 핵심 교리인 '직관적 깨달음'을 강조하는 성지이
고, 극락교는 고통에서 벗어나 깨달음의 세계에 이르는 다리이며,
붉은 동백숲은 겨울에도 붉게 피어나는 동백꽃처럼 영속적 생명
력을 상징하는 공간이다. 이러한 불교적 상징들이 점철된 배경은
화자의 깨달음을 향한 여정을 암시하는 문학적 장치로 기능한다.

　시의 핵심은 두 아이가 '벽'과 '문'에 관한 논쟁을 벌이는 장면
이다. 한 아이는 "벽도 구멍을 뚫으면 문이 된다"라고 말하고, 다
른 아이는 "걸어 잠그면 문도 벽이지 뭐야"라며 반박한다. 이 논쟁
은 우리가 일상에서 흔히 접하는 이분법적 사고를 반영한다. 일반
적으로 벽은 닫힌 상태를, 문은 열린 상태를 상징하며, 이들은 고
정된 개념으로 구분된다. 김준태는 이러한 논쟁을 불교적 관점으
로 접근하여 흥미로운 방식으로 진리를 끌어낸다. 요컨대, 불교
의 공 사상은 세상 만물이 직접적 원인인 '인'(因)과 간접적 원인인
'연'(緣)에 의해 생겨나고 변하는 것일 뿐, 고정불변하는 실체는 존

재하지 않음을 제시한다. 이는 흔히 말하는 아무것도 없음을 의미하는 '무'(無)가 아니라 깨달음의 세계에서 모든 가능성을 지닌 '비어 있음'을 뜻한다. 이는 고정된 사고방식에서 벗어나 모든 것이 변화할 수 있는 존재라는 가능성을 암시한다.

　견고한 고정관념의 틀 속에서 화자는 "부처님 손바닥 안에선 벽이나 문은 똑같다"라는 깨달음을 얻는다. 모든 사물은 본래 하나의 상태일 뿐인데도 인간은 자기중심적으로 분별하며 옳고 그름을 가르고 심지어 선악을 판단한다. 불교의 가르침에서 가장 경계하는 것이 바로 '분별'이다. 화자의 깨달음은 공 사상에서 비롯된 분별을 넘어 결국에는 모든 것이 하나로 융합되는 불이 사상으로 연결된다. 그의 다른 시에서도 "버려진 돌도/ 뒹구는 돌도// 소나 말한테/ 산짐승한테/ 밟히는 돌도// 아침저녁/ 길 가다가 주워서/ 하나둘 놓으면// 어 그래, 그곳이/ 천 년 부처의 탑"(「돌탑」 전문)으로 표현하는 것처럼, 길에서 주운 돌도 고정된 실체가 아닌 부처의 탑을 이루는 재료로 변모할 수 있다는 공 사상의 관점과 다양한 돌이 각기 다른 상황에 놓여있지만, 결국 분별되지 않는 하나의 진리로 돌아간다는 불이 사상의 관점을 담고 있다.

고통을 넘어서는 해탈의 길

　불교에서는 '고통'을 인간 존재의 근본적인 특성으로 이해한다. 고통의 원인이 외부 환경이나 상황에 의한 것이 아니라 인간 내면의 집착과 자아의 한계에서 발생한다고 보기 때문이다. 이에 따라 불교의 수행은 성찰을 통해 내면을 다스리고 자아를 초월한 존재의 본질을 깨닫는 데 중점을 둔다. 이는 고통을 부정적인 경험으로만 보지 않고 그 본질을 이해하고 받아들여 궁극적으로 '해탈'에 이르는 길을 찾는 여정이 된다.

김준태도 고통의 소멸을 추구하기보다는 그것을 수용하려는 의식의 전환을 통해 내면의 집착과 속박에서 벗어나기를 갈망한다. 그의 고통에 대한 직시와 포용은 한국현대사의 격동 속에서 겪은 역사적·사회적 맥락과 밀접하게 연결된다. 김준태의 조부는 일본 순사에 의해 강제 징용되어 오사카 탄광에서 고통을 겪었고, 아버지도 강제 징병되어 일본군으로서 남양군도(南洋群島)에서 전투에 참여했다. 해방 후, 아버지는 사이판에서 탈출해 고국으로 돌아왔으나 건국준비위원회에 참여한 경력으로 1950년 11월 해남군 화산면 석호리에서 수십 명과 함께 총살당했다. 6·25 전쟁 중 발생한, 이른바 '보도연맹 학살 사건'은 그에게 한국현대사의 참혹한 현실을 몸소 체험하게 했다. 이러한 개인적 비극과 역사적 상처는 김준태의 시에서 고통의 본질을 성찰하고 이를 극복하려는 의지의 바탕이 되었다.

고흥에서 오신/ 일암 스님께서/ "오늘 화두가 무엇입니까" 라고 물으셨다. 나의 대답은/ 이러하였다. 꽃 피는 봄날.// -스님, 요즘 나의/ 화두는 우리들 아버지에게/ 총을 쏜 사람을 용서하고/ 사랑하는 일인 것 같습니다.// "찢긴 역사, 목숨을 빼앗은 사람들,/ 그에 따른 용서가 그렇게 쉽습니까?"// -환장했던, 60년의 세월!/ 이제는 훌훌 털어버렸습니다/ 부처님의 큰 손바닥 안에서는/ 이승과 저승, 남과 북도 없듯이/ 지금 저는 그렇게 웃고 있습니다/ 기저귀를 찬 수많은 아가들이/ 제게 그것을 가르쳐 주었습니다.// "아아, 그렇군요!"/ -네, 무럭무럭 자라는 이 땅의 빛나는 살별들!/ 이제 저한테는 아가들의 얼굴이 저 하늘입니다.// 벌떡 일어나 무릎을 치는/ 일암 스님과 대화가 끝날 무렵/ 난 향기 하나가 다가와 가만히 울어주었다 /스님과 자리를 같이한 수미산 찻집에서.

- 「법문(法文)」 전문

이 시는 불교적 사유를 바탕으로 고통을 극복하고, 용서와 화합의 길을 찾아가는 자전적 이야기를 담고 있다. 한국현대사에서 발생한 비극적인 사건들은 김준태에게서 아버지를 앗아갔으며, 남과 북이 갈라지는 "찢긴 역사"를 만들어냈다.

시의 시작에서 일암 스님은 화두(話頭)를 묻는다. 불교에서 화두는 단순한 질문을 넘어 고통의 본질을 파악하고 해탈을 이루기 위한 심오한 훈련 도구이다. 따라서 스님이 던진 화두는 화자의 일상적인 안부를 묻는 것이 아닌 삶의 고통과 상처를 어떻게 극복할 것인지에 관한 질문이 된다. 이에 화자는 요즘 화두를 "우리들 아버지에게 총을 쏜 사람을 용서하고 사랑하는 일"이라 고백한다. 여기서 중요한 사실은 용서가 마음의 평화를 위한 행위일 뿐만 아니라 깊은 내적 성찰을 통해 이루어지는 치유의 과정이라는 점이다.

일암 스님의 "찢긴 역사, 목숨을 빼앗은 사람들,/ 그에 따른 용서가 그렇게 쉽습니까?"라는 질문에 이어 화자는 "환장했던, 60년의 세월"이라며 한국현대사의 아픈 기억과 그로 인한 내적 고통을 털어놓는다. 그러나 그는 이제 그 고통을 "훌훌 털어버렸다"라며 불교적 관점에서 고통을 초월한 해탈의 상태에 가까워졌음을 선언한다. 이는 화자가 과거의 상처를 치유하고, 내면의 평화를 이루었음을 의미한다. 화자는 "부처님의 큰 손바닥 안에서는/ 이승과 저승, 남과 북도 없듯이" 세상의 수많은 대립이 만들어낸 고통이 그 어떤 의미도 지니지 못함을 깨달은 것이다.

화자를 깨달음에 이르게 한 존재는 "기저귀를 찬 수많은 아가들"이었다. 아가들이 지닌 순수함과 무구함은 화자에게 고통과 증오를 넘어 치유와 화합의 길로 나아가게 하는 기폭제가 되었다. 말하자면, 아가들은 무한한 포용과 사랑을 실천하게 하고, 삶의 본질과 사랑의 깊이를 새롭게 일깨워주는 "하늘"과 같은 존재였다. 그들을 통해 깨달음을 얻은 화자는 자신의 곁으로 "난 향기 하나가 다가와 가만히 울어주"는 것을 경험한다. 그 순간, 향기는 화자의 마음 깊숙이 스며들어 지나온 고통의 흔적을 지우며 은은한 여운을 남긴다.

죽음 너머에 존재하는 생명의 지속성

김준태의 시에 나타나는 '비움'과 '채움'의 이미지는 불교적인 심미적 영성을 반영한다. 불교에서 '비움'은 물리적 소유물을 손에서 놓는 것에 그치지 않고, 마음의 비우고 자아와 세상에 대한 집착을 없애는 것을 의미한다. 그것은 우리가 일상에서 붙잡고 있는 것들 혹은 우리가 정의하는 자아와 사회적 관계 속에서 얽히는 개념을 내려놓는 순간에 이루어진다. 한마디로, 비움은 '내 것'이라고 생각하는 고정된 개념을 넘어서는 행위이자 마음의 여백을 만들어 진정한 자유를 찾는 과정이다.

반면, '채움'은 비움 이후에 진정한 자아를 발견하는 단계이다. 이는 물리적 차원이 아닌 정신적 차원에서 이루어지는 것이자 집착과 번뇌를 내려놓음으로써 무한한 존재와 연결되는 순간을 말한다. 즉, 인간은 본래의 온전한 상태로 돌아가 마음을 비운 후에 그 비워진 공간에 깨달음과 자비가 스며들 때 비로소 채움에 도달하게 된다.

김준태의 시는 '비움'과 '채움'의 역학 관계에 관한 통찰을 드러낸다. 비움이 없이는 채움이 있을 수 없고, 채움이 없다면 비움은 공허할 뿐이다. 이 두 개념은 서로를 전제로 하며, 하나의 끝이 또다른 시작을 가능하게 만든다. 그는 이러한 순환적인 과정에서 존재의 본질을 탐색하고, 궁극적으로 내적 평화와 화합에 이르는 길을 모색한다. 특히, 삶과 죽음의 관계나 존재와 무존재의 상호작용을 이해하는 과정에서는 비움과 채움의 순환적 흐름이 강조되어 나타난다.

그랬지요 선승 법정 스님께서/ 입적하시기 전에 찬찬히 말씀하시길/ 사람이 죽으면 그 사람이 가진 것들도/ 그와 함께 모두 같이 죽는다고 했어요/ 사람이 죽으면 그가 읽어 둔 서적들과/ 숟가락 젓가락, 거울 속 수채화도/ 그가 앉은 나무의자의 고요도 죽고/ 그가 어루만지고 쓰다듬고 입 맞추고/ 심지어는 돌탑 속에 깊숙이 모셔 넣은/ 말, 언어, 문자도 다 죽는다고 했지요/ 그가 본 하늘의 구름, 무량도 죽고/ 허나 망자와 죽지않는 게 있지요/ 아무리 작은 강물이라도 한곳에 모여서/ 무엇이 되는 쪽으로 반짝반짝 흘러가고/ 우리 사랑하는 아가들의 웃음은 / 이 꽃 저 꽃 찾아다니며 피어난다는 것!

– 「법정 스님께서」 전문

이 시는 죽음이 모든 것의 종결이 아닌 지속적인 생명의 흐름으로 이어진다는 통찰을 보여준다. 시는 법정 스님의 말씀을 인용하면서 물질적·감각적인 세계에서 우리가 소유한 모든 것이 죽음과 함께 사라진다고 설명한다. 비단, 사람은 죽음을 맞이하면서 집착하던 소유물과 고정된 생각들을 내려놓는 비움의 순간에 이르게 된다. 더불어 그의 죽음은 그가 생전에 사용했던 "서적", "숟가락", "젓가락", "나무의자" 등의 물질적 소유물의 소멸을 동반한다. 이는 모든 존재와 물질이 조건과 인연에 의해 생겨나고 소멸한다는 불교의 진리를 반영한 대목이다.

그러나 시는 죽음과 함께 사라지는 물질적·개별적인 존재들뿐만 아니라 다른 차원에서 '죽지 않는 것들'을 제시하며 비움과 채움의 순환적 관계까지 탐구한다. 여기서 화자는 "강물"과 "아가들의 웃음"이 망자와 함께 사라지지 않는 불변의 존재임을 강조하며, 비움이 소유의 상실에 그치지 않고 새로운 채움으로 이어지는 동적인 과정임을 시사한다.

비움은 결코 공허한 것이 아니라 오히려 새로운 것을 채울 수 있는 공간을 여는 전환점이다. "아무리 작은 강물이라도 한곳에 모여서/ 무엇이 되는 쪽으로 반짝반짝 흘러" 간다는 구절은 채움의 순환적인 성격을 선명하게 드러낸다. 이는 채움이 새로운 소유물의 축적이 아닌 지속적인 변화와 성장 그리고 깨달음을 향한 여정임을 가르쳐 준다. 나아가 "우리 사랑하는 아가들의 웃음은 이 꽃 저 꽃 찾아다니며 피어난다"라는 구절은 채움의 꽃에서 꽃으로 피어날 아가들의 생명력과 그들이 지닌 미래의 가능성을 예고한다. 이처럼 생명의 에너지는 죽음 속에서도 새로운 형태로 나타나며, 죽음은 끝이 아닌 새로운 순환의 시작임을 일깨운다.

평화(平和)와 화합(和合)의 시학

불교의 가르침은 종교적 특성이나 신앙적 측면에 국한되지 않는다. 그것은 인간이 경험하는 고통과 번뇌의 원인을 탐구하고, 해탈에 이르는 과정을 설명하는 철학적 체계이자 인간 삶의 의미와 목적을 성찰하는 깊은 사유의 전통이기도 하다. 김준태가 시 속에 불교적 사유를 끌어온 것도 불교가 지닌 철학적 사상이 삶의 본질과 존재의 깊이를 탐구하는 데 중요한 역할을 하기 때문이다.

김준태의 시에서는 종종 승려의 법명이 제목으로 제시되곤 한다. 이는 특정 인물의 삶을 찬양하려는 의도가 아닌 그 인물이 고통을 극복하고 깨달음에 도달한 과정과 그 의의를 시적 언어로 현현(顯現)하기 위함이다. 주지하듯, 불교에서 승려는 단순히 종교 의례를 집행하는 존재에 그치지 않는다. 그들은 불교적 진리에 다가서기 위한 실천을 통해 깨달음을 얻고, 이를 중생에게 전달하는 역할을 수행한다. 즉, 승려들은 불교적 실천의 본보기이자 살아있는 교훈의 실천자들이다.

이야기는/ 10·27 법난 시절이다/ 월정사 법당에 좌정하고 있는/ 탄허 스님께서// 총칼을 들고 쳐들어온/ 별 달린 군인들에게/ "너희놈들, 빤스만 입고/ 법당에 들어오려면 들어오라/ 군복을 입고는 여기 들어설 수 없다"// 그러자/ 별 달린 군인들은/ 불알만 차고 법당 안으로 들어갈 수 있었다.

－「탄허 스님」 전문

원효는 말했다 의상(義湘)더러 삼국통일 안 돼도 좋으니 제발 전쟁하지 말자고 원효는 피를 토하며 보리수나무 목탁을 쳤다 고구려 백제 신라 사람들 총칼로 서로 죽여서는 안 된다고 궁극으로는 통일해야 한다고…… 그래서 당나라를 가다가 발길을 되돌렸다

그의 깨달음 해골바가지 물도 화쟁 일체유심조도 그렇게 하여 경
주 토함산 석굴암대불이 되었다.

－「원효」전문

인용한 시들은 역사적 인물들의 일화를 통해 갈등과 고통 속에
서 불교적 가치가 어떻게 실현될 수 있는지를 보여준다. 특히, 불
교의 핵심 가르침인 '화쟁'(和諍)을 이론적으로 설명하지 않고, 역사
적 사건과 인물에게 대입하여 현실적인 실천으로 제시한다. 탄허
스님과 원효는 각기 다른 시대에서 갈등을 해소하고 평화를 이루
려 한 인물들이다. 김준태는 그들의 행동을 사실적으로 그리며 우
리가 직면한 갈등과 폭력의 시대적 상황에 어떻게 적용할 수 있을
지에 관한 질문을 던져준다.

먼저 「탄허 스님」은 1980년 10월 27일에 발생한 법난을 배경으
로 한다. 제5공화국 출범을 앞두던 신군부 세력의 국가보위비상대
책위원회는 수사 지시를 내려 계엄사령부의 합동수사단이 조계종
승려와 불교계 인사들을 연행했었다. 그뿐만 아니라 군경 3만 2천
여 명을 동원하여 전국 5,731개의 사찰과 암자마저 점령했었다.

시에서 불교를 탄압하기 위해 동원된 군인들이 좌정한 법당은
종교적 공간을 넘어 인간 존재의 궁극적 평화와 진리를 지향하는
신성한 영역으로 여겨진다. 따라서 탄허 스님은 법당의 물리적 폭
력과 권력을 상징하는 군복을 입은 군인들에게 법당에 들어오지
말라고 경고한다. 그리고 곧 이어진 탄허 스님의 "빤스만 입고 법

당에 들어오라"라는 명령은 군인들이 법당에 들어올 수 있도록 허용하면서 갈등을 해결하고 조화를 이루려는 태도, 즉 불교의 화쟁 사상을 실천하는 구체적인 모습을 보여준다. 나아가 군인들이 군복을 벗고 법당에 들어가는 장면은 물리적 폭력을 억제뿐만 아니라 내면의 평화와 중도를 향한 전환을 의미한다. 이는 불교적 가치인 평화와 진리를 추구하여 내면의 갈등을 넘어서고 자아와 타자 간의 경계를 허물고 조화로운 상태를 이루려는 불교적 실천의 사례로 해석된다.

「원효」에서는 화쟁 사상을 바탕으로 갈등과 대립을 해결한 원효가 평화와 자비를 실현하기 위해 깨달음에 도달하는 과정과 그 실천을 다룬다. 작품에서 원효는 삼국통일의 중요성을 언급하면서도 "삼국통일 안 돼도 좋으니 전쟁하지 말자"라고 말함으로써 무력으로 해결하려는 갈등을 부정하고, 비폭력과 평화의 중요성을 강조한다. 이는 화쟁의 정신에 따른 갈등 해소와 조화를 이루는 길을 제시한 것이다.

원효의 간절한 마음은 "피를 토하며 보리수나무 목탁"을 치는 모습으로 묘사된다. 이 장면은 그의 고뇌와 갈등에 대한 절망을 나타내는 가운데 자비와 평화를 실현하려는 강력한 결단을 보여준다. 보리수나무는 부처님의 깨달음을 상징하는 나무이고, 목탁은 불교의 교리를 전파하는 도구로 쓰임을 상기할 때, 원효가 불교적 진리를 통해 평화와 조화를 이루려는 결단을 내린 순간을 나타내는 것으로 읽힌다.

시에서 언급한 "해골바가지 물도 화쟁"도 중요한 상징적 의미를 지닌다. 불교에서 해골바가지는 죽음과 무상함을, 물은 생명력과 모든 존재의 상호 연결성을 나타낸다. 이 두 상반된 이미지는 원효가 상대적이고 고정되지 않은 모든 것을 초월하려는 의지를 드러내며, 갈등을 해결하고 조화를 이루기 위해서는 이러한 차이를 초월하는 깊은 깨달음이 요구됨을 보여준다. 덧붙여 "일체유심조"라는 말은 외부의 갈등이나 분열이 아닌 마음의 변화와 깨달음을 통해 갈등을 해결하고 조화를 이룰 수 있다는 불교적 진리를 담은 말이다. 원효를 석굴암 대불로 나타낸 것도 바로 그러한 깨달음을 통해 불교의 궁극적인 진리와 평화의 통합을 추구한 결과였다.

현실의 고통을 넘어서는 불교적 상상력

김준태의 시는 불교적 상상력을 통해 현실의 고통을 성찰하고, 그로부터 해방을 추구하는 시적 지향을 드러낸다. 특히 그의 작품에서 불교적 사유는 이론적 가르침에 그치지 않고, 현실 세계와 인간 존재의 모순을 넘어서는 길을 제시하려는 의지로 나타난다. 이를 통해 그는 독자들에게 불교적 깨달음이 종교적 실천을 넘어 인간 존재의 본질을 파악하고 내면의 자성 회복을 위한 실천적 지침이 될 수 있음을 보여준다.

불교는 '부처님(佛)의 가르침(敎)'을 의미하고, '붓다(Buddha)'는 '깨달은 사람'을 뜻한다. 따라서 불교는 만법의 근본 원리를 깨친 부처의 가르침을 기반으로 하고, 그 가르침은 부처의 깨달음에서 비롯된다. 부처의 깨달음은 모든 존재의 상호 연결성과 무상함을 깨닫는 것이며, 고통의 근원과 그로부터의 해탈을 제시하는 진리이다. 이와 같은 깨달음의 가르침은 김준태의 시에서 중요한 주제인 고통과 해방의 문제를 해결하는 열쇠가 된다.

불교에서 말하는 고통(苦)은 모든 존재가 겪는 근본적인 경험이며, 이를 극복하는 방법은 중도와 자비를 실천하는 것이다. 김준태의 시적 세계에서 불교적 사유는 이러한 깨달음의 본질을 내면의 자성 회복과 외부 세계의 본질을 파악하는 방향으로 풀어낸다. 특히 그가 시에 담아낸 불교적 사유는 종교적 담론을 넘어 인간과 현실의 모순을 극복하고, 용서와 자비 그리고 해탈과 같은 진리를 제시하는 데 주력한다. 비단 문학이 "특정 교의에 얽매이면 얽매일수록 작품은 금세 특유의 맛과 빛깔을 잃어버리고 단순한 '종교적 대용물'로 전락"[1]할 소지가 있다. 특정한 목적을 지니지 않는 문학과 달리 종교는 분명한 목적론을 지니고 있기 때문이다.[2] 그것은 떼려야 뗄 수 없는 밀접한 관계를 맺었던 종교와 문학이 분리된 이유였다. 문학은 제의적 기능이 아닌 심미적 기능을 담당하며 종교와 분리되었고, 그에 따라 독자성을 획득할 수 있었다.

---

1) 윤영천, 「문학과 종교 : 한국 현대시와 기독교적 연관을 중심으로」, 『황해문화』 제45호, 새얼문화재단, 2004, 294쪽.
2) 김욱동, 「"종교와 문학"에 대한 논평」, 『종교연구』 제7집, 한국종교학회, 1991, 337쪽.

그러나 문학이 종교를 외면하지 않고 통섭의 길로 나아간다면 한층 폭넓은 세계를 탐구하게 될 가능성이 농후하다. 김준태의 시가 깨달음이라는 덕목을 통해 인간에 대한 경외감과 불교적 진리를 발현한 것만 보아도 그렇다. 그것이야말로 그의 시가 이룬 성취이자 주목할 만한 부분이다.

이번 학기에는 제대로 된 생활을 할 수 없었다. 여러 도(道)에 있는 대학 7곳에서 문학을 강의하며, 학술논문 4편을 등재했고, 저서 2권을 탈고했다. 그 사이, 청탁받은 원고까지 더해지면서 나는 스스로를 한계까지 밀어붙일 수밖에 없었다. 문학을 업으로 삼은 사람이라면 누구나 그렇듯이, 그 삶 속에서 나는 치열했고, 절실했으며, 고통스러울 만큼 처참했다.

그럼에도 나는 글쓰기를 멈추지 않았다. 소싯적 신춘문예 최종심에서 낙선했던 몇 번의 경험을 통해 깨달은 바가 있었다. '문학'은 쓰는 이의 간절한 마음만큼만 자신의 곁을 내어준다는 사실, 그것은 문학을 꿈꾸는 모든 이들이 짊어져야 할 숙명과도 같은 것일지도 모른다.

지면을 빌려 강조하고 싶은 점이 있다. 나의 문학적 뿌리는 김준태 선생님으로부터 연원한다. 선생님을 통해 나는 문학적 영양분을 흡수하며 숨을 쉴 수 있었다. 그 후 강상대 · 고명철 · 나희덕 · 안도현 · 이국환 · 이승우 · 정우택 · 조민주 · 천정환 · 최수웅 · 해이수 선생님께서 햇살과 바람, 비와 토양이 되어주시면서 나는 가지를 뻗을 수 있었다. 선생님들께서는 시가 전하는 울림, 소설이 지닌 무한한 상상력, 작품의 숨은 의미를 포착하는 비평의 힘, 시대를 초월한 '문학적 진리'를 발견하는 통찰을 가르쳐 주셨다. 선생님들의 가르침이 없었다면, 나는 결코 열매를 맺지 못했을 것이다. 그들이 펼쳐준 세상 속에서 나는 기어코 내 글을 쓸 수 있었다.

시 분석 성실함과 세심함 돋보여

작년에 비해 배 이상 투고된 문학평론 부문에는 수작이 적지 않아 즐거운 마음으로 심사에 임할 수 있었습니다. 4회째 접어드는 한국불교신문 신춘문예가 널리 알려진 덕분이 아닌가 합니다.

문학평론의 매력은 작품에 대한 이해와 분석과 평가가 한꺼번에 이루어지는 데 있습니다. 게다가 평론가의 개성적인 문체가 얹히면 금상첨화가 됩니다. 독자가 작품에 대해 자상하게 평하는 좋은 길 안내자를 만나는 것도 행운입니다. 이번에 평론 부문을 심사하면서 몇 분의 좋은 가이드를 만나는 기쁨을 누렸는데 가장 안타까운 것은 월계관을 하나밖에 준비하지 못했다는 것입니다.

〈소유적 비자본주의는 성립되는가〉는 법정 스님의 수필집《무소유》에 대한 논의입니다. 문장도 유려하고 논리도 정연하여 읽는 재미가 있었지만, 작품에 대한 내재적 평가에 이르지 못해 수준 높은 에세이를 읽은 느낌이 들었습니다. 불교 문예지의 문을 두드려 봐도 좋겠습니다.

박상순 시인을 다룬 〈진무한을 꿈꾸는 악무한의 시〉는 5권의 시집을 한꺼번에 논하다 보니 포괄성이 지나쳐 깊이 있는 분석에 이르지는 못했습니다. 대학원생이 낸 과제물이라면 망설임 없이 A+를 주었겠지만 문학평론도 한 편의 문학작품이기에 당선작에 이르지 못했습니다. 이병률 시인을 다룬 〈당신이라는 비밀〉은 날카로운 감식안과 날렵한 문장이 미덕인데 진지한 탐색의 자세와 균형있는 평가자의 시각이 부족하다는 느낌을 받았습니다.

이제 남은 것은 박상륭의 소설을 다룬 〈텍스트로서의 죽음의 사유〉와 김준태의 시를 다룬 〈불교적 깨달음을 향한 시적 실천〉 2편이었습니다. 난해하기 이를 데 없는 박상륭의 장편소설 여러 편을 불교적 생명의식과 죽음의식으로 분석해본 전자는 투고자의 노력이 가상하여 당선으로 밀고 싶기도 했지만 35개의 각주가 붙어 있는 것도 그렇거니와 '평론'이라는 글의 매력이 어디에 있는지, 한 번 더 생각해봤으면 합니다. 앞서 얘기한 '좋은 길 안내자'로서 무척 난해한 박상륭의 소설로 안내하는 가이드의 역할을 하기엔 이 글이 미흡했습니다. 박상륭의 소설을 향한 안내판 같은 역할을 하는 글이라면 얼마나 좋았을까요.

〈불교적 깨달음을 향한 시적 실천〉은 날카로움 대신에 성실함을, 날렵함 대신에 세심함을 보여주고 있습니다. 김준태 시인의 수많은 작품 중 불교적 인식을 보여준 몇 편의 시를 골라 꼼꼼하게 분석하고 올바르게 평가했습니다. 덕분에 김준태 시인에게 이런 면모가 있었구나, 새롭게 알게 되었습니다. 현실의 고통을 어떻게 시적으로 승화시켜 극복해 나갔는가를 추적해간 과정은 한 편의 드라마를 본 느낌도 주었습니다. 앞으로 평단에서 활발하게 작품 활동을 해주기를 기대합니다.

2025 신춘문예 당선평론집

초판발행 2025년 1월 25일

지 은 이 송연정, 문은혜, 정의정, 이채원
　　　　　신은조, 이지연, 김웅기, 천유철
발 행 인 노용제
기　　획 정은출판 기획부
발 행 처 정은출판
등록번호 신고 제301-2011-008호(2004. 10. 27)
주　　소 04558 서울시 중구 창경궁로1길 29. 3F
전　　화 02)-2272-8807, 02)-2272-9280
팩　　스 02)-2277-1350
홈페이지 www.je-books.com
전자우편 rossjw@hanmail.net
I S B N 978-89-5824-514-8 03810